河鍋鹿島
Illust ちひろ綺華
異界掃滅のソルジャーメイド
死にぞこないの天才と異端の決死兵
Soldier maid
1.

謎めいた大総監
フローレンス
・ロードシンビジウム
失われた最強の星
セレスト
・ロードエーデルワイス
死にぞこないの天才
シオン

「シャイニー隊」
はみ出し突撃兵
ドーラ
アイリス専属の医師
フィーリア
・ウィード
異端の決死兵
アイリス
・ホワイトスプリア

今日から、貴女は
『ホワイトシスターフッド』で
初のメイド・オブ・オールワークよ

私が……、あの、
メイド・オブ・オールワーク？

シオンは天頂に指をかざし、
星幽を投射する。
冷たくも熱い、
鋭い青色をしたシオンの魂。

「きれい――」
「いい物見せてあげる」

死にぞこないの天才と異端の決死兵 **1.**

Soldier maid

CONTENTS

異界掃滅のソルジャーメイド

1．死にぞこないの天才と異端の決死兵

河鍋鹿島

OVERLAP

序幕／悪夢のイミテーションフラワー

ちっちゃな女の子が、地獄に横たわる。

その女の子は、それまでごく当たり前のように、平穏な暮らしを送っていた。

女の子に与えられた部屋は、プレゼントされたお人形で一杯だった。その日だって、女の子はお気に入りのお人形を手にして、いつものようにおままごとに興じていた。

女の子はその当たり前だと思っていた日常で幸せだった。守らなきゃいけない家のルールは少し窮屈だけれど大切にされ、この家の中は他のどこよりも安心できた。女の子はその幸せな日々の中で、今は許されてなくても大人になったらもっと色んなことが、なんて、そんな楽しい未来がきっとやって来るのだろうと幼心に夢見ていたのだ。

しかしそんな夢のような未来を嘲笑《あざわら》い、それはある日突然、この世界に降って湧いた。

世界はその日を境に、がらりと一変してしまった。

なんの前兆もなく、その地獄は女の子の下へもやって来た。

両親に守られるように暮らしていた、温かな愛で満たされた家の子供部屋。その部屋の中にさえいれば、絶対に安全だと言いつけられていた。

その生まれた頃からずっと過ごしていた、小さいけれど全てだったその安全な世界が、瞬《まばた》きの前と後で、まったく別の姿に変貌してしまったのだ。

平穏な日々も、手にするはずだった希望のある未来も、不意にあっけなく崩れ去った。

それはこれまで、女の子が目にしたことも体験したこともない、奇妙奇天烈《きてれつ》極まる、異常な世界。

天井や壁だったモノはその身に星を明滅させながらぐにゃりぐにゃりと形を変えて踊り、星の光は芋虫のようにのたくり女の子へと向かって大気を這《は》う。肌が触れている柔らかい絨毯《じゅうたん》が敷かれていた床だったはずの感触は、皮膚を焼くような熱を持つザラザラした粘体となって女の子をずぶずぶと飲み込んでいく。

頭の内側から溢《あふ》れ出る未知の情報に思考は浸食され、星の光が全身の穴から身体《からだ》へと侵入し、血管の奥で蠕動《ぜんどう》しながら心臓を目指す。

「パパ！」

女の子は叫んだ。お稽古が上手にできた時にいつだって優しい掌《てのひら》で頭を撫《な》でてくれた父親に、女の子の助けを求める声は届かない。

「ママ！」

女の子の悲痛な嘆きを、怖い夢を見た時に優しく抱き上げてくれた母親は聞き届けてくれない。

いくら名前を呼んでも返答がない両親への叫びは、どれだけ繰り返したのか声は嗄《か》れ、開いたままの口からはもう掠《かす》れた呻《うめ》きしか出ない。救いの主なんてどこにもおらず、神さまさえも女の子を救ってはくれない。

ただし唯一、女の子の声以外にも、この部屋に響く音がある。

「ぉこ。どヴぉ」

女の子の耳に届くそれは、どうにか何らかの言葉だとわかるが、獣と人の咆哮《ほうこう》を混ぜ合わせてそこにじゅるじゅると水気が強く含まれた、聞いているだけで鼓膜がぞわぞわする不快な音だった。

両親は来てくれず、この地獄に女の子は取り残されていたが、いつの間にか他にも住み着いているモノがいた。

不快な声の主は、家の中を自由に徘徊《はいかい》する、不気味な怪物だ。

「どヴぉぢいぶぼぉぉぉ」

女の子が目にしたのは、一匹や二匹ではない。幾つもの姿を目にした。

この世の物とは思えない、名状しがたい吐き気を催す冒瀆的《ぼうとくてき》なバケモノの博覧会。女の子の前を我が物顔で、怪物たちは自由にうろついていた。

怪物の姿が視界に入るたびに、新鮮な恐怖に心は支配された。

地獄になってからどれくらいの頃だったか、女の子のことを救出に来てくれたのか、警官や重装備の軍人を見かけたこともあった、が――

「嘘《うそ》だッ！　足が、おれの足、あっ、ああ！」

警官は足先から、床を這う怪物に骨がぐずぐずになるまで溶かされてしまった。

「く、くるな！　そんな入らな、はいってくっぅぎぎゃ！」

軍人は鼻や耳から身体の中に侵入され、皮膚まで残さず粒子となって大気に霧散した。

こんな場所へと入り込んでしまったばっかりに、人間の哀れな悲鳴が地獄に音色を添えた。怪物が警官でも軍人でもおかまいなしに殺戮《さつりく》するのを、女の子は見た。

すべての悪夢を目にしていた。

女の子はそんな怪物が蔓延《はびこ》る部屋に、食事も水も取らず、目を閉じることもできず、捨て置かれたようにぽつんと倒れていた。

居続けているだけで頭がおかしくなり、次の瞬間には死んでいる方が当然のこの地獄で、世界がこんな風になってしまってからまだ数秒も時が過ぎていないようにも、それでいて百年以上過ぎてしまったような、短いのか長いのかさえもうわからない時を、女の子は何故か壊れてしまうことなく生き長らえていた。

生きていることが幸運だったのか、こんなになるまで死ななかったことが不運だったのか、女の子にはまだわからない。ただ、一つの奇跡ではあったのだろう。

しかしその奇跡が続いていたのも、今この瞬間までだったのかもしれない。

意識が定かならず朦朧《もうろう》としたまま、もう這って逃げることもできない女の子の下へ、遂《つい》に怪物がのそりぞるりと近づいてきていた。

女の子は心がひび割れ、砕けてしまいそうなくらい怖くて、また助けを呼ぼうとしたが
——だれに？

女の子の脳裏には、助けを求めるべきどんな相手の姿も浮かばなくなっていた。

父親と母親の顔も名前も思い出せず、ここがどこだったのかすらも、もうわからなくなっていた。記憶は冒瀆的な色で塗りつぶされていて、もうその下に何が描かれていたのかは判然としない。女の子は、もう自分の名前がなんだったのかさえ、記憶していなかった。

「た、すけ」

それでも女の子は、まだこの世界に生きていた。最後に残った僅かな力で、女の子は助けを乞う。

地獄が地上に顕現しようとも、神は人を助けない。祈りでは、怪物の蛮行を阻めたりしない。

だがその救いを求める声に、「彼女たち」はやって来た――

「――そら、消し飛びなさいな」

人の声がした。

怪物の上げる鼓膜を凌辱《りょうじょく》する奇声ではない、それは正《ただ》しく人間の声。

その声が聞こえた後に起きたのは、眩《まばゆ》い閃光《せんこう》と激しい銃撃の音。

最前まで怪物が立っていた場所に、もう悍《おぞ》ましい姿はない。代わりに現れたのは、複数の人影。

黒いロングスカートが棚引き、汚れ一つない白のエプロンドレスが揺れる。

メイドである。地獄と化した世界をぶち壊すようにして飛び込んできたのは、揃《そろ》いのメイド服に身を包んだ女たちだった。

神の手も届かぬこの地獄に、メイドが颯爽《さっそう》と舞い降りたのだ。

「どうだい見てごらん、通じるさね。十二分に掃除できるじゃないのさ」

「ええ、ええ。工房《アトリエ》の子らの仕事はよろしいことです。褒めてあげなくては」

「なによ、まだこんなにいるじゃない。無駄話はそれぐらいにしなさいよね」

この狂った空間で鷹揚《おうよう》に会話を交わすメイドたちの周囲へ、いきり立った怪物が集まってきていた。

「試しにはちょうどいいくらいでしょうや。存分に行使しましょう」

「世界に示す時が来ました。今こそ我らメイドが、救い手となるのです」

迫り来る怪物の群れに対し、メイドたちは歌うような軽い口調で、踊るようにステップを刻む。

そして手にした大きな武器で、メイドは地獄の怪物を斬り裂き、蜂の巣にしていく。

「こんなところさね」

メイドの一人がふっと息を吐いて言う。あろうことか完全武装した警察や軍人でも歯が立たなかった怪物を、このメイド集団はすべて殺し尽くして見せた。

「あら」

戦闘後各々が室内を検分している中、メイドの一人が驚きの声を上げた。

「どうなさいまして？　あの声の発生源でも見つけなさいましたの？」

その反応を訝《いぶか》しんで、ぞろぞろと他のメイドが集まって来る。

「さあさ皆様、どうぞこちらをご覧になってくださいな」

そのメイドが指差したのは、ずっとこの部屋で一部始終を見ていた女の子だ。

見下ろしてくるメイドと、女の子は目が合った。

「待ちな、フローレンス。こいつ、これで生きてるってのかい？」

怪物と対峙《たいじ》しても動じていなかったメイドたちに、困惑が広がっている。

「人がこの『ハウス』で？　馬鹿言わないでよ」

「ですがここにいるこれこそが、あり得べからざる可能性を証明しています。でしたら目の前に提示されしものこそが真理となりましょう」

「これが何であろうと、我々にとって貴重なサンプルではなくって？」

「ええ、ええ、面白いわ、持ち帰りましょう、そうしましょう」

女の子をぐるりと取り囲んだメイドたちが、可笑《おか》しそうに笑う。

怯《おび》える女の子を、メイドが抱え上げる。

女の子の指から、唯一変わらず手にしていた物が、するりと床に落ちてしまった。

カタン、と音を立てて、落としてしまったおままごと遊びの人形が、床から無機質な眼《め》で女の子を見ていた。

第一幕／花冷えのホワイトスプリア

埃《ほこり》一つなく、隅々まで磨き抜かれ、陽光を反射する清澄《せいちょう》な白の廊下。

ここは宮殿にも匹敵する壮大な規模と華やかさを誇り、重厚な歴史を感じさせる白磁のカントリーハウス。

廊下を満たす静かで清澄な空気を切って歩くように、シオンは颯爽と進む。

誰しも羨む透き通るようできめ細かい、十代の健康的な白い肌。冬空の如《ごと》く、冷たくも美しい色合いの碧眼《へきがん》。

肩口まで伸びた艶やかな金糸の髪が、歩きに合わせて軽く揺れる。

スラリと伸びた流麗な手足に、豊麗かつ均整の取れた同性も羨むシルエット。

大きな胸を張って背筋はぴんと伸び、きびきびと足取り早く進む姿は気高く麗しい。

些《いささ》か目付きこそ悪く見えるが、誰の目から見てもわかる程容姿端麗な美少女である。

その美少女であるところのシオンの身を包むのは、膝丈の黒一色のワンピース。その上にはフリルのついたエプロンドレス。おまけに頭には、白いフリル仕様のカチューシャであるホワイトブリムが花を添える。

これぞメイド。立てばメイド、座ればメイド、歩く姿もメイドに他ならない。

「ごきげんよう」

廊下でシオンとすれ違う際に挨拶を交わす者もまた、もれなくメイドである。

それもそのはず、このカントリーハウスこそは、世界中にシェアを持つ民間メイド派遣会社である『ホワイトシスターフッド』のロンドン本部なのである。

当然シオンも『ホワイトシスターフッド』に所属するメイドの一人だ。左腕に着けられたロゴマークの入った青い腕章が、そのことを表している。

一本道の廊下の行き着く先、壁と同じ白いドアの前で、シオンの足が止まる。

立ち止まってドアを睨《にら》むシオンの表情は、硬く険しい。

廊下を颯爽と進んでいた凜々《りり》しい姿とは違い、四肢の硬さがこの扉の向こうへの緊張を感じさせる。それでも優柔不断に時間を浪費することはなく、然《さ》したる間を置かずドアを軽くノック。

「セレスト隊所属、シオン入室致します」

「よろしい。入室を許可します」

シオンの名乗り上げに対して室内から答えが返り、何の変哲もない木製のドアが人の手を借りず独りでに開く。

一呼吸。シオンは重りのような緊張を腹の内に呑《の》み込み、息を整える。

「失礼します」

覚悟を固めて顔を上げ、開かれた扉の向こうへと足を踏み入れる。

入室した楕円形《だえんけい》の空間は、このカントリーハウスの中枢たる執務室。

質も品も良い家具、絵画、調度品に囲まれた執務室の中央。光の差しこむ窓を背に、千年樹を素材にしたデスクに着くのも、またメイドであった。

ボリュームのある、艶やかなブルネットの長髪。

妖しく濡《ぬ》れた黒曜の瞳と、慈母めいた微笑を浮かべる唇。

衣服の下から豊満な胸が布地を押し上げ、腰のラインは艶《なま》めかしい。

シオンが身に着けている物よりも豪華な刺繍《ししゅう》の施された華美なメイド服の上に、王室の人間の如きマントとサッシュを着こなす魔的な色香を放つエレガントな女。

「お呼びに与《あずか》り参上いたしました、フローレンス様」

「ええ、よく来たわねシオン」

改めて慇懃《いんぎん》な礼を取るシオンに頷《うなず》いて返すフローレンスは、本来は使用人の象徴であるメイド姿とはいえその居住まいから滲《にじ》み出る風格は大国の国家元首にも引けを取らない。

オーラを纏《まと》っているような威厳に比べ、その外見はシオンより少し年上くらいの若さにしか見えないが、実際はシオンが幼少の頃、初めてフローレンスを見た時と少しも変わらない、年齢不詳の魔女だ。

フローレンス・ロードシンビジウム。彼女はメイド全体の監督を行う最上級職メイドであり、『ホワイトシスターフッド』最高幹部である大総監《ハウスキーパー》の一人だ。

フローレンスの前に立たされた時、緊張せずにいられるメイドはそういない。

そのフローレンスはゆったりと椅子の背に凭《もた》れ、胸の下で腕を組んでクスリと含みをもって嗤《わら》う。

「……けれどそれは違うわね、シオン」

フローレンスは威厳たっぷりに、ゆるりと訂正する。

「もうセレスト隊は存在しないわ。そうでしょう、シオン？」

「っ……はい」

言われた瞬間目の奥がカッと熱くなる。拳を強く握り、憤《いきどお》りに歯を噛《か》みしめてしまうが、何とか自らの感情を宥《なだ》め、シオンはフローレンスの言葉に頷いた。

フローレンスの言葉通り、シオンが在籍していた部隊であるセレスト隊は、『ホワイトシスターフッド』の派遣リストから登録抹消されている。

何故《なぜ》ならシオン以外のメンバーが、全員死亡してしまったからだ。

メイドは死と隣り合わせ。世界で最も危険な職業だ。

世界中は今『ハウス』と呼ばれる未曽有《みぞう》の超常現象による脅威に晒《さら》されており、その『ハウス』への対処を行っている者たちこそがメイドである。

世界中に一斉に『ハウス』が発生した『十二月のドゥームズデイ』と呼ばれる大厄災のすぐ後に、各国が手をこまねいていた『ハウス』への対応を行ったのが、他ならぬ『ホワイトシスターフッド』だ。各国の軍事力に壊滅的被害を齎《もたら》した『ハウス』を、メイドが撃退するという華々しいデモンストレーションによって『ホワイトシスターフッド』は表社会への進出を果たしたのだ。

『ホワイトシスターフッド』の派遣するメイドは、無論普通のメイドではない。現行のあらゆる軍事兵器の通用しない『ハウス』に唯一対抗可能な魔女の技——人種を問わず人間に先天的に備わった魂ともいえるエネルギーである〝星幽《アストラル》〟を軍事転用した〝ソルジャーメイド〟だ。『ホワイトシスターフッド』とは、その星幽を使うソルジャーメイドをサービスとして提供する民間軍事会社なのである。

その大元は1700年代頃にサナトと名乗る魔女の下、魔女狩りの迫害から相互扶助するべく結成された、魔女による魔女のための秘密結社が母体である。世界史の裏で社会の中にメイドとして潜みながら暗躍し、魔女たちが異端として社会から排除されないように各国に活動基盤の根を広げながら、星幽の研鑽《けんさん》と人材の育成を連綿と紡いできたのだ。

「もう怪我《けが》はいいみたいね」

「どこも問題ありません」

「そう。なら結構」

任務の失敗によって壊滅した部隊の中で唯一生き残ったメイドのシオンは、その時に負った重傷からの復帰初日に大総監であるフローレンスに呼び出され、この執務室に出頭したのであった。

シオンはただ一人生き残った者として、失敗に対する責任を問われる覚悟を決めてこの場にいる。

——仲間を死なせたのだから、罰せられてしかるべきだわ。

シオンは己の不甲斐《ふがい》なさを呪っていた。セレスト隊の仲間を誰一人助けられず、『ハウス』から一人生き延びた自分が許せず、意識を取り戻した時からずっと自分を責めていた。だが罰を受けるのは当然として、ソルジャーメイドの仕事は何としてでも続けたいと思っている。

――私は戦わなくちゃいけない。

再び『ハウス』を掃滅するために、シオンは厳しいリハビリを乗り越えて重傷から復帰したのだ。それが仲間たちの中でたった一人生かされた、シオンの贖罪《しょくざい》なのだから。

「それではシオン、早速だけれど――貴女《あなた》を今日から新部隊の隊長《ヘッド》に任命するわ」

しかしフローレンスが口にした内容は、シオンの想定していた懲罰とはまったく異なっていた。

予期せぬ言葉と共にフローレンスがことりとデスクに置いたのは、隊長《ヘッド》にのみ授与される花十字勲章。隊長《ヘッド》への就任となれば、それは小隊規模で運用されるソルジャーメイドの部隊を率いる立場になるということ。つまりは昇進である。

「何かの間違いではないでしょうか？」

メイド小隊の隊長《ヘッド》に功績どころか無様な敗残兵である自分が抜擢《ばってき》されたことを、シオンは疑問に思う。

「いいえ、これは決定事項よ」

「ですが――」

シオンの抗議を無視してフローレンスが指先を軽く振ると、シオンの腕章の色が変わる。

「これは――」

「加えて今日から、貴女はメイド・オブ・オールワークよ」

自身の身に着ける腕章を食い入るように見るシオンへ、フローレンスはさらりと告げた。

「私が……あのメイド・オブ・オールワーク？」

ソルジャーメイドには幾つもの役割がある。部隊の先頭に立って索敵、侵入ルートの確保、障害の排除の指示などをする斥候《パーラー》。戦闘における部隊のメインアタッカーである突撃兵《キッチン》。道を塞ぐ障害やドアを突破するための大火力の爆発物や兵装を運用する工兵《ランドリー》。防御結界《プロテクト》や汚染の解毒、『ハウス』内での応急処置を可能とする衛生兵《ナース》。最大の射程距離と核《いぬ》を射貫く精密性と誘導魔術が求められる狙撃兵《チェインバー》。

といったように、ソルジャーメイドには『ハウス』内での業務を優位に進めるため、能力による適性に基づいた部隊での役職が定められている。

ソルジャーメイド個々人のポジションは、腕章の色で一目でわかるようになっており、斥候は赤、突撃兵は青、工兵は黄、衛生兵は白、狙撃兵は緑となっている。

そしてシオンの変化した腕章は、その五つの色をすべて用いて彩られている。

「『ホワイトシスターフッド』で初のメイド・オブ・オールワーク。隊長《ヘッド》の箔《はく》としては十分でしょう？」

これまで誕生の可能性を予見されながらも絵空事とされていた、あらゆるポジション適性を持ち、なんにだってなれるオールラウンダー。それがメイド・オブ・オールワークという称号だった。

　そんな特別な称号をメイドで初めて授けられたことに、シオンも困惑を禁じ得ない。

「どうしてそんな下駄《げた》を履かせてまで……」

「勘違いしないで。シオン、貴女のメイド・オブ・オールワークへの任命は、前々から検討はされていた。貴女はそれだけの実績を示したのよ」

　フローレンスはシオンの疑念を否定して、むしろ褒めるように優しく微笑《ほほえ》んだ。

　実際シオンは必要に応じて全ての役職をこなしていたので、そこに嘘《うそ》はないのだろう。

「さて、就任してもらうからには、これからは貴女も栄光ある隊長《ヘッド》の一人として、部隊を率いてもらうことになるわ」

「私の部隊……」

　そう言われても罰せられるつもりでいたシオンからしてみればメイドを続けられるのは望むところだが、急な昇進辞令とメイド・オブ・オールワークの任命に頭がすっかり混乱している。それにシオンにとって、部隊《チーム》とはセレスト隊以外考えられない。

「それからもう一つ。貴女の下に配属するメイドは、もうこちらで決めてあるわ。さあ、入ってらっしゃい」

　シオンの納得できていない心持ちには気付いているだろうに、フローレンスはまったく無視して告げる。

――トントン拍子過ぎるわ。全部決まっていたわけ？

シオンが訝《いぶか》しんでいると、いつの間にか外に待機していた一人のメイドが入室してきた。

シオンは入口に向かって振り返り、そのメイドへと視線を向ける。

ヘッドドレス型のホワイトブリムの下には波打つようにウェーブのかかった、月の光をそこに閉じ込めてしまったような柔らかな白銀の長髪。

黄金の煌《きらめ》きを持つつぶらな瞳は、左目が眼帯によって覆われている。

ビスクドールのように完璧で精緻《せいち》に整った、いっそ不自然なくらい可憐《かれん》で美しい容姿であるが、寝不足気味に見えるぼんやりとした表情がアンバランスさを添えている。

小柄な体躯《たいく》で膝下まであるワンピースから覗《のぞ》く手足は細く、吹けば倒れてしまいそうな華奢《きゃしゃ》な少女であった。

手にしているのはソルジャーメイドの武器である「星幽兵装《ブルーム》」。星幽の合成された星幽合金《メイドアロイ》によって鍛造された、箒《ほうき》の名の下一つとして同じ形の無い個人専用の武装だ。

その白色の光沢を放つ細身の星幽兵装を杖代《つえ》わりに、足を引きずるようにしてゆっくり現れたメイドは一度シオンに目を向けると、視線が合った瞬間慌てて目を逸《そ》らす。

「わっ、わたしアイリス・ホワイトスプリア、です。役職は斥候……ビトゥイーン、です」

慣れぬ様子でアイリスと名乗ったメイドは、初対面のシオンに怯《おび》えるようなおっかなびっくりした忙《せわ》しない態度で、聞き取りにくい小さな声で力なく自らの役職名を告げた。

「はぁ？」

シオンはそのアイリスの言葉を受け、アイリスの黒い腕章に目をやり、眉間に深い皺《しわ》を寄せた。

「ひっ!?　えうぅ……」

不愉快な気分を隠せなかったシオンに、アイリスはびくりと肩を竦《すく》め、情けない声を上げた。

「いけないわねシオン、メイドがそんな顔しては、アイリスが怯えていてよ。仲良くしてあげてちょうだい」

フローレンスはそんなシオンを、やんわりと窘《たしな》める。

「一つお聞きしてもよろしいですか、フローレンス様」

「ええ、許すわ。何かしら、シオン」

「歩行にも杖を支えとしなければならない点から、彼女はどこか患っているように見受けられますが、その彼女をビトゥイーンになさったのですか」

ビトゥイーンとは、数合わせでありながら、最も危険な役割を仰せつかった決死兵だ。

アイリスの腕に巻かれた腕章の黒い色が、万全な状態には見えない彼女が決死兵《ビトウィーン》であることを否応《いやおう》なく主張していて、シオンは憤懣《ふんまん》やるかたない気持ちで刺々《とげとげ》しくなった目と言葉をフローレンスに向けてしまう。

「ええそうよ。私が大総監ですもの」

大総監に対する不敬な鋭いシオンの眼差《まなざ》しを、フローレンスは一顧だにせず受け止め、鷹揚《おうよう》に言ってのける。

「彼女を一人前のメイドに、貴女の手で導いてあげて頂戴ね」

「専任教官《ガヴァネス》ではありませんが」

「アイリスをビトゥイーンのままにしたくないのだったら、貴女が隊長《ヘッド》として、そう自分の部隊を運用なさいな。差配は貴女に一任する。それでよろしくて？」

「………わかりました」

不承不承ながら、シオンは頷《うなず》く。急に隊長職を任され、初めて顔を合わせたメンバー、それもビトゥイーンと組まされる。これからのことを考えるだけで頭が痛くなってきたが、組織の人間である以上、命じられたからには自分でどうにかしていくしかないのだ。

「そう、わかってくれて嬉《うれ》しいわ……では早速で悪いのだけれど、二人にはこれからお仕事に向かってもらうわ」

フローレンスはシオンが承服したのを見て、にっこりと微笑んで更に告げる。

「『ハウス』の掃滅業務《クリーニング》を、貴女たちに命じます」

「な――」

シオンは目を見開いてその命令を聞いた。

「たちの悪い冗談はやめてください。『ハウス』の掃滅業務にたったの二人、それも決死兵となどと、本気で口にしているのですか！」

その指示にシオンは怒りを隠しきれず、フローレンスに食って掛かった。入室時に緊張していたのが嘘のように、シオンは偉大なる大総監《ハウスキーパー》たるフローレンスに対して、真っ向から直訴していた。

「アイリスを貴女と組ませるのは、大総監たる我々の決めたこと。貴女に口を挟む資格はないことくらい、賢いシオンならちゃんとわかっているでしょう？」

「ですがっ――」

「世界に秩序と平和を齎《もたら》すメイドの一員として『ホワイトシスターフッド』に――我らの唯一の主人たる、サナト様のために奉仕なさい」

シオンの言葉を遮ったフローレンスの声はそれまでと異なり、底冷えする重さでシオンに有無を言わせない。『ホワイトシスターフッド』の決定が、シオン程度の下っ端の言葉で覆ることはない。

「……ご主人様のためとあらば、仰せのままに」

シオンは奥歯を強く噛《か》みしめ、命令に従った。

アイリスは所在なげに、強張《こわば》ったシオンの横顔を見つめていた。

◇◆◇◆◇

『ハウス』――それは異界化した建築物。２０１２年12月21日に突如として現実に生じた悪夢であり、世界に蔓延《まんえん》する超常の災害だ。

この災害は世界中の如何《いか》なる国も例外ではなく、同日同時刻帯に突如として発生し、世界に大きな混乱を齎した。発端となった忌まわしき日は『十二月のドゥームズデイ』と名付けられ、世界中の人の心へ恐怖と共に刻まれている。

『ハウス』化現象の原因は、ハーミットと呼称される未知の生命体が、内部に人間が存在していた建物に寄生することで、建造物を悪夢めいた空間に変質させる異界化汚染現象を引き起こすことにある。

現状世界中に数多《あまた》存在する『ハウス』は、すべてこの日に発生した災害であるとされており、新たには追加された事例は報告されていない。

この災害によって『ハウス』内部に取り残された人間が行方不明——事実上生存の可能性がない膨大な数の死者が生まれた。この被害による各国の復興は、目処《めど》が立っていない。

何より世界中に居座っている『ハウス』を根絶しない限り、たとえ復興が進もうとも人々はその影に怯え続けるだろう。真の意味での平穏な日常は、この世界から悪夢のすべてを一掃することでしか返ってこないのだ。

シオンは今アイリスと共に、その世界の悪夢たる『ハウス』の前に立っている。

二人の視線の先にあるのは、庭付きのバンガローだ。質素な家の割に庭は広いが、まだ何も植えられてはいなかったのだろう。放置された庭は、雑草が好き勝手伸び放題になっている。

一見すると何の変哲もない一般家屋にしか見えないが、『ハウス』は外部からのあらゆる破壊行為を無効化する常識の通じないモンスターだ。『ハウス』の排除には各国があらゆる手立てを講じたが全て無力であり、『ハウス』は内部に突入してハーミットを駆除する以外に対処する方法は見つかっていない。

そして各国の保有している如何《いか》なる最新装備も『ハウス』内部での戦闘においては効果が無く、そんな中で『ホワイトシスターフッド』の派遣するソルジャーメイドのみが、『ハウス』内での作戦行動に耐えうる存在なのである。

そのため『ホワイトシスターフッド』は世界に唯一平和を齎す、奉仕と社会正義の精神を掲げる友愛企業であると自らを喧伝《けんでん》し、世界中で『ハウス』掃滅業務に励んでいるのだ。

そんな掃滅業務を前にして、二人も普段から着こなしている『ホワイトシスターフッド』の制服である防性強化服《ドレス》にアーミー風のハーネスやポーチなどを装着し、足には上質で堅牢《けんろう》なタクティカルブーツ、手には星幽兵装を所持した戦闘装備。シオンのそれはアイリスの物よりも武骨で大型な、重厚な黒金。

バンガローの周囲一帯は封鎖されている。万が一にも『ホワイトシスターフッド』の作戦遂行中に邪魔が入らないように、警察が立ち入りを禁止しているのだ。とはいえこれは念のための処置であり、好き好んで『ハウス』に近寄る人間もそうそういないだろう。

二人がフローレンスより下された指令で派遣されたのは、比較的脅威度の低い案件と事前の調査報告書に記載されていた。ただし脅威度の高低はあれど『ハウス』を前に、命の保証などない。それも今回シオン隊として『ハウス』掃滅業務に投入された人員は、シオンとアイリスというたったの二人のみ。

本来ならば『ハウス』相手には最低でも五人以上の小隊規模でメイドを運用するのがセオリーであり、二人だけ、しかも即席部隊で当たるというのは正気の沙汰ではない。

シオンはちらりとアイリスに視線を向ける。

「あなた……もしかして経験豊富だったりする？」

線の細い少女は片目が眼帯に覆われ、杖代わりの星幽兵装を支えに引きずるような足取りで、動きはこれでソルジャーメイドだなんて信じられないレベルで覚束《おぼつか》ない。

シオンの眼には、アイリスは超人ではなく負傷兵にしか見えない。

「い、いいえ、これが、えっとその……初めてです……」

シオンの問いかけに、アイリスはびくりと肩を震わせてから、心配になるくらい大急ぎで首を横に振って、つっかえながらも慌てて初仕事だと答えた。

「たった二人きりな上に、初心者ね……」

アイリスの返答に、シオンは内心頭を抱える。

フローレンスの指示で任務に直行したため、アイリスに関しては移動の際に目を通した『ハウス』の事前調査資料に付随していた個人情報くらいしか把握できていない。それも記載されていたのは、自己紹介時に本人が申告していた役職と、後は装備の内容くらいだ。

これまでに得た情報から導き出せるのは、アイリスが戦力としてはあまり当てにならないだろうということだった。

──責任重大ね。

シオンは自身の胸元に飾られた、真新しい花十字勲章に視線を落とす。隊長《ヘッド》という職に就任して早々、部下を持ったことで他者の命を背負う責任を実感する。

シオンは任務の前だからと切り替えて、重い責任と共にアイリスに向き合う。

「用意は万全？」

ぼうっと突っ立っているアイリスに確認を取る。細かなミスの蓄積が部隊全体の生存率を下げるので、注意を怠ってはならない。

「ひゃ、ひゃい！　準備はえっと……習った通りに、です。いひっ」

シオンに声をかけられたアイリスは、それだけで飛び上がりそうなくらい驚くと、言われてから不安になったのか、あたふたとポーチの中身を確認してから顔を上げた。アイリスが浮かべていたのは、その完璧な美形が台無しになる卑屈な笑みだった。

どうやらアイリスは、本当に右も左もわからない新兵のようだ。溜息《ためいき》を吐《つ》きたくなるのを、ここは我慢。業務開始予定時刻まで時間がないため、簡単な打ち合わせに入る。

「いいこと、よく聞きなさい。私たちはこれから『ハウス』に一緒に突入するわ。そこからは立ち止まったりせず、私が合わせるから、あなたができる全力で走ってちょうだい。『ハウス』内では私の指示に従ってもらうけど、それ以外は訓練された通りに動くことを心掛けてくれればいいわ」

「あのぅ」

「なにかしら」

「え、あ、なんでもありません……」

「言いなさい」

何か言いたそうにして口ごもったアイリスに、気が長い方ではないので若干苛《いら》つきながらシオンは言葉を促す。うじうじした態度が気に入らないが、これから一緒に戦うからには、不満や進言は今この場で言ってもらった方がいい。突入した後になって問題が浮き彫りになれば、それこそ取り返しがつかない。

「うぇ、はいぃ。えっと、その……斥候《パーラー》、いえ、えっと……決死兵は単独で突入させるのが、常識なんじゃないのでしょうか？」

アイリスはおっかなびっくりシオンの顔色を窺《うかが》うように、ぽつぽつと意見を紡ぐ。

斥候は『ハウス』内部を先行して、安全なルートの確保をする役割だ。事前の入念な調査で脅威度の評価を行ってはいるが、実際に何が起きるかは『ハウス』内部に侵入するまで詳細はわからない。そういった性質上、先頭を任せられた斥候への負担は大きなものとなっている。

そんな斥候の中でも、何が起こるかわからない最も危険な『ハウス』への決死の突入の一番手を必ず押し付けられた、より大きな負担を強いられている者たちこそが決死兵なのだ。

一部の人材が決死兵に配役される最大の理由は、メイド教育機関である崇高なりし白百合の学舎《ソロリティ》での星幽《アストラル》純度検査の結果だ。

個人によって星幽の出力や、休息を挟まない連続した使用限界時間は異なり、その上限は各人の生まれ持った星幽の純度によってのみ決まる。そのため純度が高ければ高い者程魔女としての才能に優れ、学舎《ソロリティ》では高いレベルのカリキュラムが組まれて魔女術の最先端である「現代式戦闘魔術《アストラルメイドアーツ》」をマスターしたソルジャーメイドへと教育する。

逆に純度の低い少女は才能を見限られ、決死兵《ビトウィーン》にしかなれないのだ。

最低限度の現代式戦闘魔術の習得と決死兵の訓練だけを積まされた未熟な身で一番に『ハウス』に突入しなければならない以上、彼女たち決死兵は初めから死ぬ前提の役回りを押し付けられており、一回の業務も生き残れるとは考えられていない。決死兵に振り分けられた人員に求められているのは、最初に『ハウス』に踏み込ませることで、『ハウス』側からどんな反応があるかを確認するためのモルモットの役割だ。ソルジャーメイドとは名ばかりの、使い捨ての消耗品こそが決死兵の実態である。

生贄《いけにえ》役の決死兵。アイリスの置かれている待遇は、そういうことだ。

――気に入らない。

その決死兵たちの死体の山で成り立っているやり方が、シオンは大嫌いだ。そしてその捨て駒扱いを、当たり前のように受け入れているアイリスの態度にも苛々《いらいら》する。

「たった二人なのに、常識もへったくれもないでしょ」

本心を口にはしなかったが、シオンはアイリスを囮《おとり》にして死なせるつもりはない。誰かを犠牲にせず、部隊全員で生き残るのがシオンのメイドとしての流儀——そうシオンは教わったのだ。
「……はぁ」

わかっているのかわかっていないのか、曖昧で卑屈な、諂《へつら》うような無理をした顔でアイリスはシオンの言葉に同意する。

それにも舌打ちしたくなるが、これ以上アイリスを怯《おび》えさせるのは本意じゃない。

「はあ」

と今度こそ我慢できず溜息を一つ吐いて、アイリスと目を合わせる。

「たったの二人で業務に当たらなければならない以上、個人を突出させて早々の脱落を生むのは避けたいの。私には私なりのやり方があるから、それに従ってもらいたい。いいかしら？」

「わ、わかりも、した」

シオンが説明してやれば、アイリスは緊張しているのか表情を硬くして、言葉を噛みながら子リスのようにこくこくと何度も頷《うなず》いた。

——大丈夫かしらこの子。

正直シオンは不安になってきた。昇進とはいったものの、囮にも使えそうにないお荷物を押し付けられたのは、結局懲罰代わりに手っ取り早い廃棄処分として『ハウス』に送られただけではなかろうかと上の考えを疑ってしまう。

「ええ、ええ、いいわ。やってやるわよ」

あまりの悲惨な状況に、かえってシオンは反骨心を燃やす。意地でもアイリスと一緒に生き残ってやろう。そう心に決めた。

「えっと、その、やります、よぉ？」

そんなシオンを、アイリスはポカンと間抜けな顔で見て、よくわかっていないまま同意している。そこにシオンが不敵な笑みを向けてやれば——

「ひゃあ」

相変わらずびくついていた。

「それじゃあそろそろ行くわよ」

「……はい」

星幽兵装《ブルーム》を構え直し、足を前後に開いたスタンディングスタートの姿勢で、全身の隅々にまで星幽のエネルギーを血液の如《ごと》く巡らせる。メイドの準備はこれにて万全。

「〝さあ諸君。掃除の時間だ！〟《ライト・マイ・ファイア》」

シオンの号令で、二人は同時に走り出す。

向かうのはバンガローの玄関。外部からの一切の干渉を無効化する『ハウス』だが、玄関だけは内部に侵入可能な通路となっている。まるでこれは『ハウス』が外からの獲物を内部へと招き寄せているかのような、邪悪な意思を感じずにはいられない。

それでもその悪意に飛び込むしか、『ハウス』に立ち向かうすべはない。

「はっ！」

シオンが星幽によって超強化された脚力で、ドアを蹴破って『ハウス』に突入する。

一歩踏み入れた靴底には、むにゅりと肉を踏み潰したような、ぞわりとくる気色《きしょく》の悪さと、その奥にあるごりっとした固い骨の感触。その後には生物を踏み潰し、じわっと体液が滲《にじ》み出た、ぞっとする湿りけ。

鼻孔に薫《かお》るのは、噎《む》せ返る程に満ち満ちた、甘ったるい花の匂い。

ヒューケラにスカビオーサ、ゼラニウムにノコギリソウ。『ハウス』内一面に広がるのは、多種多様な花々。それはみっしりと、群生して咲き誇る。

しかしどの草花も似ているのは造形だけで、記憶にある本物とは色も質感もまるで別物。

ここに咲き乱れているのは、指や甲、爪に掌《てのひら》。人間の手を原型にして、本物そっくりの姿形を再現し尽くした、この世の物ならざる醜悪な花。

その人の肌が上下左右、床や天井や壁面の区別なく視界に広がる、異形のガーデンだ。

そしてそのどれもが意思を持っているかのように、わきわきと指や手首の関節であった部位に合わせて身を揺すっている。

これは幻覚や妄想ではない。『ハウス』内で実際に広がっている現実の光景なのだ。建物内部は、外観とはまるで異なる地獄めいた空間と化している。

それも足を踏み入れたその瞬間から、早送りで動画を見ているかのような速さで新たな草花が無から生じるように姿を現し、植物を形作る指先の爪が異常に伸びて蔓《つる》を張り始める。

異界と化した『ハウス』内部は、現状に止《とど》まることなく絶えず変化を続けるのだ。

その変化は、新たな侵入者という異物が刺激を与えて促進し――

「ちっ」

足を踏み入れ、異形の草花を踏みつけ容赦なく進み始めたそばから、手足の末端に異常を感じる。肉の内側から、皮膚をめくって裏返ろうとするような異物感。

これが『ハウス』の侵入者に対する干渉――汚染現象だ。

『ハウス』内部では、磁場の狂った樹海とは比較にならないレベルで、方向感覚が狂いだしてしまう。そして滞在しているだけでも人の心と肉体は汚染されて、心身共に『ハウス』の一部へと取り込まれていくのだ。

常人ではあっという間に壊れかねないこの『ハウス』で二人が活動できるのは、現代式戦闘魔術のお陰であり、そして着用している防性強化服《ドレス》に付与された『ハウス』からの干渉に対する防御がその補完をしている。

そうしたソルジャーメイド以外では、精神肉体共にこの地獄を耐えることができず、たとえその特別なメイドであっても『ハウス』滞在時間が延びる程に生存率は著しく低下していく。

そして『ハウス』の恐怖はこれで終わりではない。シオンたち侵入者に反応し、肉の花が踊るように身悶《みもだ》えして膨れていく。

「でやがったわね」

肉のガーデンの中から、大きく膨れ上がった手花がそそり咲く。表面の皮膚が張り裂けそうなパンパンの人肉の花が、お互いに手と手を結び、爪の蔓で巻きつきあって、部屋の天井にまで届く大きな人型へと瞬く間に合体していた。

それも一体ではない。上体を持ち上げ、花畑から次々と同系の化物が立ち上がる。

『ハウス』の汚染によって生じた人に害なす塵《ちり》――芥物《かいぶつ》だ。

「杷ぎのO∴わジN∴ばセヴぉOぶむナぁ」

芥物は手を組み合わせて作った喉から理解不能の言語を発し、顔に見える形の物をメイドへ向ける。芥物はその虚《うつ》ろに窪《くぼ》んだ眼《め》の位置にあたる穴で、シオンとアイリスをはっきりと認識している。

「ハウスダストが五月蠅《うるさ》いわね」

けれどシオンは、肉がこすれて鳴る不快な声を上げて近寄って来ようとしている芥物の群れに怯《ひる》むことなく、正面から芥物を強く睨《にら》む。

接近は許さず距離を取った位置取りで星幽兵装の先端を持ち上げ、芥物へと向ける。

「かますわよ『アスター』!」

黒金の星幽兵装――アスターの先端部が開口し、銃口が顔を出した。

シオンのアスターには星幽で威力と速度を増幅して、弾丸を撃ちだす突撃銃《アサルトライフル》の機構が組み込まれている。

体内を血液のように循環させている星幽を指の先へと延長し、手にしたアスターの目に見えない引き金を心の中で引く。

アスターがシオンの意思に反応し、星幽を炉にくべ、内部機構が動き出す。

火を噴いた銃口から、弾丸が高速で掃射される。星幽兵装内部で星幽が実体のある結晶となって精製される、破滅と浄化の呪いが込められたメイドの魔弾《バレット》だ。

秒速2000メートルを超えて浴びせられた魔弾は躱《かわ》しようもなく、一発漏らさず芥物へと着弾する。

「ぶじゅるぅああ！」

破滅の呪いを受けて悲鳴を上げた芥物の肉が弾《はじ》け飛び、汚染を撒《ま》き散らす不浄の血は、流れたそばから弾丸に籠《こ》められた浄化の呪いで一滴残らず虚無へとかき消える。

防性強化服も星幽兵装も、メイドをメイドたらしめる制服と清掃道具だ。

メイドであるということは家を正常で綺麗《きれい》に整える者の象徴そのものを纏《まと》うことであり、その概念を纏うということはただ星幽の魔女術を使える魔女である状態の数倍も『ハウス』と芥物に対抗する力を増しているのだ。

地に崩れていく芥物を尻目に、シオンはスカートの裾を翻し、射線はすでに次なる獲物に狙いを定めた。

踊るような華麗さと目にも留まらぬ速度の足捌《あしさば》きでシオンは身体《からだ》の向きを変えながら、迫り来る芥物と一定の距離を取ったまま侵させず、反対に芥物を次々と撃ち抜いていく。

「除染機雷《ブリーチ》展開します」

シオンが周囲の芥物を抹殺して近寄らせない中、アイリスはポーチから取り出した掌の内に収まる金属の球体を『ハウス』内で投擲《とうてき》した。球体は床にぶつかった拍子に、鈴に似た音を立てて内部の機構が展開し、サッカーボールサイズにまで大きくなった。

中心からスパイクとなる吸盤が綿毛状に広がる地雷撤去ボールのような形状になった除染機雷を中心に、波紋が広がるようにして『ハウス』内の澱《よど》んだ空気が澄んでいく。シオンが全身で感じていた異物感が薄らぎ、視界がすっきりと晴れたのを覚える。

一時的にだが汚染は抑制され、『ハウス』の変化も固定された。

「まだここは玄関よ、かっ飛ばして行くわ！」

「はい」

場は整えた。大きな声で指示を出し、シオンはアイリスを引き連れて前進する。

幾ら排除した所で、この芥物たちは『ハウス』の一部でしかない。大元を何とかしない限り、汚染現象は解決しない。

だが侵入者の侵攻を『ハウス』が阻む。前方、進路を塞ぐように、殺しても、殺しても、湧《い》き出でるように芥物が群れをなす。

「――アイリス、いきます」

シオンが突撃銃を掃射するその前に、アイリスが前に飛び出す。

猫科の猛獣の如きしなやかな躍動で、床に茂る手花を蹴って、華奢《きやしゃ》な肢体が宙を舞う。

一番距離の近い芥物へと勢いよく飛んだアイリスへ向かい、芥物の側も動く。

全力疾走する芥物を構成する指先の爪が、刹那の間に身の丈より長く伸び、身を捩《よじ》らせる動きに合わせて鞭《むち》のようにしなる。お互いに距離を詰める速度が重なって、刹那の内に芥物の爪が、アイリスの眼前へと到達。

「抜くよ『アヤメキメラ』――」

――雷光一閃《いっせん》。音もなく稲光が悪夢に奔《はし》る。

あわやアイリス八つ裂きかと爪が迫る最中、白い細身の星幽兵装――アヤメキメラが分割され、右手で逆手に握られた短い部位を柄《つか》にして、白金に光る刀身が形成されていた。

アイリスの手に握られたそれは、星幽《アストラル》を刃にした仕込み剣だ。

その柄を抜き放ったモーションから、アイリスは芥物の鞭より速く逆手を振り上げ刃を振るっていた。

刃はアイリスの柔らかい肢体をバラバラにせんとしていた爪の鞭を、一刀にて刎《は》ね飛ばしてみせた。

アイリスは空中で迫った脅威を退けると、そのまま一途芥物の下へ。

芥物が次なる攻撃の手を打ち出すよりも速く、刃の届き得る間合いへと到達した。

振り抜いていた剣を手の内で返し、その動きから流れを止めることなく刃を躍らせて、次なる斬撃へと繫《つな》げる。

刃の軌道が、淡い残光を描く。

居合抜きからの、目にも留まらぬ連撃。

光の刃は凄《すさ》まじい切れ味で、豆腐を切るくらい呆気《あつけ》なく、問答無用で芥物を斬り刻む。

芥物は断末魔の声を上げる暇も与えられず、花散るようにバラバラになった。

光で浄化され虚無へと還《かえ》る芥物には目もくれず、アイリスは着地すると同時に床を蹴って、再び宙を舞う。

　空中で納刀し、手早く元の形にアヤメキメラを組み合わせると、儀仗《ぎじょう》兵《へい》のようにくるりと回し、芥物へと銃口を向けている。

「やるじゃない！　それのどこが決死兵《ビトウィーン》よ」

シオンはアイリスの身のこなしに瞠目《どうもく》しながら、その間にも俊敏に地を蹴って走る。瞬時に位置を変えながらアイリスが撃つのに合わせ、アイリスを狙う挙動を見せていた別の芥物を精確に撃ち抜いていく。

　突入までは星幽兵装を杖代《つえ》わりにしていなければ転んでしまいそうなくらい不自由そうに足を引きずっていたというのに、今のアイリスは解き放たれたプリマの如き軽やかさで、四方から無数に爪の鞭を伸ばしてくる芥物から芥物へと、身を何回転も捻《ひね》りながら避けては寄って斬る。天井、床、壁、と上下を何度も入れ替え、足場を選ばず跳ねまわり、抜刀と銃撃を絶え間なく自由自在に使い分け芥物を葬る。

　正直シオンは驚いていた。『ハウス』に侵入してから、アイリスの動きは別人のように良くなっている。突入前に想定していたような、速度をアイリスの足に合わせて遅らせなければならないなんて大間違いで、時にシオン以上の俊敏な動きを見せているではないか。

アイリスの現代式戦闘魔術《アストラルメイドアーツ》は、本来の決死兵の能力の範囲を大きく逸脱している。ならば何故《なぜ》決死兵なのかという疑問は湧くが、今はその強さがシオンにはありがたい。

「――これならいけそうね」

アイリスを必要以上に庇《かば》わずにすむため、シオンは援護射撃で芥物を殺すのと並行して、『ハウス』攻略のための思考に配分を多く割ける。

シオンは室内の情報を戦闘中にも抜け目なく観察し、分析していく。

異形のモチーフとなっている花の種類。混沌《こんとん》として見えるが、各所に窺《うかが》える整然とした手花の配置と高低。手を模した草花の中に、同じ体色であったため見えにくかった、人体の部位で構成された石や木の板、そして床の代わりに土の地面。

照明も自然光もどこにもないのにこの『ハウス』内部は明るく保たれ、いっそ生い茂る肉の草花を見渡しやすくする配慮さえ感じさせる。

この『ハウス』に『十二月のドゥームズデイ』当時在宅していたことが確認されているのは、ジョン・ブラウン。庭師であったという老齢の男性だ。

ジョン・ブラウンは王立園芸協会の主催するガーデンショーに出展するような園芸アーティストではなく、一般家屋の庭の手入れ、公園や街路樹といった公共施設などでの整備を行う名もなき技能スタッフの一人として勤続し、高齢を理由に職を辞したばかりだった。

当時在宅していた人間の分析が必要なのは、その人間が核とされているからだ。

汚染現象による『ハウス』の異界化の仕方には、取り込まれた人間が大きく影響する。『ハウス』の異界化は未知の侵略者ハーミットに寄生され核となった人間の影響を受けるため、その正体と位置を特定するには事前のプロファイリングが重要である。当然『ハウス』化の際に取り込まれた住人が多ければ多い程、核の特定難易度は上がる。『ハウス』脅威度の指標はそこからきている。

この草花を模した景色から、見るからにジョンの精神から影響を受けているだろうとシオンは推察した。

ジョン・ブラウンという庭師は、クリエイティブに庭をデザインするよりも、完成した後の方に意識を向けていたという。完成された形を如何《いか》に維持し、手間と時間を掛けてより美しい物へと育成できるか、という観点に常々重きを置いていたそうだ。

この『ハウス』はガーデンだ。汚染現象にジョンが他のどんな物よりも長い時間接してきた草花と、造園作業に何より必要な手という、二つの要素が色濃く表れている。

ガーデンには、イングリッシュガーデンという種類がある。自然なままであるかのような、野に咲く素朴な姿を切り取って庭園に再現する形で楽しむための様式である。すなわち自然のままに見えるように作りあげているわけで、一見不規則に見えるのも適当に配置しているのではなく、植物の色やバランスを選んで配置しているのだ。

この気がおかしくなりそうな地獄のガーデンでも同じだ。この空間のすべてが乱雑な混沌によって埋め尽くされているわけではなく、高低、花の種類、配置、そのどれからも秩序的な計算が感じられ、手入れがなされていると思《おぼ》しき箇所が存在している。

「全域を手入れする腕がない？　それとも自分の腕前を見せたいがために、わざわざ残してるってわけ？」

経験則上核が存在する『ハウス』最深部に近い方が、当然核の影響は色濃い。であるからして、最深部へ辿《たど》り着くためのルートは、核となった人間の影響が他より強くなる。

理解は攻略における最大の武器だ。『ハウス』は意味のある悪夢であり、その悪夢の意味を理解できなければ、どれだけ走り回ろうとも迷路を抜け出せない。核である人間や現象の意味をはき違えれば、汚染による認識阻害が強く働き、正しい道のりを選べなくなる。探索者であるメイドは汚染現象を紐《ひも》解《と》き、核の正体を見抜けない限り、核の下へは辿り着けないのだ。

――ならば進む先は一つ。

「ついてきなさい！」

アイリスに声をかけ、シオンは均整と調和の取れたルートを、芥物の襲撃を避けながら瞬時に選んで先導する。

正しい道を霧が晴れたように進んだ先に、壁が見える。そこに長い指の蔓《つる》に覆われた、アーチ状の閉ざされた扉が見えた。異界化の侵食で閉ざされた、ちょっとやそっとの威力ではびくともしないだろう、侵入者の道を阻むための頑強な門だ。

「道を開くわ」

シオンの意思に呼応してアスターの突撃銃が組み込まれていた先端よりも下部の位置が開き、大きな砲身が内部より突き出る。

屋内を激震させる轟音《ごうおん》が響き、星幽を大量にくべた砲身から、尋常ならざる速度で噴進弾《ロケット》が撃ちだされる。

砲身から射出された星幽によって精製された噴進弾が、轟音を置き去りにして扉へ激突。瞬間熱が大気に伝播《でんぱ》し、膨れ上がるような爆発が起こる。

発射に合わせアスターの後部機構の一部が開き、星幽によるバックブラストが猛烈な勢いで噴出した。

空間をビリビリと振動させる凄まじい爆発を起こして、ドアを吹き飛ばした。

「ライフルだけじゃなくって、工兵《ランドリー》の武器も……ほんとうに、メイド・オブ・オールワークなんだ……」

シオンの力を目の当《ま》たりしたアイリスが、ぼそりと驚きの声を漏らしていた。

ソルジャーメイドの適性の大きな部分は、星幽兵装《ブルーム》の存在が占めている。

シオンのアスターとアイリスのアヤメキメラが見た目も機能も違うように、星幽兵装は一つとして同じ形の物はない。

個人の魂である星幽によって変質した星幽合金《メイドアロイ》は、その内に含まれた星幽の持ち主に相応《ふさわ》しい形と機能を自ら求める特性を持つ。

そうした星幽合金から製造されることから、突撃兵《キッチン》には突撃兵の、工兵には工兵に相応しい機能が搭載された、持ち主のためだけの星幽兵装となるのだ。

そしてシオンが手にしたアスターは、初めは役割に特化した部分の無い扱いにくい形状だと見做《みな》された。だが使いこなしていく内に、全てに特化した形だったのだと判明した。

正《まさ》しくアスターのポテンシャルが、シオンがメイド・オブ・オールワークの称号に足る存在だと示している。

複数の機能を搭載したアスターを柔軟に使いこなす技量と高い判断力が加わったシオンは、この場においても各ポジションの役割を一人でこなして見せているのだ。

「メイド・オブ・オールワークに、できないことはないわ！」

シオンはアイリスの士気を高めるつもりで、大言壮語を口にした。だがそれも満更嘘《うそ》ばかりでもない。メイド・オブ・オールワークの自分なら、アイリスと二人でも『ハウス』を踏破できる――それくらいして見せなければならない。

――そうじゃなきゃ、自分だけが生きている意味なんて……

懊悩《おうのう》に追いつかれないように走るシオンと、その後ろにぴたりと続くアイリスは、群がる芥物《かいぶつ》を蹴散らし、足首を摑《つか》んで引き留めようとする花々を踏み潰し、噴進弾でこじ開けた大穴へ飛び込む。

門の向こうに広がっていたのは、屋根と壁に閉ざされてはいるが王立公園規模の大きなガーデンだ。外観からでは物理的にあり得ない面積の空間であるが、『ハウス』内にそんな常識は通用しない。

シオンはプロファイリングに基づいて、即座に進むべきルートを解析。

アイリスが除染機雷《ブリーチ》を一定間隔ごとに使用して汚染現象を緩和しながら、芥物の猛攻を冷静に潜《くぐ》り抜け、致死の罠《わな》が張り巡らされているような恐ろしくも危険な『ハウス』の奥へ、深く、深く、高速で踏破していく。

ガーデンを駆け抜けて、更に待ち受けていた門をまた噴進弾でこじ開け、辿り着いたのは『ハウス』の最深部と見られる、強い侵食力で肌がじりじり焼けるように痛む、最大汚染領域。

潜り抜けた門の向こうは――森だった。

ホールのように天井の高い空間に、たくさんの手がぎっちりと仲睦《むつ》まじく組み合わさってできた、見上げるような高さの悍《おぞ》ましいアカシア。手の花が咲き誇り、腕の木が綺麗《きれい》に立ち並ぶ。完全にコントロールされて造園された、腕の森がそこに広がっている。

「見つけたわ、かくれんぼは終わりよ」

森の中央部に鎮座している存在を、シオンは自分の眼《め》で確認する。

この肉の森では異質な、全身を骨に似た未知の白い物質で覆い、螺旋状《らせんじょう》にその身を捩《ね》じり上げた、人を歪《ゆが》めたような何かがいる。

今すぐ見てしまった両目を潰し、記憶を忘れるために脳髄を頭から掻《か》きだしてしまいたくなるほどの並外れた恐怖心を喚起させる、この地獄でも異次元の気配をそれはその身から漏出している。

あれこそがハーミット。

メイドがこの世から綺麗に掃除しなければならない『ハウス』の核が、目の前にいる。

しかし二人が足を踏み入れた瞬間、森は動き出す。

生い茂るアカシアの木の姿を取っていた夥《おびただ》しい数の腕が、もぞもぞとその身をくねらせ、元の形を捨てるように枝分かれし、その腕の中から新たな腕が生え、枝の数を増やしていく。ガーデンは無限に増殖して、腕の樹海へと今生まれ変わる。

「……手癖が悪いこと」

シオンはハーミットを目視した瞬間には突撃銃《アサルトライフル》による射撃を試みていたが、一瞬の間に生い茂った腕が、核を射線から塞ぎ、身を挺《てい》して魔弾《バレット》を悉《ことごと》く打ち落とす。

「どうして？」

隣では突入時から新米メイドとは思えない動きで、いやに落ち着いた対処をしていたアイリスが、目に見えて動揺している。この最深部到達時に除染機雷を新たに投入したというのに、今起きている変化の圧倒的速度と汚染の進みが止まる兆しがないことに困惑しているからだろう。

「落ち着きなさい、ハーミットの近くじゃ焼け石に水よ！」

如何《いか》に工房《アトリエ》が手掛けた除染機雷といえど、ハーミットとこれほどまで近ければ、その汚染が強すぎてほとんど効果の期待はできない。精々使用していないよりはましだ、というくらいの体感だ。

変化は絶え間なく、二人の背後にも魔の手が生じていた。噴進弾でこじ開けた、いざという時退路にもなる穴が、無数の手を結びあう形で閉ざされつつある。

「やってくれるわね、このお手々お繋《つな》ぎ野郎。まあ、すんなり終わりだなんて、そんな楽させてはくれないわよね」

口汚く罵りながらも、シオンは背に冷や汗をかく。

退《ひ》くも進むも、この瞬間、すべての責任をもって隊長《ヘッド》であるシオンが決めなくてはならない。核であるハーミットはもう目の前だ。ここで見逃してやる気持ちはシオンにはない。

しかし戦うことを決めれば、もうここから撤退することはできなくなるだろう。

どうするべきか。何が正解か――

「――許さない。そのために戻って来たんでしょうがっ」

シオンの心の中で、退くという選択が怒りの劫火《ごうか》で焼かれていく。

メイドは何のために戦うか。

あるメイドは、主《あるじ》たるサナトへの奉仕。

あるメイドは、世界を侵略者から解放するという崇高な理念。

あるメイドは、この混乱の時代に衣食住揃《そろ》った贅沢《ぜいたく》な暮らしができるというメリット。

メイドそれぞれに戦う理由があるが、シオンを突き動かすのは――怒りだ。

心を満たす憎悪が、恐怖をすべて燃やし尽くして闘争心へと塗り替える。

しかし人数がたった二人しかいない以上戦術的手札は少なく、『ハウス』内、それもハーミットを前にして悠長に作戦を考える時間の猶予もない。

即席チームでは連携が覚束《おぼつか》ない以上、危険な役割は自分が担うべきだと判断し、即座にシオンは如何にして攻め落とすかの戦術プランを、脳内で瞬く間に組み立てていく。

「わたし、なんとかします……」

だがアイリスは、シオンが組み立てたプランの下で動き出すよりも一歩速く、迷いなく特攻を仕掛けていた。

「この、馬鹿っ！」

飛び出すアイリスを止める暇もなかった。シオンも悪態を吐《つ》きながら、今立てたプランを破却して、勝手に動いたアイリスの支援のために後に続く。

アイリスは脇目もふらず、防御も回避もかなぐり捨てて、ひたすら真《ま》っ直《す》ぐハーミット目がけて駆けながら、光剣を抜刀する。

颶風《ぐふう》のように走るアイリスへと、枝分かれして視界を埋め尽くす異常な本数の手が殺到していく。

それでもアイリスは速度を緩めないまま、間合いに入った手を片っ端から斬り捨て、無謀な前進を断行する。

「させないっての！」

シオンも背後から伸びてくる指の嵐を目も向けずに躱《かわ》しながら、アイリスへと迫る魔の手を少しでも多く撃ち落とし続ける。

それでも流石《さすが》にアカシアの数が多すぎた。刃を掻い潜った手がアイリスにまで届き、腹部に致命的な一撃が届く。

「アイリス！」

シオンは叫んでいた。

「やめろったら！」

更にアイリスへと殺到してくる無数の手に、近づけまいとありったけの魔弾を浴びせる。

「——え？」

急いで助け出そうとしていたシオンは、燻《くすぶ》る硝煙の向こうに、あり得べからざる光景を見た。

アイリスは血も流していなければ、倒れてさえもいなかった。

それどころか踏鞴《たたら》一つ踏まず、シオンの叫びも聞こえていない様子で、黙々と星幽兵装の刃を目の前の敵へと振り下ろしている。

明らかに芥物の手が腹に突き刺さったようにしか見えなかったが、アイリスの動きに負傷からくる淀《よど》みは微塵《みじん》もない。攻撃が届いた筈《はず》の瞬間からまったく止まらずに、そこから手の群れに反撃をしたのだ。

凄《すさ》まじい剣速で光の刃が何重にも翻り、攻勢を仕掛けていた無数の腕を細切れに斬り裂いた。

――見間違い？　いや、そんなわけない。メイドが見誤るわけない。でも、それならどうしてあの子は動けるの？

アイリスが致命的な攻撃を受けたように見え、それなのに平気で戦っていることに、シオンは内心混乱していた。

けれど思考に囚《とら》われている暇はない。アイリスの身を案じるにしても、今は一刻も早くこの業務にけりを付けるのが先決。

アイリスの猛攻によって、人一人通れるだけの穴が行く手を阻んでいた樹海に空いた。

この僅かな勝機を、シオンは逃さない。

「飛ぶわよ、アスター！」

シオンは最高効率で星幽《アストラル》をアスターへと一挙に流し込む。アスターは外殻の一部が翼を広げるように可変して、注がれた力を増幅して外界への星幽投射による移動エネルギーへと転換する。

星が生まれ落ちたかの如《ごと》き凄まじい光をともない、シオンの足が地面を離れる。

シオンのアスターは魔女の空飛ぶ箒《ほうき》だ。悪夢の森を、メイドが蒼《あお》い綺羅星《きらぼし》となって飛ぶ。

アスターの高機動飛翔形態《エアクラフト》。津波の如き『ハウス』の魔手も、今のシオンには追いつけない。

一瞬にも満たぬ刹那で、アイリスの空けた包囲の穴を通り抜け、高速でシオンが核まで辿《たど》り着く。

恐怖の源泉たる『ハウス』の核。ハーミットに乗っ取られた人間、ジョン・ブラウンの残骸へと、もう手が届く距離。

高機動飛翔形態を切って、ぐるりと回したアスターの下部から飛びだしたのは、星幽投射のエネルギーによって物質化した、杭状《くいじょう》に形成された青い光を撃ちだす、刺突爆雷《パイルバンカー》だ。

「ァ妥、Eヨダ、2Wヲご愃NAAあA∀∀∀∀！」

生半可な攻撃は通じない強固な核であっても、零《ゼロ》距離からの最大火力ならば打ち破れる。

青色の殺意を突き付けられ、人の名残である口から人に似た声で、ハーミットが本能的恐怖を囀《さえず》った。

「ごきげんよう、どうぞたらふく召し上がれ」

シオンはそのままハーミットを、躊躇《ちゅうちょ》なく刺突爆雷で刺し貫いた。

「ごのぉ庭は、ぁとのにわは、あしがまもぉぉるうううううううう！」

「いいえ、終わりよ」

ごりごりと螺旋の身を捻《ひね》り、断末魔の声を上げるハーミットに、シオンは冷たく決着を告げる。

白い螺旋がひび割れる。突き刺さった星幽の杭が、内部からハーミットを食い破り、全身を粉々になるまで爆散させた。

核の死によって、顕在していた地獄が崩壊を始める。

一面に咲き誇っていた肉の花も木々も、一斉に枯れ、塩の柱となって白く崩れ去る。そしてこの世の物ならざる異形は、そのすべてが塩となった後に、さらに雪が溶けるように小さくなり、欠片《かけら》一つ残さずこの世界から消えてしまった。

『ハウス』の核とされていた人間の残骸を殺したことで、『ハウス』からあらゆる異常性が喪失し、その後には朽ち果てたただの家屋だけが残された。

全身に感じていた異物感も、建物の異常が消えたのと時同じくして無くなった。

周囲に満ちていた汚染が消え、『ハウス』の掃除の完了を確認してから、戦闘状態を解いたシオンが急いでバッと振り返れば、背後には何事もないように、星幽兵装《ブルーム》を杖《つえ》代わりにしたアイリスが立っていた。

メイド服のお腹《なか》の部分は、攻撃を受けたのかエプロンの一部が破れている。

それなのにアイリスは平然と、ガラスのような黄金の右目をシオンへと向けていた。

◇◆◇◆◇

「あんたさっき怪我《けが》したんじゃないの？　私に見せなさい」

遠目に灯《とも》された警察のライトの明かりに照らされる中、シオンはいの一番で、負傷の有無を確かめるためにアイリスに詰め寄った。

仕事を終え、玄関から退出したバンガローの外はもう暗い。想定よりもずっと早く業務を達成できたが、外はすっかり夜の帳《とばり》が下りていた。

「ひゃ!?　へ、平気れすっ！」

アイリスは詰められた距離の分だけ後ずさって、焦るように舌を嚙《か》みながら負傷を否定する。

「ぁアイリスは、まだまだ元気ですからっ！」

「そ、そう、案外タフなのね」

服の破れた場所を星幽兵装で隠し、やたら必死な様子はどうにも疑わしいが、実際腹部を貫通された状態ならばこんな平気そうには会話もできないだろう。そう考えれば、怪我をしていたとしても重い物ではないと考えるのが妥当だ。

「だったらいいわ。業務は終わったから、あんたはさっさと帰って一応本部の医療班に診てもらいなさい」

疑問は残るが、実際に問題は見えず本人が平気だと言っている以上問《と》い質《ただ》すだけの理由もない。目も合わせずそっけない態度で、シオンはアイリスへ帰還を命じた。

「……はぃ」

アイリスは仕事中の働きが嘘《うそ》のような、蚊の鳴くような声で返事をしてくる。それでもやはり、重大な負傷を受けている様子は見受けられない。

「あのっ！」

「ん？」

「いえ、その……」

歩き出そうとしたところで声をかけられ振り向くと、アイリスはその場を動かず、何やらもじもじと、シオンが怖いのかびくつきながらも何やら聞きたそうにしている。

「どうしたのよ」

一向に話し出さず、かといって帰途にもついてくれないので、溜息《ためいき》交じりにシオンから促してやる。

「ええと……シオンさ、あっ……たいちょう、はまだ帰らないのです？」

小動物のように小首を傾《かし》げ、上目遣いでアイリスはたどたどしく何とか言葉を紡ぎ出す。

「私はまだ用事があるから」

「へ？　ふえ、はあ」

「もういいわね。さっさと帰りなさいよ」

納得しているのかわからない、ふわふわとした返事をするアイリスに再度帰投の指示をして背を向け、シオンは疲れを見せないしっかりとした足取りで、草生《くさふ》を踏んで歩き出す。

シオンはそのまま、照明のそばに停車している警察車両が規制線を敷いている辺りへと向かう。

「お疲れ様です」

「ええ、ご苦労様。それで聞きたいことがあるのだけれど——」

メイドに対する畏怖と緊張で表情の硬い警察官に手短に用件を伝え、目的の人物の下へと向かう。

「奥様でいらっしゃいますか？」

「貴女《あなた》は……」

「国から『ホワイトシスターフッド』メイドサービスへのご依頼をいただきまして、本日貴家の『ハウス』掃滅業務《クリーニング》は無事完遂いたしました」

メイドらしく美しい所作で礼を取って、シオンは仕事の完了を述べ上げた。規制線の外でシオンが声をかけたのは、この『ハウス』化していたバンガローの持ち主である老婦人。ジョン・ブラウンの妻だった。

「それじゃあ、お嬢さんがあの化物を退治してくれたのね」

「はい。『ハウス』の掃滅は、私の責任の下無事完了しております。ご邸宅の再建や土地のご利用の案内は、わが社より後日改めて連絡させていただきます」

「……そう、終わったのね、これで」

「どうぞこれを」

シオンが手渡したのは、正常化した『ハウス』の中で、辛うじて風化せずに残っていた写真立てだ。色のくすんだ写真はツーショット。ジョン・ブラウンと目の前の女性だ。彼女に渡すために、戦闘後にシオンが回収しておいたのだ。

「あっ」

左手に持った写真に視線を落とした老婦人は、震える右手で口元を押さえる。

「あの人と老後を、これから二人でって……一緒に庭を……ああ、それが、こんな――」

かつての幸福な痕跡に、老婦人は一気に溢《あふ》れ出た涙を抑えられず泣き崩れる。

シオンは無言で老婦人に頭を下げ、踵《きびす》を返してその場を離れる。

「……どうしてまだいるのよ」

歩き出したシオンは、少し離れた所で立ち止まって眉を顰《ひそ》めた。

あれほど言っておいたのに、一人で帰らず、じっとシオンと老婦人のやり取りを見ているアイリスがそこにいたからだ。

まだ用件が残っていたというのなら、さっさと言えばいいというのに、アイリスは相変わらず人が話し出すのを待つ他人任せな態度で、シオンの顔を黙って見ている。

「……お疲れさま」

何を考えているのかわからないアイリスに声をかけ、そのまま横を通り過ぎようとすれば――

「――どうして」

「ん？」

アイリスの声に振り返れば、緊張した様子のアイリスが、思いのほか真剣な眼差《まなざ》しでシオンを見つめていた。シオンは立ち止まって、アイリスの次の言葉を待ってやった。

「どうして隊長は、あの写真を持ち出したんですか？　だって、その……」

アイリスの質問も、その先を言い淀んだのも納得だった。『ホワイトシスターフッド』による汚染現象の濃度検査によって、ハーミットを除去し『ハウス』の清掃が完了した後の建築物に危険性はないとの調査報告が出ているのだが、恐怖心を拭いきれない各国の取り決めた安全保障によって、『ハウス』化した物は、その建物も室内に遺《のこ》されていた物も、如何《いか》なる財産であってもすべて焼却処分することになっている。

当然室内の物を無断で持ち出すなんて、シオンくらいしかしていないだろう。

「黙っているならバレないわ。それとも上に報告する？」

「わっ、わたし言いません」

アイリスはぶるぶると首を横に振ってから、質問の答えを待っている。その質問はルールを破ったシオンを咎《とが》めているからではなく、純粋に疑問だという顔だ。

「私がそうしたかったからよ。もう無いものは渡せないけど、そこにあるんだから渡してあげたかった、それだけ」

シオンはぶっきらぼうにだが、本心を教えてやった。『ハウス』の犠牲者は、遺体すら残らない。たとえ『ハウス』を倒せても、遺族が得られる慰めなんて僅かだ。シオンは失う痛みを知ってしまったから、たとえ違反してでも夫人を放っておくことができなかった。

――死んだ者は取り戻せない。だから、こんなのはくだらない自己満足ね。

自分の振る舞いにシオンは自嘲するが、アイリスはシオンの答えに何を驚いたのか、呆《ほう》けた様子で口を開けたまま固まっている。

「せっかくだから、私からもいいかしら」

「なっ、なんでしょ、か？」

質問に答えてやったんだから、今度は私の番だとばかりに言うシオンに、アイリスはびくりと肩を揺らして身を竦《すく》めている。

「あんな特攻みたいな真似《まね》……そう教わったのかもしれないけれど、二度としないで」

シオンは吐き捨てるように、言いたいことをきっぱりと伝える。

「え？」

そんなことを言われると思ってもいなかったのか、アイリスは意外そうにきょとんとした表情を浮かべている。

「……苛《いら》つくわ」

さっきまでの怯《おび》えた様子ではないアイリスの顔を見ていて、思わず言葉が漏れてしまう。

アイリスは自らの身を危険に晒《さら》して、ハーミットへ無謀な突撃を敢行した。どうして無事なのかはわからないが、あんな真似をしたら死んでもおかしくなかったはずだ。

そんなアイリスの、死を当たり前に受け入れているような顔に腹が立つ。そうやって決死兵《ビトウィーン》に囮《おとり》を強いている連中に腹が立つ。それを何とかしてやれないでいる自分の至らなさに、どうしようもなくシオンは腹が立つ。

シオンは自身の胸元を押さえるように手を当ててしまう。幾つも渦巻くような腹立たしさがある。だがそれら以上に、強引に瘡蓋《かさぶた》を剝がしたように仲間を失った心の傷がじくじくと痛むのだ。

「うっ」

アイリスはシオンの低く漏れた怒りに、目を合わせないよう視線を逸《そ》らし、余計に縮こまってしまった。

シオンはアイリスに対して任務中も平時も、どう扱ったらいいものかと困っている。翻って自分の時はどのように接してもらっていたのかと改めて思いを馳《は》せれば、七面倒くさかった小娘相手に、きっと沢山気をつかってくれていたことだろう、と隊長や仲間たちの苦労も我が身のこととなってようやく思い至る。

そう我が身を顧みて、胸の痛みごと心を落ち着けるために溜息を吐《つ》くと、アイリスはまたびくりと一々過敏に反応する。

――そこまで怖がらなくてもいいでしょうよ。

正直一々怯え倒している態度にムッとするが、不服とはいえ隊長になってしまったからには、部隊員への歩み寄りも大切だ。と思ったばかりなので、口にしかけた文句をぐっと堪《こら》える。

「……無茶する前に、相談くらいしなさいアイリス」

がしがしとがさつに頭を掻《か》いて、シオンは苛立《いらだ》ちを抑えてアイリスのそばにまで更に寄って、少し言葉を選んで声をかけてやる。

「ふぇ？　えっ？　あっ、アイリスって……え？　あっ、わたし！　うえっ、うぅ……」

アイリスはその人形のような顔をくしゃくしゃに崩して、くるくると変顔を百面相してから、やたらと恐縮していた。

アイリスはシオンに名前で呼ばれたことに、大層驚いているようだ。名前くらいでそこまで大仰に反応することだろうか、とシオンは不思議に思う。

「ふっ――」

『ハウス』内であれだけの大立ち回りをしてみせたのに、名前を呼んだくらいでこうも慌てふためいている姿を見せられると、苛立っているのも馬鹿らしくて、気が抜けて笑ってしまった。

「平気だと思っていたって、どこか怪我《けが》しているかもしれないんだから、さっさと医療班に診てもらいなさい。だからさあほら、いつまでもぼけっと突っ立ってんじゃないわよ……帰るわよ、アイリス！」

「あっ、はいぃ」

シオンはアイリスを急《せ》かし、ようやく帰路につく。

負傷などはなさそうにちょこちょこと星幽兵装《ブルーム》をついて歩くアイリスの姿に、シオンはアイリスに見られていない所で、ホッと安堵《あんど》の溜息を吐く。

シオン隊の初陣は、こうして幕を閉じた。

◇◆◇◆◇

極彩色の夜景が、天上に広がっている。

白い部屋の中から、アイリスは星空を見つめていた。

その部屋に空を覆い隠す天井はなく、見上げれば星々が直《じか》にアイリスの目に映る。その眩《まばゆ》さを前に何の感慨も湧かず、透き通る無機質なビー玉のような瞳に、星の光を反射していた。

「修繕が完了いたしました」

無言でぴくりとも動かず、人形のように静かにしていたアイリスに声がかかる。

掃滅業務終了後、シオンに連れられ本部医療班に預けられたアイリスはフローレンスから前もって通達されていた内密の指示によって、ロンドン本部医療施設から隔離部屋に目立たぬよう一般メイドに対する隠蔽術式を施された上で移送されていた。

その天井が屋根もなく開け放たれていながら、どこにも見当たらない上方からの照明の灯《あか》りで明るい奇妙な部屋で、アイリスはメイド服をはだけた状態で治療の間ベッドに横たわって、目を開けていながら空を見るでもなくぼんやりとしていたのだ。

アイリスは声にゆっくりと反応して、星空から傍らの椅子に座るメイドへと顔を傾ける。

視界に入れたインテリジェンスな顔立ちのメイドは、フローレンスから直々に指名され、アイリスの治療や体調管理を任されているフィーリア・ウィードだ。

「ありがと、ございます……」

アイリスはベッドから身を起こして、ぺこりと頭を下げる。

「機能に問題はないと思われます。いかがですか？」

「えっ、あっはい。アイリス動けます」

アイリスはどこも問題ないことを、両腕をピーンと伸ばして示した。

アイリスの肌は、傷一つついていない。誰も足を踏み入れていない、新雪の如《ごと》き純白さだ。それは当然、はだけた服から覗《のぞ》くつるりとしたお腹《なか》もだ。

「でしたら結構です」

フィーリアは機械的な対応で動作を一瞥《いちべつ》すると、すぐに手元のカルテに目を落としてしまった。初めて会った時から、フィーリアのアイリスへの態度は一貫している。表面上メイドとしてはそつのない振る舞いだが、その瞳の奥の内心を隠しきれていない。フィーリアのアイリスを見る時の目の色からは、同じメイドに向けられている物とは思えない感情的な距離が見て取れる。

フィーリアがそう感じているのも、当然の反応なのだとアイリスもわかっている。

――彼女だけじゃない。みんなそうだった。

記憶にある限り最初に身の回りの世話をしてくれたメイドは、とても優しそうな人に見えた。

「――が、目覚めました」

声がして、アイリスはその人に視線を向けた。その人はアイリスが『ホワイトシスターフッド』に来て、初めて笑顔を向けてくれた人だった。

「今日も変わりないですね」

こちらへ語りかけてくれる彼女の柔和な笑みと落ち着いた声は、何もわからずここへ連れてこられ、身体《からだ》が満足に動かせず、隔離された部屋のベッドの上でしか過ごせないアイリスにとって、心の支えとなっていた。

その日々は寂しくて、冷たくて、アイリスの幼い心では耐えられないくらい寒かった。

だからアイリスは雛《ひな》の刷り込みのように、彼女を母親のように慕っていた。

だからアイリスはその凍えるような寒さから逃れたくて、彼女の優しい温《ぬく》もりへ、手を伸ばして触れようとした——

「ひっ」

腕を触られそうになった彼女は飛び退《の》くように身を引き、その顔からは笑みが消えて恐怖に引きつっていた。

アイリスがわかっていなかっただけで、彼女は笑顔の下に、ずっと恐怖を隠してアイリスに接していたのだ。それからすぐに、彼女は次のメイドに交代になった。

担当が今のフィーリアになるまでの間、アイリスの管理や調整を任されたメイドは何人かいたが、皆似たり寄ったりの反応だった。どれだけ取り繕っていても、誰もが心の中でアイリスを嫌悪し、怯えていた。この世界でアイリスの真実を知って、忌み嫌わない者はいないだろう。何故《なぜ》ならアイリスは——

「なんですか？」

追憶に耽《ふけ》るあまり黙ってじろじろと見過ぎたのだろう、フィーリアに咎められた。

「ご、ごめんなさぃ……」

目と目が合ってしまい、揉《も》めるのを避けたくて、振り絞るように口にした謝罪は、言い切る前に消え入るように小さくなってしまった。

フィーリアの目は冷たい。それが嫌悪から来るのか、恐怖による物なのか、そこまで深くは読み取れないが、彼女から向けられている目を見たくなくて、アイリスは逃げるように俯《うつむ》いて視線を外す。

——眼《め》。シオンさんの眼は、綺麗《きれい》だった。

フィーリアのその冷たい眼とはまったく違うが、印象に強く残っていたから、シオンの青い色をした眼をふと思い出す。

シオンはメイド・オブ・オールワークを冠するただ一人のメイドなだけあって、とても優秀な人だった。

それにシオンは、ただ強くて優秀なだけの人じゃなく、優しい人だった。被害者遺族のために遺品を届けてあげるなんて、アイリスには思いつかなかった。それは推奨された行為ではなく、おそらくは他の誰もやっていないことだ。それでもシオンは届けることを選び、ブラウン夫人はそのおかげで遺品を胸に抱いて泣くことができた。

——それに心配、してくれたんだよね。

シオンは決死兵のアイリスが怪我をしていないか気にしていたし、勝手に突撃したことに怒っていた。

ソルジャーメイドは決死兵を使い捨てにするものだと教わっている。それなのに、シオンはアイリスを使い捨てなかった。彼女はアイリスがただの決死兵ではないことを知っていたわけでもないのに、初めから見捨てなかった。

シオンがそうやって強い意志を示す時、その青い瞳は火傷《やけど》しそうな炎を宿している。

——シオンさんの眼を、また見たい……

そう思ったアイリスは、自分の内に生まれた言葉に自身で驚いていた。誰かに興味を持つ、そんな願望を抱くなんて思ってもみなかった。アイリスにとって、それは抱いてはならない高望みであると思い知っていたはずだったから。

——そうだ、優しくしてもらえたのだって、それはシオンさんがわたしのことを……

シオンがフィーリアたちと違うのは、彼女がアイリスのことをまだ知らないからなのだ。

アイリスは自嘲して、心に生じた興味関心に現実という重たい蓋をする。そんなことを考えても、意味がないことなのだ。アイリスは大総監《ハウスキーパー》から与えられた、『ホワイトシスターフッド』のソルジャーメイドという役割だけをこなしてさえいればいいのだ。

そうすれば、アイリスは他の者と同じように、ただのメイドだ。

他のメイドたちと一緒に『ハウス』を掃除していれば、自分なんかでもメイドの中にまぎれ込める気がするから、アイリスはメイドのフリをし続ける。そうしなければ、ここにはいられず、ここ以外にアイリスのいられる場所などないのだと知っているからだ。

指先が冷える。夜の空気に触れた手足が、じんと寒がっている気がした。

第二幕　白いアヤメを手にとってもらえたなら

「――っあ」

横になっていたシオンは、がばりと跳ね起きる。

息が詰まる程苦しい。嗚咽《おえつ》がこみ上げるくらいどうしようもなく辛《つら》いことがあった気がするが、それが何だったかが思い浮かばない。ただ胸の奥に残る痛みで、こみ上げるような苦しさだけがシオンを離そうとしないでいる。

「どうしたの、シオン？」

聞きなれた声がして、反射的に顔を向ける。シオンが目にしたのは、栗毛《くりげ》色《いろ》の柔らかい髪の、優しくはにかんで笑う人。

「ヘイゼル、さん？」

シオンはミーティングのために部隊ごとに与えられている専用の隊室にいて、横になっていたソファとテーブルを挟んだ対面のソファに座っていたヘイゼルの顔を見た瞬間、わっとこみ上げてくる感情の波に呑《の》まれ、言葉に詰まった。

「それ以外に見える？」

ヘイゼルはクスリと、眉の下がった優しい笑みを浮かべた。ヘイゼルは気遣いのよくできる人で、お洒落《しゃれ》できりっとしたクールな顔立ちのモデルのような外見の印象とは裏腹に、食事に生活態度と、あれやこれやと甲斐甲斐《かいがい》しく面倒を見てくれる。

部隊に配属されてからシオンも世話になりっぱなしで、ヘイゼルには頭が上がらない。

「私、眠っていたんですか？」

「ぐっすりだったよー」

ヘイゼルの肩の向こうから、ひょっこり顔を出したのはフランカだ。

「すいませんフランカさん」

赤毛の女の子であるフランカは、疲れや苦労を表に出さない、前向きな頑張り屋。そんな姿勢にいつだって憧れている。

「そんなことで謝ることないって、ねえステラ」

「そうだねケイト。シオンはまだまだ固い」

ケイトとステラが、顔を見合わせて笑っている。メイド仲間以外にも顔が広くて、屋台で食べ歩くのが好きなケイトと、無口で花を育てるのが好きなステラ。二人は全然趣味も嗜好《しこう》も違うのに、いつだって羨ましくなるくらい仲良しだ。

「シオンってば、本当にどうしたの？　どこか具合でも悪いの？」

ヘイゼルが身を乗り出して、シオンの顔を心配そうに覗いている。他の三人も、同じようにシオンに目を向けていた。

「何でも……何でもないんです」

嘘《うそ》だ。何でもないはずがない。

どうしてだろう。皆の顔を見て、声を聞いているだけで、激しく感情が乱れる。

胸の奥がきりきりと痛む。心が苦しい。

顔を伏せてしまったシオンの耳に――かつん、という音が届いた。

――ああ。

その耳になじむくらい何度となく聞いた音で、誰が来たのかわかってしまう。

わざとらしく、けれど小気味よく。靴音をかつん、かつんと鳴らし、長い足で颯爽《さっそう》と大股で歩き、獅子《しし》のたてがみの如く豪奢《ごうしゃ》な長い髪を、誰よりも優雅に棚引かせるあの人。

発色の良いブロンドの髪に、オーシャンブルーのキラキラした瞳。

王子様のように恰好《かっこう》よくて、お姫様のように綺麗な人。

セレスト・ロードエーデルワイス。彼女こそ、輝ける私の隊長――

「さあ諸君、揃《そろ》っているね。よろしい、今日も全力を尽くそう！」

セレストは翳《かげ》りのない満面の笑みを浮かべ、一同に良く通る凛《りん》とした美声で呼びかけた。

「とっくに揃ってますからね。あなたが遅刻しただけよ」

「おや、失礼ヘイゼル。君に心配をかけてしまったかな？」

ふっと溜息《ためいき》を吐《つ》いたヘイゼルに、セレストはヘイゼルが座るソファの背もたれに手をついて、ヘイゼルに顔を寄せてにこりと笑みを向ける。

「隊長うれしそうー」

「当たり前じゃないかフランカ。ヘイゼルに気にかけてもらえるなら、僕はどんなことだって嬉《うれ》しいのさ」

「胸を張ってそんなこと言わないで頂戴」

ヘイゼルはセレストの発言に呆《あき》れた様子でセレストの顔を押しのけたが、口角は嬉しそうに上がっている。

「ヘイゼルさん耳が赤い」

「しっ、駄目だってばステラ。セレストさんたちはいつまでも初々しい新婚さん気分なんだから、水差さないの」

「聞こえてるわよ、二人とも」

「きゃあ！」

揶揄《からか》ってきた二人をヘイゼルが睨《にら》むと、二人はわざとらしく悲鳴を上げて跳ねる。

シオンは皆の姦《かしま》しいやり取りを、じっと見つめていた。どうしてか凄《すご》く眩《まぶ》しくて、目が閉じてしまいそうになる。

「ねえ、シオン。そんなに見つめられたら、僕は照れてしまうよ」

そんなシオンの視線に本当に照れてしまっている様子でセレストがはにかみ、皆も楽しそうに笑っていた。

セレストがいるだけで、場が華やぐ。この人はいつだってチームの中心。それはセレスト隊だけではなく、隊外や工房《アトリエ》、事務方まで問わず多くのメイドを惹《ひ》きつける、太陽のような眩《まばゆ》い存在だ。

皆がセレストを頼り、そうして天頂に輝くようなセレストは、皆の抱える曇りを吹き飛ばしてしまう。セレストも率先して、誰のことも取りこぼさないよう、暗い場所に取り残されてしまいそうな者たちにできる限り手を差し伸べて回っていた。

どうしてそんな風に振る舞えるのだろう。私は、果たして彼女のようになれるだろうか。

周囲を導けるほど強くて、理想はどこまでも気高く、その立ち居振る舞いは美しい。セレストはシオンにとって、理想のメイドだ。だからセレストの背にいつか追いつこうとしている日々は、この上なく充実している。

物心ついた頃には孤児として生き、他に行く当てもなく『ホワイトシスターフッド』に拾われたシオンにとって、セレストたちこそが初めて手にした家族だった。

「〝さあ諸君。掃除の時間《ライト・マイ・ファイア》だ！〟」

セレストの強く高らかな号令は、死の恐怖という闇を払い、その光で仲間を鼓舞する。

セレスト隊もメイドの理想だった。セレストの言葉一つで、各々が役割をまっとうする。

指示もいらず、ハンドサインも無しに突撃兵《キッチン》のヘイゼルは他のメイドの動きの隙間を埋めるように位置取りして敵の動き出しを先回りして潰し、味方が動きやすいように敵への攻撃を仕掛けていく。斥候《パーラー》のフランカは索敵から殿《しんがり》について背後を警戒しながら、状況展開に合わせて後方からの援護射撃を欠かさない。工兵《ランドリー》のケイトは援護を把握して、絶好のタイミングで閉じられた扉を爆砕し、衛生兵《ナース》のステラは無駄のない動きで、常にケイトのカバーに入る。

そして縦横無尽かつ華麗に、セレストの星幽兵装《ブルーム》の圧倒的火力で撃ちだす散弾銃《ショットガン》が、景気よく芥物《かいぶつ》を吹き飛ばしていく。

地獄のただ中で、仲間へ微笑《ほほえ》みを浮かべるセレストに、シオンは置いて行かれないようについて走った。

——利口ぶった小生意気な孤児の小娘にすぎなかった私が、一端《いっぱし》のメイドにまでなれたのは、セレスト隊に配属されたお陰だ。

負ける気がしなかった。この皆と一緒なら、どんな相手にも負けたりしない。ずっとこんな日々が続き、きっと素晴らしい未来に行き着くのだと信じられた。

「大丈夫だよ、シオンは僕が護《まも》るから」

シオンの耳に、セレストの声が聞こえてくる。

セレストの声に、いつものような美しい張りがない。それでも寄り添うように優しくて、涙が出そうなくらい勇気の出る声だ。

「たいちょう?」

「そうだ、シオン。僕だよ」

ここは隊室ではない。いつの間にか、視界に映る何もかもが別物に変わっていた。

——ここは『ハウス』だ。

心が軋《きし》む。この『ハウス』の風景を、シオンはよく憶《おぼ》えている。

「せれすと、たいちょ……」

「寝てはいけないよ、シオン。君にはまだ、僕がついている。君は君であることを、絶対に諦めたりしちゃ駄目だ」

シオンはセレストに背負われながら、朦朧《もうろう》とする意識の中で、眠りに落ちてしまわないように何度も声をかけられ続けていた。負傷した瀕死《ひんし》の状態で、今にも意識を手放してしまいたくなる中、シオンはセレストの声だけに耳を傾けていた。

身を包んでいる防性強化服《ドレス》はどこもかしこも破れていて、星幽兵装は機能停止を起こす程破損してもうシオンの手元に残っていない。

この『ハウス』は本当の地獄だった。

――置いて行ってください。

セレストにそう伝えたかった。

けれどシオンの口から、その言葉は出てこない。

言葉を紡ぐことすらできず、ただ力なくセレストの背中に身を預けて意識は途絶えた。

◇◆◇◆◇

シオンは深い眠りからゆっくりと浮上し、重たい瞼《まぶた》を開ける。

目に入ったのは、見慣れた天井。窓際には花瓶。床には散乱した資料や脱ぎ捨てられた衣服。ここは私室のベッドの上だ。隊室のソファでもなければ、まして『ハウス』でもない。

四肢にぐっ、と力を入れる。

昨日の戦闘でアスターの高機動飛翔形態《エアクラフト》まで駆使したため、シオンの星幽純度《アストラル》は疲労で一時的に濁り切っている。

肉体をコントロールする魂そのものである星幽の濁りは、心身の合一を著しく損なう。心身を安静にしていれば、数日で星幽の濁りも取れるだろうが、今は全身がガタガタで、身を起こす動作一つにさえ、魂が悲鳴を上げている。

「最悪」

けれど今は、その心身の疲労以上の寝覚めの悪さに、開口一番悪態を吐いた。

「またこの夢ね……」

シオンはほんの数か月前まではセレスト隊の所属メイドであったが、複数の精鋭メイド部隊が投入された『博物館《ギャラリー》』と名付けられている『ハウス』の大規模掃滅業務《クリーニング》で、シオン以外のメイドは一人残らず死んだ。

ヘイゼルさん。

フランカさん。

ケイト。

ステラ。

みんな死んでしまった。

一緒に突入した他の部隊のメイドたちも、もう一人として生きている者はいない。

部隊を率いていたセレストが、重傷だったシオンを背負って脱出したが、セレストも深手を負っていたためその場で力尽きて死に、背負われていただけのシオンのみが、控えていた衛生兵部隊に本部まで搬送され、命を取り留めた。

それ以来シオンは、ずっとその日の悪夢に苛《さいな》まれている。

――どうして私だけが。

生き残るにしたって、どうして自分だったのか。その意味を考えてしまう。

「セレスト隊長なら……」

『ホワイトシスターフッド』すべてのメイドを監督する最高幹部である大総監《ハウスキーパー》に選出される、かつて『ホワイトシスターフッド』が秘密結社だった頃から所属し、連綿と名を受け継ぎ続けた、ロードを冠する六つの古参の魔女の家系。

セレスト・ロードエーデルワイス。彼女はその大家の一つであるエーデルワイス家に、麗しい容姿と類《たぐい》まれなメイドセンスに加え、実績は勿論《もちろん》その人望も買われて養子に選ばれ、一般のソルジャーメイドより大きな権限を与えられる将来を嘱望された上級の地位である監督官《レディース》にまで駆け登った、空に燦然《さんぜん》と輝く太陽の如《ごと》く生きた人。

シオンはあの日死にたかったわけではない。まだ生きていたい。ただそれでも自分ではなく、セレストこそ生き残るべきだったという気持ちが、どうしても拭えない。

セレストが死ぬことがなければ、どれだけの人の涙を止め、笑顔を取り戻させることができただろう。セレストなら、きっと――

「いい加減になさいシオン」

毎度同じ袋小路に陥る思考を捨ててしまいたくて、もう終わったことなのだと自分で自分に言い聞かせる。過去はどうやったって変わらない。古《いにしえ》の魔女から進化し続けているメイドの力をもってしても、過去に戻ってやり直せるタイムマシンなんて作れない。

だから過去から目を背けてでも、今を生きていくしかない。そんなことは自分でもわかっているのに、悪夢は何度払いのけようと、眠ってしまえばシオンの下へとやってくる。

寝覚めの悪さを振り払うように、下着だけの姿のまま足元に雑多にごちゃついた資料や荷物を蹴飛ばし、顔を洗いに行く。

洗面台で顔を洗い、目の前の鏡に映ったのは自分のしけた顔。そして胸元についた十字の傷痕が否応《いやおう》なく視界に入る。

「まるで十字架ね……」

医療でも星幽魔女術での治療でも消えなかった傷痕を、シオンは指先でなぞる。『博物館』でセレストを狙ったハーミットの攻撃を、シオンが身を挺《てい》して庇《かば》った際に負った傷だ。

「……いいえ、足を引っ張っただけ」

護ろうとしたつもりで、シオンは結局最後までセレストに助けられた。そしてシオンだけが生き残り、みんなは死んでしまった。まるで消えることのない罪の証《あかし》のように、肉体に刻まれた十字架がシオンに過去を突きつける。

どれだけ祈り、願った所で、あの日起きたことは覆らない。伝えることのできなかった言葉は、今もシオンの傷の奥に置き去りのままだ。

「なによ、やかましい」

傷痕に囚《とら》われて目つきが一層険しくなっていたシオンであったが、何やら部屋の外がいつもより騒がしい。

顔を拭いたタオルをベッドに雑に放り捨て、メイド服に袖を通し身支度を綺麗《きれい》に整える。背筋をしゃんと伸ばし、気持ちを切り替えて自室を後にした。

シオンのキッチン・シャワー・トイレ付きの私室は、ロンドン本部に隣接された寮の一部屋だ。このソルジャーメイドの寮の他に、世界中から集められた才能のある子供を一人前のメイドとして育成する機関である崇高なりし白百合の学舎《ソロリティ》と、メイド兵装の研究開発を行っている工房や医療棟も、本部には併設されている。

メイドたちの日々の清掃で清潔な環境が保たれているメイド寮の廊下には、シオンと同じく次の業務までの休暇中であろう非番のメイドがちらほらいる。

その彼女たちが何やら可笑《おか》しそうだったり眉を顰《ひそ》めていたり、メイドごとに態度は違うが囁《ささや》き合っていたり、早足で同じ方向に向かっていたりする姿を見かける。

廊下を毅然《きぜん》と歩くシオンは、メイドの中によく見知った顔を見つけスッと近づくと、向こうもシオンに気付いて歩み寄って来る。

「エルザ」

わせする。

寮の廊下で崇高なりし白百合の学舎時代の同期である、エルザ・ウィルスコットと鉢合
「ごきげんよう、シオン……ねえシオン、ひどい顔よ。折角の美人が台無しだけど、ちゃんと眠れてる？」

エルザは手短に挨拶すると、心配そうにシオンの顔を観察している。外面はきっちり拵《こしら》えたつもりであったが、付き合いの長いエルザには、全部を隠しきれるものでもなかったらしい。

「昨日は掃滅業務だったから、気が昂《たかぶ》っていたのよ」

「そっか、それは復帰早々にお疲れさま」

疲労によって体調が優れないのも嘘《うそ》ではなかったからか、エルザは単純に騙《だま》されてくれたわけでもないだろうが、その説明で今はそれ以上の追及はやめてくれたようだった。昔から気の回る同期だ。

「どの子も落ち着きがないのだけど、何かあったの？」

曲がりなりにもここにいるのはメイドだけ。それが慌ただしくしている姿は、何かただ事ではない事件が起きたのかと勘繰りたくなるが、それなら自分に緊急の伝達も入らず眠りこけていられたのがありえなくなる。

「それが……変な子がいるのよねえ」

エルザはどう説明したらと迷った風で、頬に手を当て困惑顔。日本という極東の島国に

住まう狸《たぬき》なる珍獣を思い起こす可愛《かわい》げのあるフェイスは、言葉に迷う困惑をよく表せているると勝手に感心する。

「変な子？」

「ええ、見慣れない子が」

「部外者なんてありえないんだから、学舎《ソロリティ》の幼年科の子でも入り込んじゃった、とかじゃなくて？」

ロンドンにある『ホワイトシスターフッド』本部は、工房《アトリエ》のメイドたちによって設置された防御結界《プロテクト》によって、通常のロンドンとは異なる隔絶された空間内に建っている。その防御結界の力で『ホワイトシスターフッド』所属のメイド以外の侵入を阻むことで、『ホワイトシスターフッド』が独占している現代式戦闘魔術《アストラルメイドアーツ》やメイド兵装を手に入れたいと画策している大国や数多《あまた》の企業スパイ行為を完璧にシャットアウトしている。そのため部外者の侵入の線は考えられない。

「そうね、ちゃんとメイドさん、だと思うのだけれど、それがその……卒業生にしては、ちょっとへんてこなのよね」

そう言ってエルザは苦笑する。どうやら危険な案件ではないようだが、このように勿体《もったい》ぶった反応を見せられると、気になってくるではないか。

「中庭に行ってみたらわかると思うわ」

と言われたので、エルザと別れて寮の外、各建物が面している中庭へと足を運ぶ。

昨日見た手花の化物とは違い、まともな庭園の姿に心が洗われる。こうやって心の均衡を保ち続けなければ、メイド業務の過程ですぐに病んでしまうだろう。

中庭を散策していると、遠巻きに何かを眺めている幾人かのメイドの後ろ姿を見つけた。その屯《たむろ》しているメイドの一団を避け、視線が集まっている先にシオンも同じように目を向ける。

「はあ?」

シオンは呆気《あっけ》に取られた。

美しい景観の中庭に、アイリスが野宿していたのだ。

庭園の草木に囲まれ、木漏れ日の中一休み、などと妖精のような見た目に似合った可愛らしい光景では決してない。確かに人形染みた完全な美貌のアイリスは、妖精もかくやという可愛らしさではあるが、問題はそこではない。

アイリス本人の物と思われる荷物を傍らに転がして、布をかけて身じろぎもせず地べたで寝ている。テントもなければ、寝袋すらない。下手すると住居を持たない旅人よりワイルドな野外就寝スタイルだ。

「いや、まじでこれはない……確かにへんてこだわ」

隊員の痴態に頬をひくひくと引きつらせてから、シオンはつかつかと足早にアイリスの下へ向かう。

寝ている現場まで近づいて、仁王立ちして見下ろせば、アイリスはこんな大っぴらな寝床で暢気《のんき》にぐっすりと眠っている。

「あんたさぁ……何すやすやしてんのよ」

寝転がっているアイリスに上から声をかけると、反応してぴくりと身を揺らす。眠っている時にも付けっぱなしにしていた眼帯に覆われていない方の右目が、眩《まぶ》しそうにゆっくりと開かれる。

「わたしはアイリス……アイリス・ホワイトスプリア……」

「そうね、ごきげんようアイリス。私はシオンよ」

起きてすぐに寝ぼけ眼のままなにやら自分の名前をぶつぶつ言いながら、腕をのそのそ持ち上げるアイリスに、シオンは上から顔を覗《のぞ》きこんだままご挨拶。

見下ろすシオンの目と、見上げるアイリスの目がばっちりと合う。

「うぇ!?」

アイリスは目と口を大きくあんぐりと開いて素っ頓狂な声を上げると、時が停止したように横になったまま動かない。

「何よ、その踏んづけられたオポッサムみたいな声は」

「おぽ？　えひひ……えっと、その、たいちょう……え？　え？」

寝起きのアイリスは、上からシオンが見ている今の状況がちんぷんかんぷんだったのか、未《いま》だ要領を得ない。だがお生憎様《あいにくさま》、意味がわからないのはこちらも同様であった。

「こんな場所で何やってんのよあんた、って言ったの」

「寝てました……」

「寝てたって、あんた……そんなの見ればわかるけど。ここがどこだかわかってる？」

「お庭です」

「そこはわかってんのね……」

なまじ会話が通じている分、余計にアイリスの振る舞いの意味がわからず、頭を抱えたくなってきた。

「それじゃあ聞くんだけど、ここはあんたの部屋なわけ？」

「だったらちゃんと、自分の部屋で寝なさいよ」

「違い、ますぅ……」

「ない、です」

「ないわけないでしょ。そこに寮があるんだから、空き部屋くらい幾つもあるわよ」

「はぃ、うひっ、そ、そう、ですよね」

シオンに責められるとひきつけのような変な笑い方をして、アイリスは曖昧な返事をする。

昨日も今日も、挙動不審で気弱なメイドにしか見えないが、一度『ハウス』に入れば打って変わって高い戦闘能力を発揮する、得体の知れない決死兵《ビトウィーン》。

帰投後に医療班に預けたが、その後診断結果を聞きに行っても詳細を教えてはもらえず、問題なしの一点張りだった。隊員の健康状態を隊長にまで隠すのは、どうにも不可解だ。

だがアイリスがシオンの部下になったのは、大総監《ハウスキーパー》であるフローレンスの直々の指名だ。となれば情報制限もそのフローレンスからの指示だろう。

偉大なる大総監たるフローレンスの真意は、末端のメイドごときには計り知れない。

――厄介事に巻き込まれてるのよね。

若輩者のシオンには、大総監の持ち込む厄介事なんて本来なら手に余る。それでもアイリスはもう、一緒に一つの地獄を乗り越えたシオンの部下なのだ。

「あなたたち、メイドなのにはしたないわよ！」

シオンがまだ遠巻きに見ていたメイドたちを強い言葉と一緒に睨《にら》めば、好奇と嫌悪の視線を向けていたメイドたちは、わっと蜘蛛《くも》の子を散らすようにいなくなった。

「メイドも所詮人の子ね」

シオンは呆《あき》れて顔を不愉快気に顰《しか》める。野次馬が大人しく立ち去ったかと思えば、シオンとアイリスの関係が気になってしかたないのだろうか、優れたメイドの視力を駆使して、遠くに隠れ潜んで観察を続けているのだろう視線を肌に感じる。

謎の妙ちきりんな美少女メイドと、英雄の代わりに生き残った唾棄《だき》すべき負け犬。

嫌でも注目が集まる組み合わせだ。

自分も野次馬の一人としてこの場にやって来たのを棚に上げ、当事者として見世物にされるのにシオンは辟易《へきえき》する。

「ちょっと面《つら》かしなさい」

話したいことはあったが、メイドが本気を出せば、発信や盗聴の魔女術や呪具を用いて諜報《ちょうほう》活動の真似事《まねごと》だって可能だ。周囲のでばがめどもの目が気になるので、顎をくいっと振って、シオンがアイリスに場所を変えるからついてこいと促す。

「ひうっ！　は、はいよろこんでぇ」

涙目で首が千切れそうな勢いで頷《うなず》くアイリスに、大急ぎで寝る時も着ていたメイド服の身だしなみを整えさせる。

用意ができたらすぐさまアイリスを連れ、陰から興味本位の視線を向けているメイドたちを無視して、シオンは中庭を離れた。

◇◆◇◆◇

冷たい風を切って、二人のメイドがクラシカルな街並みを進む。

シオンとアイリスの二人は、世間から隔絶された本部から、表のロンドンに出ていた。

ロンドン・メイドストリート。かつてリージェント・ストリートと呼ばれていた、人の活気で賑《にぎ》わう都市の繁栄の象徴であった大通りは、『十二月のドゥームズデイ』を切っ掛けに全く別の姿に変わってしまった。

通りの多くの建物が『ハウス』と化したため、人の寄り付けない悪夢の区画となり果ててしまった。そんな危険区画から『ハウス』を退け、現在の人の暮らせる場所にまでしたのは勿論《もちろん》メイドだ。メイドストリートは『ホワイトシスターフッド』の尽力によって、未知の侵略者から人の手にロンドンを取り戻した、復興の象徴なのである。

けれどリージェント・ストリートはそれで元通り、とはいかなかった。

『ハウス』発生以降の多くの死者や、強い恐怖や経済状況から、土地の所有者でありながら戻ってこなかった人間も多かった。そこで『ホワイトシスターフッド』は『ハウス』の焼却処置が済んでからも帰宅を拒む者から土地の権利を買い取り、希望する者に物件を提供している。

世界中の各支部に隣接する都市に、政府と交渉した上で同じようなメイド街が作られており、『ホワイトシスターフッド』は表社会で着実に存在感を拡大している最中だ。

在りし日の観光客でごった返していた賑やかな喧噪《けんそう》には程遠いが、今の市街にも解放された人々の生活が確かに息づいている。昔の光景と異質なのは、そこにシオンたちのようなメイド服に身を包んだ者たちの姿が、堂々と交じっていることだろう。

そのメイドの中でも、アイリスは一際目立っている。アイリスは整備された歩道でも躓《つまず》かないか心配になってくる頼りない足取りで、今日は非番だからか星幽兵装《ブルーム》ではなく銀の杖《つえ》を支えに、シオンの後ろをおっかなびっくりぴょこぴょこついてきている。

杖を突いているだけでなく気も散漫で、通りのあちこちへきょろきょろ視線を送るものだから余計に進みの遅いアイリスの歩調に合わせ、ゆっくりとシオンも歩く。

歩く姿は元気がなさそうな割には、周囲に対する興味は旺盛なようだ。

「初めてなの?」

「ふひゅ?」

「メイドストリートよ」

「あ、はぃ」

あんまり物珍しそうだったから質問してみれば、アイリスは首が取れそうな勢いで頷いた。メイドでありながら一度も通ったことがないとなれば、アイリスは別の支部からやって来たのだろうかとシオンは一人考える。

そうしておのぼりさんを連れて歩いていると、背中にどこへ向かっているのだろう、と聞きたげなアイリスの視線が刺さる。

「ちょっと寄るわ」

シオンはアイリスに声をかけて屋台に立ち寄り、フィッシュアンドチップスを購入する。お金を支払って受け取った紙袋には、四人前の量の同じ味。

「……ぉお好きなんですか?」

アイリスが勇気を出して上擦った声で聞いてくる。それって勇気を出す程のことだろうか、とシオンは甚《はなは》だ疑問であった。

とはいえ、質問を無視する程に無下にするつもりもない。

「知ってる? フィッシュアンドチップスはね、この世で二番目の御馳走《ごちそう》なのよ」

「えっと、一番目は」

「そのうち教えてあげるわ」

　と答えて、メイドストリートから行ける近場の公園であるメイドパークにまで連れて行き、空いているのを見つけたベンチに腰掛ける。

「えっと、あっ！　鳩《はと》がいますよ、鳥さんなんですよ、あれ」

「隣に座ったら？」

「はいぃ……」

　さっさと隣に座ればいいものを、立ったままうろうろと鳩に迷惑をかけているアイリスを促せば、恐縮しながら隙間を開けて隣に腰を下ろした。座ってからも所在なげに、手に持った杖をいじっている。

「ほら、食べなさいよ」

　シオンはアイリスに、フィッシュアンドチップスを一つ差し出す。

「へ？」

「朝ごはんまだでしょう？　私からの奢《おご》りよ」

「食べてませんけどぉ、わたしは、その、あのですねえ、なんといいますか……」

「もしかして嫌だった？」

「いいえ！」

　アイリスが珍しく大声を上げ、勢いよく首を横に振って否定する。

「ならいいけど、どうぞ」

る。

声は小さく、言葉を噛《か》んでいる。相変わらずの調子だが素直に受け取ったのでよしとする。

「ぁりがとうござますぅ」

アイリスがちゃんと受け取り、ポテトフライをゆっくりと小さな口で啄《ついば》むのを見てから、シオンもメイドたる気品を失わない程度に、がぶりとタラの肉にかぶりつく。揚げたての熱々の白身はサクッと音がして、舌に酢と塩のきいたジューシーな味わいが広がっていく。フィッシュアンドチップスこそ、イングランドの魂の丸かじりだ。

食べる手が止まらない。非番の朝に大量にフィッシュアンドチップスを味わうのは、シオンにとってのささやかな贅沢《ぜいたく》だ。

「あんたあの時刺された怪我《けが》は、もういいわけ？」

アイリスが一つを食べ終える間に、自分用に買いこんでいたフィッシュアンドチップスの残り三人前をすべてぺろりと腹に収め、シオンなりに気をつかい、タイミングを見計らっておもむろに聞く。

「はへぇ、もうみんな食べちゃった……あっ、はい。平気、ですよ？」

シオンの健啖家《けんたんか》ぶりに驚いていた所に声をかけられたアイリスは、自分のことなのに何《な》故《ぜ》か、語尾が疑問形。

「やっぱり、攻撃が当たってなかったわけじゃないのね」

鎌をかけたつもりはないが、アイリスの反応が答えのようなものだ。ピュアな正直者過ぎて少し笑える。

「あっ……な、なんのことでしょうかー。わたしさっぱりですー」

「白々しい」

「うっ。えっと、そのぉ……」

アイリスは何とか誤魔化したいのだろうか、目をぐるぐると回して言葉を捻《ひね》りだそうとしているようだが、普段と変わらない落ち着きのなさで、まったく上手《うま》い言い訳が出てこない様子だった。

「もしかして新しい防性強化服《ドレス》のテスターだったりする？　それにしてももろに受けて平気とか、何それ、バリカタ過ぎない？　そんな新作さっさと普及して欲しいけど、やっぱり手間も時間もかかるのかしらね。工匠《スティルルーム》の連中を、馬車馬みたいにフル回転させるべきね」

「ぅひひ……」

アイリスは肯定も否定もせず、顔色の悪い曖昧な笑みを浮かべている。

そうやって、自分のことを話そうとしないアイリスへ——

「——あんた『ハウス』の被害者でしょう？」

「ッ……どう、して？」

シオンが直球で聞くと、アイリスはまた同じように驚きの表情を浮かべる。その表情を見て、これも当たっていたな、と確信する。

「そんなに驚くほどのことかしら」

「だれに、聞いたんですか？」

知られたくないことだったのか、ぎゅっとスカートを掴《つか》み、アイリスは目を伏せて俯《うつむ》く。

「聞かなくても察するわよ」

苦しげに震えているアイリスに、まるで意地悪しているかのような気分になってバツが悪くなり、遠くへ視線を向ける。

視線の遠い先、ここからでは見えないがロンドンの一部には、大規模キャンプ地区が存在している。

『十二月のドゥームズデイ』によって、世界中に帰るべき家を失った避難民が大量に発生した。英国はこの有事に避難民を収容するために、ロンドンに限らず、屋外に幾つもの避難民居住区を作らざるをえなかった。そしてメイドストリートのような『ハウス』解放区に家や店を持ちながら、それでも帰ってこなかった者の中には、屋内恐怖症患者と呼ばれる人々がいる。

屋内恐怖症は『ハウス』被災者となった、人類のかなりの人数が罹患《りかん》している症状だ。

この世で最も安全な場所である自宅が、恐怖の象徴たる『ハウス』と化したことで、あらゆる建造物に対して激しい忌避感を抱いてしまうのも、当然の帰結である。避難民の多くが屋内恐怖症を患い、屋外の避難民キャンプから自らの意思で帰ろうとしない者は『ホワイトシスターフッド』による侵略者掃除が進む今でも多い。

アイリスのストロングスタイルな野宿はともかく、野外で寝ていたのは室内にいられない屋内恐怖症患者の典型である。

「よくそれでメイドやってられるわね」

屋内恐怖症だなんて『ハウス』の掃滅を行っているメイドにとっては死活問題であり、共に働くソルジャーメイドとしても命にかかわってくる。

「ごめんなさ――」

「でも昨日は平気だった」

アイリスが勝手に謝ろうとしたのを、謝罪させるつもりで口にしたわけではなかったので遮って被《かぶ》せた。本人も認めた所ではあるが、一緒に業務を行った範囲では、アイリスはきちんと戦えていて、恐怖症による動きの乱れは少しも見当たらなかったのだ。指摘しておいてなんだが、大きな矛盾である。

「うぅー……えっとその、ですね、わたし『ハウス』の中は、平気みたいなんです」

「どうなってんのよ、それ」

普通の屋根の下は怖くて、元凶である地獄だけは平気とは、まるで道理に合わない。シオンが呆《あき》れると、アイリスは捨てられた子犬のようにしゅんと項垂《うなだ》れる。

「別に、責めてるわけじゃないわよ」

すぐに怯《おび》えて卑屈な態度を取られるのは、正直困る。腹が立つ部分がないと言えば嘘《うそ》になるが、別にアイリスに怒っているわけでも嫌っているつもりもない。シオンはアイリスとの距離感を、まだ測りかねているだけだ。

「どうしてか、聞いてもいい？」

シオンはなるべく声音がきつくならないよう気を付け、ベンチに手を突き視線を同じ高さに合わせて改めて訊《たず》ねる。貫かれたはずなのに怪我をしていなかった理由を含め、アイリスには謎が多い。

「ひ、秘匿事項です、ごめんなさい……」

アイリスはそれでも怖いのか、それとも説明できないことが申し訳ないと思ったのか、今にも泣きだしそうなくらい顔を歪《ゆが》める。

「秘匿事項ならあなたに裁量権はないでしょう。一々謝らなくていいわよ」

人には言えない隠し事くらい、誰にだって——シオンにだってある。それも上からの秘匿事項なのだったら、なおさら仕方ないのだから責める気はない。

「あっはい、ごめんなさ、あっ、いえ」

また謝りそうになって、アイリスはあたふたしている。アイリスの過度な卑屈さには、教育が必要だと強く感じる。

「あのね、アイリス。これからも私たちは、一緒にたくさんの業務に臨むことになるわ」

「へ？　わ、わたし精一杯頑張りますっ。迷惑なんてできるだけおかけしないよう、ふんこつさいしんのあのその……」

そう健気《けなげ》に精一杯決意表明するアイリスは、どこか思い詰めているようにすら見える。

「そうね、頑張りましょう。だからお互い背中を預けるからには、あなたが話せないんだったら、私のことを少しくらい知って、隊長として信用してほしいの。だから私に聞きたいことがあったら、今この場でなんでも聞きなさい」

別に仲良しこよしとまでいけるなんて考えてはいないが、シオンはアイリスを信用したい。一緒に戦うチームとは、お互いに信頼し合っているものだと思うからだ。

セレスト隊がそうであったように――

「なんでも？」

「よっぽど答えたくないこと、以外ならね。それとも、そんな変なこと聞きたいの？」

「はわっ!?　そ、そんにゃことにゃ！」

シオンがちょっとだけ揶揄《からか》うように言えば、アイリスはあたふたと手をばたつかせる。

「猫？　ほら深呼吸。少しは落ち着きなさいよ、メイドらしくね」

「はいぃ」

苦笑してしまうシオンの隣で、アイリスは言いつけを守って深呼吸。

「隊長は」

「シオンでいいわよ」

「……シオンさんは、えっと……どうして、メイドとして戦っているのですか？」

「私たちは『ホワイトシスターフッド』のメイドよ。偉大なる盟主サナト様へ仕え、世界平和のために奉仕するのが、メイドとしての義務のはずだけれど――」

それは『ホワイトシスターフッド』の掲げるお題目の社是。主人に仕え、侵略者たるハーミットを倒し、人類の安全圏を取り戻す正義の味方。

けれどアイリスが聞いているのは、そういうお仕着せの理念ではなく、シオン自身の考えだろう。臆病な割に、意外と踏み込んだことを聞いてくる。

「私は今時珍しくもないけど、孤児から拾い上げられた身だから、メイド以外に選べる道なんて最初からなかったわ。だけど私は——」

「それならシオンさんは、どうしてメイドなのに決死兵《ビトウィーン》を使い捨てにしないんですか？」

アイリスがシオンの話を最後まで聞かず、食い気味に口を挟む。

「またそれね。して欲しいわけ？」

シオンはスッと目を細めて、腹立たしさを抑えながらも冷たく聞き返す。

「……これも本当は秘匿で、言ったらだめ、なのですけど……わたし怪我しても平気ですから、決死兵として使ってもらった方が、シオンさんのお役に立てると思うんです」

アイリスはこういう時に限って怯えずに、平気なように言う。相変わらず決死兵という捨て駒待遇を当然のように受け入れて、少しも疑問に思っていないらしい。

だが決死兵とはそういうものだ。正規のソルジャーメイドとしての能力には届かず、工房《アトリエ》などの他の部署からも望まれない。『十二月のドゥームズデイ』以前のまともな社会を取り戻せたとは到底言えないこの世界で、メイドとして戦うことだけを教え込まれ、親代わりの『ホワイトシスターフッド』への忠誠を誓い、社則によって人事に逆らうことも自主退職も許されない。

恵まれた衣食住と給金の代わりに、決死兵になるよう命じられた者は、決死兵としてしか生きられないのだ。

それが現実である。けれど――

「そんなのはごめんよ」

メイドは命懸けの仕事だ。決死兵以外の優秀なメイドであろうと、あっけないくらい簡単に死んでしまう。その優秀なメイドの死亡率を、決死兵の存在が僅かにでも下げることに貢献しているのも事実だ。だがそのために死んでいく決死兵たちを、どうして見て見ぬ振りができるだろうか。

「どうして？」

心に生じた怒りが滲《にじ》み出てきつめに言ってしまったが、アイリスはそれまでと違い怯えるでもなく、シオンが心中で何を考えているのか、それが知りたいようで、透き通ったガラス玉のような瞳を真っ直《ます》ぐに向けてくる。

「私がこうして、生きているからよ」

フィッシュアンドチップスが入っていた紙の袋を、くしゃりと握り潰す。

シオンの命が、今ここに残されている。シオンにとって、それに勝る仲間の死を厭《いと》う理由はこの世界に存在しない。

決死兵たちがその立場に妥協し、死すら甘んじて受け入れていようが、シオンはそれを認めず許さない。同じメイドなのに弱者だというだけで切り捨てて、道具として使い潰す連中が気に入らない。折角生きているのに、むざむざ命を散らしたがるような奴《やつ》は腹が立つ。

セレストが決死兵という制度を失《な》くし、一人でも多くのメイドを救おうとしていたことを、シオンは忘れていない。

「本人たちがそれで仕方ないって諦めているなら、私が諦めない。アイリス、あんただってそうよ、私が絶対死なせてやるもんですか」

ぐつぐつと、心の裡《うち》で燃え滾《たぎ》る感情は、使命感のような崇高な太陽の如《ごと》き輝きではなく、憎悪を纏《まと》う青い炎のような怒り。

「あんたが誰かから聞いたかどうかも知らないから、今教えてあげる。私が今こうして生きていられるのは、ぜんぶ仲間のお陰よ。仲間は私を助けて、皆死んだわ。だから私はね、仲間を見捨てるような真似《まね》は、何があろうと絶対にしない」

振り絞るように、血を吐くように。シオンは剝《む》き出しの心の裡を、アイリスへ浴びせるように吐露する。

セレストは誰も見捨てたりしなかった。だからシオンだって、仲間を捨て駒にしてのうのうと生きていくような真似は、絶対にしたくない。この命は、仲間たちの屍《しかばね》の上で生かされている。その自分がどうして決死兵を踏みつけにできようか。

「どんな事情かは知らないけど、『ハウス』に奪われたのはあんただけじゃない。私だって『ハウス』に人生めちゃくちゃにされてんのよ」

シオンが孤児となったのは、『ハウス』の所為《せい》だ。大切な人たちをみんな奪っていったのも『ハウス』だ。

『ハウス』がある限り、世界中の人の一生を台無しにしていく。

「どうして戦うかって聞いたわね、だったら教えてあげる。私は『ハウス』が大っ嫌いなのよ」

この世界に『ハウス』を嫌っていない人間などいやしないだろうが、シオンはあえて公言する。憎しみが恐怖や疲れで風化しないように、大切な存在を根こそぎ奪った『ハウス』への新鮮な怒りを、心の炉にくべ続けている。

「『ハウス』はメイドである私が、この世からすべて一掃してやるわ」

自分だけが助かってしまった意味を、シオンはメイドで在ることに求めている。

メイドは『ハウス』をこの世界から一掃すべく存在する。

一つでも多くシオンの手で『ハウス』を消し去り、決死兵の犠牲を減らす。力も権力も持ち合わせていないシオンには、現状の構造を変える手立てはないから、そんな風にしかできない。その根幹が仲間を奪った仇《かたき》への復讐《ふくしゅう》でも、目指す先はアイリスを死なせないことに繋《つな》がっているはずだ。

シオンはセレストのようにはなれないが、セレストはもういない。

だからどれだけ困難で、遠い道のりであったとしても、シオンがそれをやらなければならない。

——私は結局、あの日に心が囚《とら》われている。

過去から目を背け、いくら忘れようとしても、シオンは仲間を失ったあの日から逃れられていない。重荷として積み上がったたくさんの呪いに、押し潰されてしまわないように必死なだけだ。

なんて情けない。

なんて不甲斐《ふがい》ない。

結局シオンは、どうしようもなく袋小路の中にいる。

鬱屈とした思いが焦燥となって心を焼き続けている中、シオンの視界の端できらりと見えたのは、憧れの太陽とは似ていない黄金の色——

「あ——」

感情的に強い言葉を吐いていた間、口を挟まず黙って聞き入っていたアイリスに気付き、シオンは自己を曝《さら》け出し過ぎた気がして、少し気まずくなってきた。負傷から復帰するまでの間、カウンセリングを拒んで誰にもこんな話はしなかった。

——喋《しゃべ》り過ぎたわ。

本当は、誰かに聞いて欲しかったのかもしれない。という泣き言めいた気持ちの発露だと思うと、余計に情けなくて恥ずかしい。

「あんたこそ、メイドをやってる理由はないの？」

熱くなってしまった気持ちを冷ましたくて、逆にシオンから質問を投げ掛ける。アイリスは決死兵ではあるが、決死兵離れした高い戦闘能力を持ち、大総監《ハウスキーパー》の指示による秘匿を抱えた普通じゃない決死兵だ。

シオンには話せない部分も多いだろうが、こっちがうっかりして口を滑らせた以上、アイリスの話も聞ける範囲でいいから聞きたい。

――隊長と部下だもの、少しくらい構いやしないわ。

嵩《かさ》にかかって居直るが、シオンの質問に、アイリスは俯《うつむ》いて黙り込んでしまう。

どう答えたらいいのか言葉を必死に選んでいるのか、真剣な表情で黙ってしまったアイリスの隣で、シオンは無理にせっつかず、静かな空を見上げる。

明るい色に晴れていた空は、いつの間にか色を失った曇天。

どこを探しても太陽の姿が、シオンの目には見えない。

「わたしっ！」

時間をかけてようやく顔を上げたアイリスの声に、シオンは顔を向ける。

その顔はあまりにも綺麗《きれい》で、けれど見ていられない。

「わたしは何もない、空っぽな人形なんです」

アイリスは悲痛な感情で精巧に整った顔がぐちゃぐちゃになったその上に、歪《いびつ》な笑顔を作り、そう口にした。

「及第点……といったところかしら」

◇◆◇◆◇

シオンとアイリスに命じた掃滅業務《クリーニング》の内容に目を通し、フローレンスは執務室で独り呟《つぶや》く。

「仕事が丁寧で速いのは、嫌いじゃないわ」

シオンが纏めた業務報告書はすぐに提出されたが、要点が纏まっていて不備もないお手本のような出来で、真面目な性質が窺《うかが》える文章だった。

「それでいて、どうして杓子《しゃくし》定《じょう》規《ぎ》とは程遠い」

フローレンスはクスリと笑みをこぼす。アイリスが決死兵と知ると、あろうことか大総監たるこのフローレンス・ロードシンビジウムに食ってかかり、決死兵を使い捨てるという掃滅業務の成功率を高めるために普及した戦術も無視したかと思えば、バレないとでも思っているのか遺品まで勝手に持ち出す始末。

「決死兵として使ったくらいであれが廃棄になるとは思ってもいないけれど、これはセレストの薫陶かしら。それともあれは……」

フローレンスは黒い瞳を閉じ、己の内側——宮殿のような知識の蔵書を巡るように思惟《しい》に耽《ふけ》る。

「——新たなる神の器」

誰に聞かせるわけでもなく続ける独り言は、外に漏れることなく執務室の内でのみ反響し、フローレンスの下へと返ってくる。

「献体Xは我々の想定の範囲内。『ハウス』やハーミットとの接触による変化の兆しも介入も観測できず。さあ、あの子たちは果たしてこの世界に――『ホワイトシスターフッド』に何を齎《もたら》し、何を私に見せてくれるのかしら」

言葉はどこか楽しげでありながら、ゾッとするくらい無慈悲で冷淡な表情のフローレンスが、手にしていた業務報告書を空に放ると紫色の火が端から付いて、灰も残らず机に落ちる前に消えてなくなった。

火が一瞬で静寂に消えたのとほぼ同じくして、フローレンスの声や衣擦《きぬず》れではない、彼女以外の存在の音が生まれた。

フローレンスが思索を断ち切ったのに合わせたように、執務室の扉が開く。

「ようこそ」

フローレンスが、扉の向こうから来た者へと声をかけてやる。

扉を開いた者は、自分で開けたはずだというのに、扉の先にフローレンスがいたことに面食らった顔をしていた。

「さあ、私にとっても、貴女《あなた》にとっても……大切なお話をしましょうか」

フローレンスは美しく微笑《ほほえ》んで、来訪者を執務室の中へと優しく手招き歓迎する。

扉はゆっくりと閉じられ、執務室は再び外界と隔たれた。

◇◆◇◆◇

「失礼します」

　ノックしてから入室の許可をわざと待たず、シオンは白く清潔な医療棟の一室のドアを開けた。

「どなたですか？」

　突然のシオンの来訪に驚きながら、冷静を保つように椅子から立つことなく何者なのかを聞いてきたこの個人専用医務室の主《あるじ》は、フィーリア・ウィードだ。

「はじめまして、シオンと申します」

　名乗りを上げたシオンが見せたのは、メイドとして完璧な見る者を唸《うな》らせる礼。

「ロンドン本部直轄第二十五メイド部隊隊長《ヘッド》として、所属員アイリス・ホワイトスプリアの話をお聞きしたく参りました」

　以前の医療棟での門前払いから日が浅いが新たな情報を得て、シオンは業務終了後医療班からアイリスを引き継いだのがこの真新しい白と黒二色の医療班所属の腕章を付けたフィーリアだと知って、アポイントメントを取らず抜き打ちで直接会いに来たのだ。

「……どうぞ」

　強引なシオンに不服な気配を滲ませながらも、フィーリアは一旦シオンを部屋の中に通した。入口に立たれて問答を続けていては、聞かれては困る話が一般メイドの耳に入ってしまいかねないから、そうせざるをえなかったのだ。ここまでシオンの狙い通りである。

「本当にアイリスに怪我《けが》はなく、後遺症の類《たぐい》もないのですね」

歓迎されていない以上時間も限られているだろう、追い出される前に単刀直入に質問する。

「如何《いか》なる問題も起きていないと思いますが？」

フィーリアは表情を無にして、億劫《おっくう》そうに淡々と答えた。

「治療記録を見せてはもらえませんか？」

そういう答えが返って来るのはわかりきっていたし、実際に目にしたアイリスも怪我をしていたようには見えなかった。しかし公園でのアイリスの反応から、負傷自体がなかったわけではないのはわかっている。共に業務を行う者として、でき得るならきちんとアイリスの状態を把握しておきたい。

じっとフィーリアに向き合うが、返って来るのはどこまでも冷めた視線。

「フローレンス様の許可がなければ、閲覧権限の無い者にカルテは一切公開できません」

「何故《なぜ》アイリスの情報が、隊長《ヘッド》である私にも非公開なのですか」

「フローレンス様がお話しなさっていないのならば、私から貴方《あなた》に話すことはありません」

フィーリアは無表情のまま同じ物言いを繰り返す。いくらアイリスのことを聞こうとしても、この決まり文句を返されては取り付く島もないだろう。

「でしたら、一つ質問してもよろしいかしら？」

「ですから、アイリス・ホワイトスプリアに関してそんなに聞きたければ、フローレンス様に許可を取ってもらわなければ――」

「いいえ、アイリスではなく、フィーリア・ウィードさん、貴女についてです」

「は？」

シオンの切り返しに虚を衝《つ》かれたのか、フィーリアの無表情は崩れた。

「何故医療班の人間ではなく、工匠《スティルルーム》がアイリスの担当医なのかしら？」

「っ!?」

崩した隙を逃さず発したシオンのその指摘に、フィーリアはわかりやすく両目を見開いて反応した。

話している最中、室内の様子とフィーリアについて観察させてもらっていた。

一見すると何の変哲もない医務室と腕章からも医療班所属のメイドに見える。しかし医務室の中の備品はどれも新品同様で使用の痕跡が一つもなく、直近でアイリスの診察をしたとは思えない。またフィーリアの指にできているタコの形状は工匠特有の物であり、白衣を上に羽織ったメイド服ごしに見える腕の筋肉のつき方も、星幽兵装《ブルーム》やメイド兵装の整備や製造に従事している者に近い。

そして何よりフィーリアからもこの医務室からも、衛生兵《ナース》特有の治療の際の星幽《アストラル》の残滓《ざんし》は感じ取れず、あるのは工匠の物だ。その星幽の役割での僅かな違いも、工匠もこなせるシオンにははっきりとわかった。

何故衛生兵ではなく工匠が、それも秘密裏に担当しているのか。表に出せない何らかの事情の一端を、ここで得ることはできた。

「私が工匠で、何だと言うのです」

フィーリアの声音が変わった。その声に、強い怒りが滲《にじ》んでいる。

「……これ以上機密を探るというのなら、『ホワイトシスターフッド』への叛意《はんい》と見做《みな》し、大総監へと報告させていただきますが？」

けれどシオンがその機微に気付いたことがわかると、フィーリアは仮面を被《かぶ》り直したような言葉選びに戻る。

「誤解を招く振る舞いをしてしまったことを、謹んでお詫《わ》び申し上げます」

怒りを潜めたフィーリアの言葉に、シオンは大人しく謝罪した。大総監の権威で釘《くぎ》を刺されてしまえば、それ以上シオンからは手出しできない。ここら辺が引き際だとシオンも弁《わき》まえる。

「本日は忙しい中、こちらの事情に時間を割いていただきありがとうございました」

「貴方がどんな考え違いでこのような真似《まね》をしたのかわからないけれど、与えられた業務にだけ専念し、あれに深く関わるのは止《や》めなさい。『ホワイトシスターフッド』の所有物に、悪い影響を与えたりしないように」

慇懃無礼《いんぎんぶれい》なシオンに対してフィーリアは、さも道理を知らない子供に言い聞かせるように警告した。

「所有物、ですって？」

だがその警告に対し、シオンはフィーリアの襟を摑《つか》み上げていた。

フィーリアがアイリスをあれと呼び所有物と称した言葉の自然な響きには、日頃からアイリスを人間扱いしていないことがありありと見て取れた。

その悪意を飾り気なく、まるで正当のように口にしたフィーリアが、シオンには我慢ならなかった。

「手をお放しいただけませんか？」

侮蔑の色を滲ませ、フィーリアが睨《にら》んでくる。一触即発の空気からしばしの間無言のまま睨みあいで膠着《こうちゃく》し、シオンは手を放してスッと距離を取ってドアの付近にまで下がった。

「忠告はしましたよ」

乱れた襟元を整えながら、フィーリアは表情を消し、話は終わりだとばかりにシオンから顔を背けた。

「余計なお世話様です」

シオンは初めと同じくらい完璧な礼を見せつけながら、言葉では決裂を表明して部屋を出て行った。

「何も知らないで、愚かな女」

シオンが閉めたドアをじっと睨みつけたまま、フィーリアは吐き捨てるように呟いた。

◇◆◇◆◇

光の温度を、肌の表面上で知覚する。

陽光が瞼《まぶた》の上から差し当たり、覚醒する前に明るさを知覚する。

太陽が昇り始めた朝の時間帯に、一人のメイドの右目が、黄金色を外界に晒《さら》す。

野外で眠りから目を醒《さ》ましたアイリスは、横になったまま両手をゆっくりと空へ持ち上げる。

「わたしはアイリス……個体名称アイリス・ホワイトスプリア。メイド識別ナンバー90059。ソルジャーメイドポジション・斥候《パーラー》・決死兵《ビトウィーン》。ロンドン本部直轄第二十五メイド部隊。上官はシオン。現在地はロンドン本部中庭、白百合《しらゆり》のガーデン」

ピアノの鍵盤を叩《たた》くかのような動作で、両手の指で空中をリズミカルに叩くように動かし、自らの記憶を精査していく。

昨日までと同じ記憶情報を、無事に思い出せたことを確認。不足や不備は思い当たらない。

自分が異常か正常かなんてわからない。けれど蓄積されたデータのような記憶が正しく思い出せるのを毎朝の反復作業で確かめて、今日もアイリス・ホワイトスプリアというメイドであることを始める。

　作業を終え青空が目に入り、ふとシオンの瞳を思い浮かべる。この空よりも、もっと凄烈な色。青い炎を宿した瞳だ。

シオンの眼差《まなざ》しは、強くて、綺麗《きれい》で——こわかった。

不幸な目に遭いながら気丈で凛《りん》としていて、その身を焼くような激しさで『ハウス』を強く憎む。目が合って、声を聞いているだけで、その火がこちらにまで延焼してきそうな、そういうこわさだった。

　それなのに、彼女が気になる。シオンの青色が、目に焼き付いて離れない。その瞳や鋭さのある綺麗な顔、芯の通った美しい姿を、知らず知らずの内に目で追ってしまっていた。

アイリスはシオンの過去に何があったのか、もう知っている。

シオンが『博物館《ギャラリー》』と名付けられた特別脅威指定を受けた『ハウス』の任務で、仲間を全員失ってしまったと知って、可哀想《かわいそう》だと素直に思った。

　それでもシオンはメイドであることを、辞められないからというだけでなく、自らの意思で投げ出すことなく、『ハウス』を一掃するとまで言い切った。大切なものを失《な》くした可哀想なシオンが、どうしてあんな風に言えるのか、弱いだけのアイリスには理解できずに、彼女の在り方が心に棘《とげ》となって引っ掛かっている。

「ごきげんよう、アイリス」

「ふええっ!?」

ちょうど思いを馳《は》せていた相手本人が突然目の前に現れ、アイリスは星幽が口から飛び出しそうなくらい盛大に驚いた。

「いや、びっくりしすぎでしょ」

アイリスの驚き様に、声をかけたシオンも驚いていた。

相変わらず中庭の隅っこを不法占拠しているアイリスの下へ、シオンが訪ねて来たようだ。

シオンの青い目が、アイリスに向けられている。

その青で見られるだけで、なんだか緊張してしまう。

「またここで寝てるわけね」

「あぅ」

溜息《ためいき》を吐《つ》くシオンに、アイリスは口ごもる。

「屋根の外にいたい事情は理解しているけど、野宿するにしたってねえ、あんたもメイドなんだから、もう少しちゃんとしなさいよ」

「すぅうっ、ずみません」

「はいはい。ほら、これあげるから使いなさい。テントくらいなら、流石《さすが》に平気でしょ？　駄目そうならこっちもあるから」

そう言ってシオンは、両手に提げていた大きな袋からあれこれ物を取り出して、アイリスの前にずらりと並べていく。

アイリスは我が身に無頓着で、着の身着のまま庭で寝ている。シオンはその文明人らしからぬ惨状を見かねて、キャンプ道具一式をわざわざ買い揃《そろ》えてくれたのだ。

「あ、ありがとうございます……」

アイリスの前に並べられたのは、軍隊で使っているようなパップテントやランタン、寝袋などといった無骨だが使い心地は良さそうな選《よ》りすぐりの品々。次々とプレゼントされるのを断ることもできず、ほいほい受け取る。

「そのテントはキャノピーポールで入口を上げとけば、閉塞感をなくせるわ。それに難燃性や耐水性、耐久性だって十分あるから安心なさい」

「あと、えっと」

折角の頂きものなのでシオンがあれこれ説明してくれている横でテントを広げるが、初めて触るので、組み立て方がよくわからない。アイリスはメイド兵装以外に、物の扱い方を殆《ほと》んど知らない。

「仕方ないわね。ほら、貸しなさい」

アイリスの手からポールをふんだくると、シオンはてきぱきと組み立てていく。一緒に『ハウス』を掃滅した後はアイリスの身体《からだ》を気遣い、この前は食べていないだろうと食事を奢《おご》ってくれた。かと思えば今度は生活環境を心配してくれていたり、シオンは意外と世話焼きだとアイリスにもわかった。

「ちゃんと見てなさいよ。やり方わからないと、自分で直せないでしょ！」

「りょ、りょうかいでありますっ」

ぼうっと眺めていたアイリスはシオンに咎《とが》められ、食い入るように作業を注視し、必死に道具の使い方を頭に叩き込む。

「まあ、こんなもんでしょう。それじゃあ――」

一しきりアイリスの野営地を作り終えると、

「これよりシオン隊作戦会議よ！」

シオンが腰に手を当て、高らかに宣言する。

「は、はひぃ。かいぎします！」

アイリスはよくわからないまま、シオンの勢いに飲まれて条件反射で返事をしていた。

「素早く動けて戦えるあなたが斥候と前衛である突撃兵《キッチン》を兼任して、私がそのサポートをしながら状況に応じて各ポジションの全部をこなす。ここまではこの間の任務で何となくやれていたけれど、何となくじゃ駄目なのよ。わかるわね？」

「へ、へい」

シオンの言葉に、何となくではあるがわかっているつもりになって、こくこく頷《うなず》く。

「戦場は想定外のもしもが頻繁に起きるわ。それが『ハウス』なら尚更《なおさら》ね。でも最初から行き当たりばったりで、なんて上手《うま》くいくわけない。だからその想定外を事前に一つでも多く潰していくわよ」

野外でシオンが用意したレジャーシートの上に座って、二人は言葉を交わすことで戦い方を突き詰めていく。

「メイド戦術論はどこまで？」

「一応、基礎学は」

「ふうん。最低限しか教わってないのに、あれだけ戦えてたのね」

「き、きょうしゅくですぅ」

アイリスは崇高なりし白百合の学舎《ソロリティ》に通うことなく大総監《ハウスキーパー》手ずから戦闘の教育を受けたが、ソルジャーメイドに関しては基礎を叩きこまれただけである。

戦闘もその他も、メイドとしての知識は経験豊富なシオンの方がずっと詳しい。

「けどね、そのままじゃ駄目よ。私たちは、一人で戦っているんじゃないんだから。それで連携は先《ま》ず、互いの位置を常に把握しなきゃならないから、私の案としては、ってあぁごきげんよう」

連携を考案する二人の下へ、近寄ってくる足音がしてシオンが視線をそちらへと向け、挨拶の言葉を放つ。アイリスも振り返ってみると、見知らぬメイドが二人立っていた。もっともアイリスには大総監のお歴々と担当医のフィーリアを除けば、シオン以外の知人はそもそも皆無である。

「ごきげんようシオン。それで、何してるのか聞いても大丈夫？」

その二人連れのメイドの片方が、シオンに向かって質問してくる。アイリスはどうしたらいいのかわからなくて、シオンに顔を向け不安なまま対応を委ねる。

「ああ、こいつらは私の同期生よ」

「同期……」

「学舎時代《ソロリティ》のね。こっちの人畜無害でまともそうなのがエルザ・ウィルスコット。そっちのこわい顔したヤンキーがドーラよ」

シオンが二人のメイド、エルザとドーラを紹介する。エルザはぽやぽやした柔らかい雰囲気の人で、ドーラはピアスの数が多くてちょっとおっかない風貌だ。

「その紹介はどうかと思うのだけれど、ごきげんよう。えっと」

エルザが柔和な微笑《ほほえ》みでアイリスへと目を向け、挨拶の途中で言葉が止まる。崇高なりし白百合の学舎に通っておらず、つい最近までフローレンスの預かりだったアイリスを知る者はほとんどいないので、エルザも勿論《もちろん》アイリスが何者かわからないのだ。

「あっ！　アイリス・ホワイトスプリア、です……」

「はい、アイリスさんね。ごきげんようアイリスさん」

「ごぉきげんよお！」

アイリスは初対面の相手への緊張で、調子はずれの上擦った声になってしまったが何とか挨拶を返す。だがよく考えなくても、そもそも初対面以外でも緊張して人見知りを遺憾《いかん》なく発揮して挙動不審なので、アイリスの振る舞いに普段と大差はない。

「それで、こんな庭園で何やってんだよ。マジでなんだそのテント、イミフすぎ。ピクニック越えてキャンプかよ。それも中庭でって、マジでか。つうかヤンキーじゃねえっていつも言ってんだろうが、バカシオン」

ドーラは訝《いぶか》しみながら、ついでに文句を垂れる。アイリスは自分に矛先が向かないように、目を合わさず、さっと顔を逸《そ》らした。

「なんだぁ、こいつ」

「ひぃぃっ!?　どっどうかこれをっ」

アイリスは目を逸らしたはずだが、その態度がかえって目についたのか、顔を寄せてきたドーラの圧に怯《おび》えて、手もとにあった頂き物のランタンを身代わりに献上する。

「いじめはやめなさいよ馬鹿。アイリスも勝手に私があげた物を、人にあげようとしてんじゃないわよ」

「いじめなんてしてねぇだろうが！　イジメ絶対ダメだバカ野郎」

「私が野郎なわけないでしょ、この馬鹿」

「ああん？」

「ご、ごめんなさいぃ……」

二人が言い争っているので、アイリスはおずおずとランタンを今度はシオンに差し出す。

「おおん？　あたしにくれるんじゃねえのかよ？」

「ひえう!?　あばば……」

ドーラがにやりと浮かべた獰猛《どうもう》な笑みに、アイリスは壊れた機械のような声を上げてカタカタしている。

「こらヤンキー、不良が移るから、あんまりその子に顔を近づけないで頂戴」

「何だよシオン、すっかり保護者様かよ。お前だって不良みたいなもんだろコラ」

「ざけんじゃないわよ、こちとら昔から優等生様よ」

「よく言うぜ」

「何よ」

「はいはい、二人ともじゃれあいはそのへんにしてね？　ドーラもあんまり揶揄《からか》っちゃ駄目よ、アイリスさんが割とガチめにビビり倒して気絶しそうよ」

「おっ？　悪かったなアイリスちゃんよ」

「うっ、ひぃへへ」

エルザの執成《とりな》しで、今度は視線がアイリスに集まってしまう。アイリスは居心地が悪く、ひくひく笑う。

「うお……可愛《かわい》い顔が台無し越えて残念、ってとこだな」

アイリスの引きつった笑顔に、ドーラは少しばかり引き気味だった。

「それでお二人は、この間から俄然《がぜん》話題沸騰注目の的だけど、結局お庭で何をなさっているの？」

エルザはみんなが利用しているガーデンに陣取って、キャンプ一式を転がしている二人に苦笑いしている。

「どこで何してようが、いいでしょう別に。こっちだって色々あんのよ」

「その色々を聞いてんだよ」

「あれよ、部隊運用について話し合ってたのよ」

シオンはアイリスの個人情報を明かさないように気を回してだろう、アイリスの庭暮らしについての説明を大幅に省き、二人へ雑に答える。

「ああ、聞いたぜ。隊長さまに昇進したんだってな。おめでとうさん、あたしならごめんだけどな」

「私たちが人事に口だせるわけないでしょ」

「それでシオンが預かる他のメンバーはどうしたの、折角だから紹介して欲しいのだけれど？」

エルザはきょろきょろきょろと周りを見ているが、他にメイドはいない。一応アイリスもきょろきょろ見てみたが、やっぱりいない。

「私とアイリスだけよ」

シオンの言葉で場が沈黙に包まれ、エルザとドーラは顔を見合わせる。

「はあ？　マジで言ってんのかシオン」

「マジよ」

「二人体制とか正気じゃねえな。いよいよ闇工房《アトリエ》の特殊薬物《ウィッチハイ》でもキメて、イッちまったか次席様」

「それはフローレンス様に言って頂戴」

「アホか、言えるわけないだろおっかねえ」

ドーラはフローレンスに直訴する光景を想像してしまったのか、ぶるりと震える。

「私ならいいわけ？」

「ともだちだろ？」

じとりとした目で睨《にら》むシオンを、ドーラは鼻で笑う。

「ともだちなんだったら少し手を貸しなさい。なんかいいアイデアを提供しなさいよ」

「勿論よ。私たちで力になれるなら、ねえドーラ？」

「えぇぇ……」

シオンが無理矢理作戦会議に引き込めば、ドーラは嫌そうな声を上げるが、エルザと一緒にしぶしぶシートに腰を下ろした。

「でもね、本当に二人なんて無茶よ。それにその、ね？」

エルザはちらりとアイリスの方に複雑な色を浮かべた視線を向け、申し訳なさそうな顔をして言葉を濁す。腕章の色を見れば、アイリスが決死兵《ビトウィーン》なのは一目瞭然だ。それに動きが身体的問題で鈍いのは、ソルジャーメイドであるエルザから見れば明らかだ。

ドーラも何も言わないが、考えは同じだろう。秘匿事項塗《まみ》れのアイリスも申し訳ない気持ちのまま、何も言えない。

「ああ、えっと、この子これでもかなりやるのよ」

黙っているアイリスに代わって、シオンがアイリスの実力に関し、二人の想像を訂正する。

「おいおい、親ばかならぬ隊長ばかってことか。冗談はクソマズブリテン飯だけにしてくれや」

「そんなんじゃないわよ……って、フィッシュアンドチップスは超絶至高の一品でしょうが！」

「いやいやいやいや、なあ？」

「ええと、ねえ？」

「あん？　フィッシュアンドチップス舐《な》めてんじゃないわよ」

「そっちじゃないのだけれど」

「あのな、世の中にはフィッシュアンドチップスだけじゃねえんだから、少しは他も開拓しろよ」

「他のなんて言ったたって、私はあれじゃなきゃ嫌なのよ……」

「シオン……」

「……いいから、さあ、ほら、考えて」

シオンが口ごもり、一瞬重い空気が漂ったが、シオン自らその空気を打ち破った。アイリスはその無理をしているようなシオンの横顔が、気になってならない。

「無茶ぶるわね」

「しゃあねえなあ」

何だかんだ言いつつ、エルザとドーラの二人も一緒になって、ああでもないこうでもないと戦術談議に花を咲かせる。

アイリスはぼんやりとその光景を眺める。その気安い三人のやり取りに、慣れないアイリスはシオンの隣であたふたしているだけだ。

目の前の、実際に手を伸ばせば触れあえるような距離にいながら、三人はアイリスにとって遠い。アイリスには目の前で起きている光景が、薄いフィルターで遮断された別の世界のように感じてしまう。

三人とアイリスは、同じじゃない。

――わたしだけが、この世界の仲間はずれ。

わたしと同じ世界の仲間なんて、どこにもいるわけない。

わたしの住む本当の世界は――

「ほら、アイリスも思っていることがあったら、何でも言いなさい」

「え」

他人事《ひとごと》のように傍観して、昏《くら》い思考に耽《ふけ》っていたアイリスは、シオンに話を振られ、目の前のやり取りに引き戻される。

「で、でも、わたし……初心者ですから、へぼなことくらいしか、言えないです」

アイリスは慌てて返事をしながら、声が小さくなっていく。

同じ世界に生きていないなんて思っているのに、どうしてかシオンが相手だと他の相手の時に抱く諦観とは違って、心が落ち着かない。ちゃんと受け答えできないことを割り切れず、恥ずかしくて情けなくて、逃げ出したくなってしまう。

「わかる範囲の、この間の仕事で感じたことでいいの。感じたことを伝えてくれたら、私がそれにすり合わせてあげるから」

この青い目だ。穏やかな中にも失《う》せないこわい熱を宿すシオンの青い目が、熾火《おきび》で射貫《いぬ》くようにして見るから、アイリスは心がざわざわして落ち着かなくなるのだ。

「あなたのことなんだから、ちゃんと自分で言わないと駄目よ」

彼女の強い眼差《まなざ》しが、アイリスだけを映し、アイリスのことを一心に考えてくれている。

青に当てられてアイリスは身体《からだ》が固まり、頬が熱くなる。

シオンがくれる言葉と彼女の青い色が焼き付いてしまったようで、そのことで頭が一杯になって、シオンにどういう受け答えをしたか、アイリスは憶《おぼ》えていない。

「アイリスさん、シオンは優しいでしょう？」

「ふえっ？」

ぼんやりしてしまっていたアイリスに、エルザがこそっと耳打ちする。

「だから嫌わないで、頼ってあげてね」

エルザの眉を下げた微笑みは、シオンへの心配の色が見てとれた。きっとエルザは、シオンが仲間を失ってしまったことを気に掛けているのだろう。

「そんなんじゃないわよ」

エルザがアイリスにお願いしているのを聞いて、シオンは照れくさいのかぶっきらぼうに答える。

アイリスも、シオンは優しい人だと思う。

だからこそ余計に遠く感じて、それなのにまたその瞳の青に映して欲しいと思ってしまった。

◇◆◇◆◇

「服でも見に行きましょうか」

唐突にシオンは、そんなことを言い出した。

アイリスのテントを張り、作戦会議をしたあの日から一週間。シオンは毎日のように、庭園を不法占拠している通称アイリスキャンプへ訪れてくれている。

「あんた寝癖くらいどうにかしなさいよ」

今日もやって来たそばから、生活態度に呆《あき》れて苦言を呈されていた。

「うひひ」

アイリスは豊かな白銀の髪に変な風についてしまっていた強力な寝癖を手で雑に撫《な》でつけながら、誤魔化すように口の端を歪《ゆが》めて笑った。

「ダメよ、手櫛《てぐし》じゃ折角の綺麗《きれい》な髪が傷むんだから。ほら、櫛《くし》貸しなさい。髪といてあげるから」

「し、シオンさんが!?　あっ」

「何よ、文句かしら」

「ち、ちぎゃいます！　櫛です、櫛がありません！」

「だと思ったわよ。ほら背中向けなさい」

溜息《ためいき》を吐《つ》いたシオンが、こうなることを予測して持ってきていたのだろう、櫛をおもむろに取り出して、アイリスを手招きする。

「はいぃ」

命じられるままちょこちょこと膝をついてシオンの下へ近寄って、くるりと回って背を向けちょこんと座る。

「緊張しすぎ。取って食いやしないわよ」

目を瞑《つぶ》って恐る恐る待っていれば、苦笑しながらシオンが絹よりも柔らかな髪を優しく梳《す》いていく。メイドたるもの、着替えやセットアップの技術も完璧に習得しているのは当然だ。ただしアイリスは除く。

「ほどほどで、どうぞ」

「メイドたるもの、手抜きは認められないわ」

精妙なヘアメイクは、柔らかなマッサージのように気持ちが良い。櫛を通してシオンの優しさが伝わってくるようで、むず痒《がゆ》い気持ちになって居心地が悪い。

「こら、動くな」

「ひゃい」

「あんたちゃんと食べてるんでしょうね、痩せ過ぎよ」

「健康診断オールグリーンの適正体重、です」

「ほんとの本当に？　この細さで？」

「あっ、ふっ、ううぅ……」

シオンに腰を触られて、その指の温かな温度と繊細なタッチに息が漏れるが、アイリスは口に手を当てて我慢した。

「変な声出さないでよ」

「ごっ、ごめんなさっ、でも飢えてなんてないですぅ」

「ならいいんだけど。ちゃんと食事とっとかないと駄目よ。そういう手の抜き方から、あっという間に体調を崩すんだから」

「……肝《きも》に銘じますぅ」

そうやってずっと聞いていたくなるシオンの落ち着いた声に耳を傾けながら、心地よい彼女の手に身を委ねた。

「こんなもんかしらね」

「ありがとうございました……」

「自分でやれるようにしなさいよ」

「善処いたします……」

「……まあ、できるようになるまでなら、私がやってあげてもいいけど……」

「へ？　ご、ごめんなさい。もう一回言ってくださ――」

シオンにしては小さな声を聞き逃したかとアイリスが振り返れば、シオンは頬を赤くして眉間に皺《しわ》を寄せる。

「なんでもないわよ!!」

と食事や身の回りの世話を、あれやこれやと親身に焼いてくれていたのである。

「さて――」

そうして身だしなみを完璧なメイドスタイルにセットされると、シオンも気を取り直してアイリスへ本日のお誘いをしてきたのである。

「おべべが欲しいのです？」

「私じゃなくて、あんたのに決まってんでしょうが」

「ふえ？」

「どうせあんたのことだから、服なんて防性強化服《ドレス》しか持ってないんでしょう」

「ふひっ」

それは事実であった。アイリスは可愛《かわい》いを解する感性はあるものの、自分が着るなんて観点は持ち合わせていなかった。であるからして、メイド服しか衣服を所持していない。

「いいんでしょうか？」

「何がよ」

「わたしが、その、おしゃれさんしましても……」

「いいから誘っているんでしょう。メイドたるもの常に気高くあれよ。それに……」

「それに、なんです？」

「これからのアイリスには、必要になるわよ」

シオンは当たり前に言い切る。それはシオンがアイリスのことをよく知っていないからなのではあるが、彼女の誘いは甘美で、アイリスは断りの言葉を口にできなかった。

「それじゃあ行くわ――」

そうして出掛けようとした矢先、電子音の硬いメロディがシオンの声を途中で遮った。

「はい、こちらシオン。ご用件をどうぞ」

シオンが携帯電話を取り出し、目を細めて通話に出た。

それはメイドに支給されている社用の携帯電話だ。当然今掛かってきたのも、業務に関する内勤の後方勤務職員《ステップガール》からの連絡だろう。

「一般人を立ち入らせないのは、警察の仕事でしょうに！　仕事に誇りがないわけ？」

電話で受け答えしていたシオンが、何やら語気を荒くして腹を立てている。

「はいはい、わかってるわよ。業務はきちんとこなすわ。不平不満を吐いていたことくらい、幾らでも大総監《ハウスキーパー》に報告したらいいわよ。それじゃあね、ごきげんよう」

相手の回答を待つ時間も取らず、シオンはさっさと電話を切った。

「……こっちは誘うのに気合入れたってのに、たくっ」

「え？」

よく聞こえず聞き返そうとしたが、シオンの眉間に皺が寄ったので慌てて止めた。

「緊急業務よ」

ふっと息を吐いて意識を切り替えたシオンが、アイリスへと向き直る。

「この時刻より、シオン隊は『ハウス』掃滅業務《クリーニング》中のシャイニー隊の救援に向かいます」

「え？　えっとぉ、りょうかいです」

「何か疑問がありそうね。今ここで質問なさい」

「ふあ!?　ええと、救援とかって、メイド業には普通なんですか？」

「掃滅業務は大総監や監督官たち上級《レディース》メイドの管理下で、適切な部隊運用が行われている から救援を送るなんて滅多にないわね。共同任務はあったとしても、それは初めから人数を必要とするような脅威度の高い大規模掃滅業務くらいね」

嫌なことを思い出したような苦さで口元を歪めつつ、シオンは説明を続ける。

「ただし今回はそうじゃない。一部隊に任されていた掃滅だったのだけれど、部隊突入後に警備網を潜《くぐ》り抜けて一般人が侵入したそうよ」

先程の電話でシオンが怒っていた理由を、アイリスも理解した。

捨て駒の決死兵《ビトウィーン》や、最悪一般ソルジャーメイドの人的損耗に対しても、『ホワイトシスターフッド』はある程度勘定の内に入れている。けれど瑕疵《かし》がなかったとしても一般人に被害が及べば信用問題となり、異例の裁量権が与えられている分だけ、介入や揚げ足取りを狙う隙を国や他企業に与えかねない。

しかし一般人が『ハウス』に巻き込まれた事例での生存率は、限りなく零《ゼロ》に近いのが現実だ。

「服はまた今度にしましょう」

――今度があるんだ。

「メイドが間抜けな顔しないの」

シオンに慰めるように窘《たしな》められた。けれどアイリスはびっくりしてしまっていたのだ。

また今度、なんて約束が、街で見かけた普通の女の子同士の会話みたいに思えたから――

「急ぐわよ」

二人の準備が整うと、シオンはアイリスを小脇に抱える。

「うぇひっ!?」

「こうした方が速いわ」

そう言うとシオンは本部を飛び出す。市街地を跳び、屋根伝いに最短ルートをとる。道すがら先程の電話で与えられた情報を聞かされていたが、アイリスはシオンの体温にびっくりしてそれどころではない。そうこうしている間に、目的地へと到着していた。

「このまま突入よ、今のうちに覚悟決めときなさい！」

ロンドン郊外。目の前には一軒家。開け放たれている入口に向かい、地面を蹴ってシオンが飛び込む。

『ハウス』という地獄の門を潜った瞬間、ぶん、と重い風切《かざき》り音《おん》がした。

足を踏み入れた瞬間の二人を狙って、鈍器が頭上へ振り下ろされたのだ。

「それぐらいのことっ！」

抱えられていたアイリスを放りだしながら、シオンが咆《ほ》えた。決死兵の最大の死因は、突入直後の不意打ちである。シオンがそれくらいの注意を払っていない筈《はず》がない。

シオンは力任せに打ち下ろされた鈍器を、真っ向からアスターで潰されることなく受け止めてみせた。足場がひび割れる衝撃を生んでシオンが止めた鈍器はハンマー。それを手にしているのは、顔のない背の高い芥物《かいぶつ》だ。

「ふん！」

受け止めたアスターから刺突爆雷《パイルバンカー》が飛び出し、鉄塊のハンマーは粉々。その直後に、放り投げられていたアイリスは地面を蹴って跳ね戻り、抜刀一閃《いっせん》芥物の首を刎《は》ねた。

「さあ、ちゃちゃっと行くわよ」

一匹倒して休んでいる暇などなく、そう言って走りだしたシオンの背を、アイリスもすぐさま追いかける。

門を潜った向こう側は、足の踏み場もないくらいのテレビの累積が広がっていた。

『ハウス』内部はテレビから漏れる液晶の光だけを支えとした薄暗闇に包まれているが、訓練を積んだソルジャーメイドの眼《め》なら、問題なく隅々まで見渡せている。

そのテレビにはティーンエイジャーの少女が映り、入口で襲ってきたのと同じ顔のない芥物たちが、手にしたハンマーでテレビをまばらに叩《たた》き壊している。

シオンから聞かされた情報から、この家に引き籠もっていた一人娘がハーミットに寄生された核だろうと推測する。

「迷路みたい」

視界に入る天井まで繋《つな》がった壁は、道が幾つにも枝分かれしていた。この『ハウス』の核はできるだけ相手を遠ざけ、近寄って欲しくないのだ。

「こんな場所を当てもなく捜し回っても危険だわ。使用された除染機雷《ブリーチ》の反応で先遣している部隊の後を追いながら、非メイド員がいないか確認していくわ」

アイリスはシオンの指示に黙って従う。除染機雷は変化の進行を抑えると同時に、位置情報のビーコンと逃走のためのアンカーの役目も果たす。道すがらに残された除染機雷から発信される星幽《アストラル》の信号を感知することで、先に入ったメイドを追うのは簡単だ。

「あのぅ、壁を壊して進んでみます？」

最短で進むには、隔てている壁を突っ切ってしまうのが手っ取り早い。シオンが破砕や突破に秀でた工兵役《ランドリー》もこなせる力と装備があることを踏まえて、アイリスは思い浮かんだアイデアをおずおずと進言した。

「駄目ね。見なさい、シャイニー隊による攻撃痕が壁に残っているわ。同じ手段を先に試してくれたんでしょうね。けど壁に穴は開けられていなかった。だから壊して進むのは余計に手間よ」

「はうっ……差し出がましいアイリスでした。ごっ、ごめんなさい」

アイリスみたいな新人に思い浮かぶことくらい、他のメイドだって思いつくし、シオンが見落とすわけがなかった。口にしてしまったことを、激しく後悔する。穴を掘って横穴式住居ライフしたいくらい恥ずかしい。

「謝る必要はないわ。その調子で気付いたことがあれば、じゃんじゃん口にしなさい」

「あっはい」

役に立てなくても進言した行動自体は否定されず受け入れられ、やっぱりシオンさんは優しいな、と怒られなかったことにホッとする。

周囲にメイド以外の紛れ込んでしまった人間がいないか目を配りつつも、最短最速で二人は迷路を走破していく。

「いた！」

二人の行軍スピードは想定よりもずっと速く、戦闘による消耗を入口の不意打ち以降避け、先遣部隊の背に追いついた。

メイドの一団が、顔のない芥物の群れの攻撃を受けている。その中心では衛生兵《ナース》が防御結界《プロテクト》を張ってハンマーの乱打を防いでいた。

「助けるわよ、アイリス！」

だがシオンの声は、アイリスの耳に届いていない。アイリスの目に映っているのは子供。

ぐったりとした様子の女の子が、防御結界の内でメイドに抱えられていた。

「うぅっ……あぁっ！」

後頭部を殴られたような衝撃で視界がちかちかし、思考より先に身体《からだ》が動いていた。

飛び出したアイリスは氷上を滑るフィギュアスケーターの如《ごと》くスピンしながら、取り囲んでいる芥物へと抜刀する。回転は止まらず、女の子を囲んでいた芥物たちを、アイリスは手にした刃で斬り刻んだ。

一瞬だ。シオンを含めた他のメイドたちが何かする暇もなく、アイリス一人で群がっていた芥物を鏖《みなごろし》にしてみせた。

「はあ、はあっ――」

カッとなって先走った熱が引き、荒く息を吐く。いくら吸っても酸素が足りていないように、頭がぐらぐらする。

「貴女《あなた》一体……」

突然現れ尋常ならざる動きで大暴れしたメイドに、助けられたメイドたちが困惑している。その居た堪《たま》れない視線に、アイリスの動悸《どうき》が激しさを増す。

しかしその次の瞬間、足元が地面の下から生じた力で崩れた。

「あっ――」

足場となっていた敷き詰められたテレビの山から、顔のない芥物が飛び出したのだ。

顔のない芥物は口もないから無言で、ハンマーをアイリスへと容赦なく振り下ろす。

回避はもう、間に合わない。

しかしハンマーはアイリスを直撃する手前で、芥物の手を離れてあらぬ方向へとすっ飛んで行った。そして当の芥物本人も、胴がひしゃげて吹っ飛んで、壁に激突して中身をぶちまけた。

「油断しない、アイリス！」

シオンだった。シオンがアイリスへと振り下ろされようとしていたハンマーを魔弾《バレット》で射《い》貫《ぬ》いて弾《はじ》き、一気に距離を詰めながらスイングしたアスター本体で、芥物を力任せに打ち飛ばして殴殺したのだ。

「助かったぜ、シオン！」

状況を見定めるようにしていた結界の中から一人だけ、やけに明るい声が上がった。そのメイドをよく見れば、シオンの知人のドーラだった。

「無事だったみたいね」

「あたぼうよ。それにアイリスもなんだよ、クールじゃんか！」

シオンがドーラに近寄って安否を確認していると、ドーラはアイリスの戦いぶりに称賛の声を上げていた。

アイリスは称賛に応じず、その間も意識のない女の子に視線を落としていた。

シャイニー隊は非メイド員を庇《かば》っていたために、芥物の襲撃から退却もできず、奥へ奥へと押し込まれていた。女の子は『ハウス』に入り込んですぐにメイドと出会えたのだろう、結界に守られていたお陰か汚染現象による被害が、意識不明の重体程度ですんでいる。

——よりにもよって『ハウス』の中で、メイド以外の女の子を見ることになるなんて。

聞かされていたが実際に目にすると、激しい動悸で吐きそうになる。アイリスは視線が引きつけられたまま、眩暈《めまい》がして立っているのも辛《つら》い。

「シオン——セレスト隊の生き残り」

ドーラの所属部隊を率いている胸に花十字勲章を付けたメイドが、険しい顔をした。

「セレスト様を死なせた、あの？」

その他のドーラ以外のメイドも、救援に安堵《あんど》しながらも、来たのがたったの二人だと知ると落胆した。それも片割れがシオンであることに気付いて、難色を示している。

——なんで、そんな目でシオンさんを見るの？

アイリスは女の子のことだけでも頭が一杯なのに、シオンに対するメイドたちの態度にモヤモヤして嫌な気持ちになる。

「シオン隊現着致しました。貴女が隊長《ヘッド》ですね」

シオンは向けられる猜疑《さいぎ》に満ちた視線は丸ごと無視し、冷静かつ綺麗《きれい》なメイドとして非の打ち所がない所作で対応していた。

「ええ。シャイニーよ」

「業務はどうなさるおつもりですか」

「それは……子供を任せます。まだ装備の残量があるので、私の隊でアタックを仕掛けるわ」

「承りました」

「うちの隊の衛生兵を、貴女たちに随行させるわ」

「いいえ、消耗もあるでしょう、徒《いたずら》に隊を別《わ》けるべきではありません」

「でもそれじゃあこの子が」

「衛生兵は私が務めます。問題はありません」

「貴女が衛生兵を？　あっ、もしかして貴女が……いえ、ですが……」

シャイニーは一瞬の困惑の後、ちらりとシオンの腕章に視線を落として驚いていたが、選択に悩む様子で言葉に迷って考え込む。

「シオンの能力は同期として、あたしが保証しますよ隊長。ここは二人に任せても問題ないんじゃないですかね。それにもう奴《やっこ》さんの目星はついてますんで、サクサク行きましょうや」

逡巡《しゅんじゅん》する様子のシャイニーに、ドーラが八重歯を見せる獰猛《どうもう》な笑みを浮かべて口出しをした。

「うっ……結構、後は任せます」

長々と話しこんでいる時間もなかったからか、ドーラに圧《お》される形でシャイニーも決定を下した。シオンは衛生兵から女の子を受け渡される。

「シャイニー隊、前進！　作戦を再開よ！」

号令がかかり、シャイニー隊のメイドたちは『ハウス』掃除を再開した。

「アイリス、駆け足！」

「ぁ、はい！」

シオンの切れ味のいい声に背を押され、スパッとアイリスは思考を再起動し、ぐらついていた頭から雑念を振り払いながら迅速に走り出す。

二人は当初の要請通り、救出を最優先業務とし、元来た道を引き返す。

しかし積み上がるテレビの上を跳びはねて進む先に、通せん坊するように顔のない芥物たちがハンマーを担いで集まっていた。

アイリスは銃撃で芥物の群れに穴を空け、そのまま接近して打ち振るわれるハンマー相手に斬り結んで、その間にシオンを先へと通す。敵の駆除よりも進むことを優先し、足止めは短時間に止《とど》めてアイリスも走り、シオンに追いつくとまた前を走る。

シオンは万能のメイド・オブ・オールワークとして衛生兵の技能も当然の如く使いこなし、アスターの一部が変形した増幅装置による強化を受けた高度な防御結界を女の子のために展開している。さらに並行して治癒術《リペア》を女の子に施しながら走るシオンを後ろに、アイリスは次々と立ちはだかる敵を斬り裂いて入口を目指して走った。

「わっ!?」

接地したテレビが自重《じじゅう》によって沈んでアイリスの足が取られた。

足場が崩れる。お風呂の底の栓が抜けたように、テレビの山が下へ、吸い込まれるように落ちていく。

「変化が速まっている……シャイニー隊も大詰めってことね。私たちも急ぐわよ！」

「アイリス急ぎます！」

芥物《かいぶつ》さえも飲み込んでいく奈落から逃れんと、アイリスたちは落下していくテレビからテレビへ、必死に飛び移って進む。

足元に顔を見せたのは、ゾッとするほどの深淵《しんえん》。足を踏み外せばもう助かりはしないだろう。

追い縋《すが》る芥物と崩落に、追いつかれてしまう前に先へ、先へ――

「外、見えました！」

外の世界から差し込む光。もう『ハウス』の入口が見える所にまで辿《たど》り着いた。

「あっ」

しかし突如として無数の芥物がテレビの山から躍り出て、入口の前に屯《たむろ》して光を遮る。

他にも無数の芥物たちが、崩れ行く足場を駆け上って背後から追い縋ってきている。

「わたしが道を開きますから、シオンさんは先にっ」

立ち止まる時間も逃げる場所もない。自分が正面を切り拓《ひら》き、追手も阻む。

現状自分一人が戦力な以上、この数の芥物を相手取るにはそれしか手立てはないとアイリスは進言した。

「それはっ！……好きに暴れなさい、ルートは私がちゃんと見つけるから」

シオンはアイリスを一人で残らせるような作戦に一瞬戸惑ったようだが、アイリスが勝手に突撃した前回とは違い、救助者がいる以上シオンはまともに戦えない。それが最善策であると判断して了承してくれた。

それでもその表情は、苦痛を感じているように歪《ゆが》んでいた。

「アイリス、行きます――」

決まったなら、後はやるだけ。走りながらアイリスは、アヤメキメラを抜刀の構え。

「――行くよ、アヤメキメラ」

アイリスは疾走を助走にして跳躍し、正面にいた芥物の一体へと刹那で到達。そのまま芥物が振り被《かぶ》ったハンマーを振り抜く前に、胸元に刃を突き立てた。

星幽《アストラル》の刃に浄化されて芥物の巨軀《きょく》が消え去る前に、その肉体を足場にして跳躍。そのままアイリスは、芥物の群れのただ中へとなだれ込む。

着地と同時に首を刎《は》ね、また消える前に飛び立って空中で納刀。射撃に切り替えて三体をヘッドショットし、着地と同時に逆手抜刀からの逆袈裟《ぎゃくけさ》で正面の芥物を両断してから背後に迫った芥物へ、視線も向けずにバックステップ。左腕と脇の間に切っ先を通し、背中からぶつかるように背後にいた芥物を刺し貫く。

「先に行くから、すぐに来なさいよアイリス！」

シオンは躊躇《ためら》いながらも判断を誤らず、アイリスが芥物を討ち払ってできた隙間を、防御結界を全開にして芥物の攻撃を弾きながら駆け抜けて行く。

芥物たちはシオンと、その腕に抱かれた女の子にのっぺらぼうの顔を向け、ハンマーを構えてその背に続く。

「邪魔、ですっ！」

アイリスはシオンの背に追い縋ろうとする芥物をまた叩《たた》き切って、追手を押し止める。

刻一刻と沈下していくテレビの上で、アイリスと芥物たちが死戦を踊る。

アイリスは一人で数多《あまた》の芥物を相手取り、敵から敵へと飛び回るようにして群れの進行を押さえつける。一対多のあまりよくない状況下であったが、足場が崩壊していっているこの危機がアイリスには逆に利する結果となった。

足を取られて芥物の動きも制限され、時に崩落に巻き込まれて脱落することで、四方八方から一挙に押し潰される事態は避けられ、身軽なアイリスに有利に働いたのだ。

「来ないでっ」

アヤメキメラで突き飛ばした芥物の行先に、テレビはもう残っていない。足場を失えば、芥物だろうと奈落へ真っ逆さま。

「もう行かなきゃ」

シオンの脱出までの十分な時間を稼げたところで切り上げ、芥物を斬り伏せながらアイリスも入口へと向かう。足場の崩壊も加速度的に進み、もうアイリスにもあまり時間は残されていない。

そんな中で、アイリスは脱出のため蹴りだそうとした足を——踏み外した。

「えっ」

足場を失い落下していく芥物がハンマーを投擲《とうてき》し、アイリスの足が着く前に足場を破壊してしまったのだ。

――あっ、だめだ。

遅れて生じた破砕の衝撃で、アイリスの身体《からだ》が宙を舞った。

跳ぼうとしたタイミングを潰されたために、投げ出された空中からの姿勢制御がやっとで、目の前のまだ残っている足場にも辿り着けない。このままではテレビと芥物と一緒に奈落行きだ。

「――」

アイリスは咄嗟《とっさ》に、右手を前に突き出していた。どうしたら助かるかを考えるよりも速く、救いの手を求めてしまっていたのだ。

――でも、誰にも届くわけない……誰かがわたしの手なんて、摑《つか》んでくれるわけないよ。

触れようと伸ばした手を、怯《おび》え避けられたことを思い出す。

手を伸ばしたところで、誰にも届かないことなんて痛いくらい思い知らされていたはずなのに、それでも無意識のうちに、今アイリスは助けを求めていた。

愚かだ。馬鹿だ。とっくの昔に諦めはついたと思っていたのに、こんな時になってまだ自分が一体何なのか理解できていないのだと思い知らされてしまった。アイリスはどうしようもないやるせなさに顔をくしゃりと歪め、右手を力なく下げようとしていた、が――

どこにも辿り着けないはずの、咄嗟に助けを求めて伸ばした手が、しっかりと握られていた。

「え──」

アイリスの手を摑んでくれたのは──

「シオン、さん」

「いつまでたっても来ないから、こっちから来てやったわよ」

あの青く、炎のように強い意志が燃えた瞳に、またアイリスが映っていた。

引き返してきたシオンがアイリスの伸ばした手を力強く摑み、ぐっと引っ張りあげる。

「アスター・インジェクション！」

シオンが咆《ほ》えるとアスターから青く輝く星幽が激しく投射され、しっかりと手を繋《つな》いだアイリスごと入口の方向へ吹っ飛んだ。

アイリスたちは辿り着いた入口から、外の世界へと飛び出していた。

つんのめって芝生に転がったアイリスは、背後の玄関に目を向けるが、ハンマーを振り回して迫っていた芥物も、門を越えて外に出て来ることはない。汚染現象下で発生する芥物は、あくまで『ハウス』内でのみ許された存在だ。門を越えることなく足場の崩壊に飲まれて消えていった。

「アイリスっ、怪我《けが》はない!?」

「どう、してわたしを？」

脱出後すぐに余裕なく迫りアイリスの安否を気にかけるシオンを、アイリスは呆然《ぼうぜん》と見つめて思わず呟《つぶや》く。

シオンはどこも怪我していないのを確認してホッとした表情を浮かべてから、

「どうしてって、そんなに薄情者だと思ってたわけ？」

汚れを払いながら立ち上がり、アイリスの反応に心外だとムッとした表情を浮かべていた。

――そうじゃない。そうじゃないんです。

どうしようもないくらい、アイリスは混乱していた。

アイリスの右手はまだ、シオンから伝わった体温が残っているように熱い。熱さが伝播《でんぱ》してしまったのか、頬も熱い。

わけもわからないまま息苦しく胸は弾み、指先がびりびりと、いつまでも痺《しび》れるような不思議な感覚に囚《とら》われている。そのことばかりが気になって、ぐるぐると頭が回らなくて言葉が纏《まと》まらない。

「だってわたしは、こんな、手を取って助けてもらえるなんて、そんな……」

「アイリス」

気持ちが追いつかず動揺したまま、纏まらない言葉をぽつぽつと呟くアイリスは、シオンに名を呼ばれて顔を上げる。

「あれを見なさい」

シオンの指さした先に視線を向ける。近くで本部の医療班に在籍しているメイドたちが、忙《せわ》しなく動いていた。アイリスを助けに戻ってくる前に、シオンが待機していた医療班に救出した女の子を引き渡したのだろう。

きっと道理を知らない女の子がお転婆で、よりにもよって『ハウス』を相手に肝試しでもしてしまったのだろう。けれど彼女は、あの地獄から助けられたのだ。

あの女の子は運が良かった。五体満足に外に出られただけでも幸運だ。

——わたしは？

その事実がアイリスを落ち着かない気持ちにさせ、泥の沼に自分だけが沈み込んでいくかのように、気持ちがささくれ立って身体が冷えていく。

「あの子はあなたが助けたのよ」

そんな刺々《とげとげ》しくなっていく視線を遮って、シオンがアイリスの前にまでやって来て、そう声をかけた。

「わたし、が……たすけた？」

アイリスは思考の泥から顔を上げ、きょとんとシオンを見上げて自分を指さす。

「ええ、そうよ。よくやったわね。まあ、業務中に隙を晒《さら》したのは、メイドとして褒められたもんじゃないけど」

アイリスはポカンと口を開けているが、言葉が出てこない。自分が誰かの助けになったなんて、俄《にわ》かには信じがたい。

「憶《おぼ》えておきなさいアイリス。あなたは人を助けることができるし、助けられたっていいの。何度だって、私はあなたを助けてみせるわ」

わかっていない――わかろうとしないアイリスへ、シオンは教え込むようにはっきりとそう告げた。

シオンの言葉が、アイリスを沈みかけた泥から引き揚げる。言葉の意味を遅れて理解すると、じわじわと温かい気持ちが胸に広がっていく。

「ほら、いつまでもそんな所に座ってないで、立ちなさい」

シオンがアイリスへと、手を差し伸べる。アイリスは自分なんかがその手に触れていいのかがわからないまま、もう一度彼女の体温に触れたくて、おずおずと手を伸ばす。

重なった二人の影の後ろからは、一つの『ハウス』が掃滅され、メイドたちが凱歌《がいか》を上げる。

そんな凱歌が聞こえないくらい、アイリスは食い入るような熱い眼差《まなざ》しで、手を握ってくれたシオンだけを見つめていた。

◇◆◇◆◇

「あわわ、な、なんですかこれ……」

晴天の下、アイリスは手にした杖《つえ》を胸元で抱え、チワワのようにぶるぶると震えている。

今シオンとアイリスの二人が立っているのは、メイドストリートの一角。

アイリスキャンプに現れたシオンに連れてこられた先に在ったのは、とっても不思議なサーカステントのような場所だった。

「アイリス。あなたのために用意したブティックよ」

シオンがブティックとして紹介したその場所は、メイドストリートの開けたスポットに、華やかなレース布を結び繋ぐようにして飾り立て、天井を設けず建てられた野外オープン空間型の店舗だと言えよう。そのファンタジックな妖精郷のような華やかで可愛《かわい》らしい店構えは、通りに衆目を集めてしまっているくらい素晴らしい出来栄えだ。

親子連れのベビーカーに乗せられた赤ん坊には、シオンが手を振って応えてやっている。

用意した。シオンのその言葉が、このブティックがなんであるかをすべて物語っていた。

この店は、シオンがこの日のためだけに用意した物なのだ。既存の建物を利用せず天井のない野外空間型ブティックなのも、アイリスが屋内恐怖症であることを慮《おもんぱか》っての形態なのだ。そうとわかってしまえば、アイリスは余計に驚かずにはいられない。

「服を買いに行くって言ったでしょう?」

「いっ、言ってましたけどぉ」

シオンは店構えの出来栄えに満足気だが、まさかこんなことになるなんて、アイリスには予測不能だ。服を買うために店ごと用意するなんて、一般常識に著しく欠けたアイリスにも、これが常識的行動とは思えなかった。

「わかったなら、存分に享受なさい」

「こっここ、ここ心の準備がぁ」

「アカゲラのドラミングの真似《まね》はいいから、はい入店」

「ひえぇ……」

シオンにぽんと肩を叩かれ、アイリスは引きつった顔で店に恐る恐る足を踏み入れた。

「ようこそお越しくださいました、アイリスお嬢様」

「ぴゃっ!?」

戦々恐々のアイリスは店内で数人のメイドから、丁重な挨拶と共に頭を下げられた。

「ししししシオンさんっ!?」

「何よ」

「こっ、こちらの様方はどこのどのメイド様方で、いらっしゃられらりり？」

「舌が回り倒してとっちらかってるから、はい深呼吸」

「はふう」

シオンに言われて、落ち着くためにも一旦息を吐く。

「店の準備と店員に、後方勤務職員《ステップガール》を金で雇ったわ。勿論《もちろん》上に許可を取ってあるから安心なさい」

「そんな、あれもこれもななんて、お幾らかかってはうあっ」

「こちとら高給取りよ」

「ですけどぉ」

ソルジャーメイドは確かに羽振りがいい職業である。それにしたってやることが豪勢だ。

「金は貯《た》めるためにあるんじゃない、楽しいことに惜しみなく使え。と昔教わったのよ」

「ふにゃぁ……」

アイリスは間抜け面で呆《ほう》けた声を出してしまう。シオンがアイリスのために手間暇かけてくれただけでなく、それを楽しいことだと思ってくれていることを知って、思わずにやけてしまいそうになったのだ。

にやけ面を見られないよう店内に目を向ければ、所狭しと様々な衣服が飾られており、そのどれもが素晴らしい仕立てであるくらいはアイリスにもわかる。ラインナップから見て、お洒落《しゃれ》好きのメイドを相手に経営している若い女性向けのブランドを運び込んだのだろう。ブラウスもスカートも、どれも目の保養になるくらい綺麗《きれい》で可愛い物がこの場所一杯に集まっている。

アイリスはその煌《きら》びやかさに、完全に気圧《けお》されていた。こんな素敵空間は本来アイリスには縁のない場所で、居心地がどうにも悪くてもじもじしてしまうと思う一方で、これが全部シオンがアイリスのために用意してくれたのだという事実を改めて認識し、耳が火傷《やけど》したみたいに真っ赤になってしまう。

「どれでも好きな服を選んだらいいわよ。全部アイリスの物なんだから」

「え!?」

シオンがさらりと言い放った言葉にまたも驚いて、ギョッとした顔をアイリスがシオンに向けるのを咎《とが》める者はいないだろう。

「そんなめっそうもないのですけど……その、なんで、そんな破目になったんです？」

「ご褒美よ。この間の任務の成功祝いに、着任祝いも乗っけてあるわ」

何を当たり前のことを聞いているのか、とでもいうようなシオンの態度に、アイリスは面食らってしまった。ただの部下へのお祝いにこんな盛大に過ぎる褒美は、幾らなんでも当たり前じゃないことくらいアイリスでもわかる。

「何よそのふやけたマヌルネコみたいな顔。頭の固そうな女だから、そんなことしてくれるわけないとか思った？」

「ぴえ!?　あばば、ちがいますぅ」

アイリスはそんな風には思っていないと、大急ぎで千切れそうなくらい頭を左右に振り回す。

「冗談よ」

「ふひゅー」

シオンに誤解されていなかったことに、アイリスは風船から空気が漏れたような安堵《あんど》の息を吐く。驚いたり困ったり、シオンさんも割と常識がないのではとか、浮き立ったりしたり色々あるけど、アイリスが考えていたのは、自分がご褒美を貰《もら》えるなんて、縁がない世界だと思っていたからだった。

「これくらいのことで、遠慮するんじゃないわよ」

「はいっ！」

釘《くぎ》を刺すようにシオンに退路を断たれ、アイリスも覚悟を決めて、この華やかなりしお洒落の伏魔殿へといざ挑むのであった。

「えとえと……うぅ……」

「心配しなくたっていいわ。気に入る物がないんなら、他に用意するし」

「いえいえいえ、わたし頑張りますから！　アイリス頑張りますよ、おー！」

シオンの更なる暴走を止めるため、アイリスはきりりと表情を引き締め、エイエイオーと拳を突き上げる。

「そ、そう。頑張って？」

アイリスが見せた思わぬ勢いに、シオンは引き気味にたじろぐ。

だがしかし、奮い立たせた熱い覚悟なんて一瞬で吹き飛んで、きょろきょろと店内を一通り見回すばかりで立ち竦《すく》んでしまったアイリスは、それを後ろから眺めていたシオンに泣きつきにいくしかなかった。

「ど、どうすればいいかっ、わたしわかりません……シオンさん、選んでくれませんか？」

並んでいる服に文句があるわけではない。アイリスの目から見ても、どれも素敵な服だった。だがいざ選ぼうにも何をどう選んだらいいかの判断ができず、頭がぐるぐるして目が回りそうになってきたアイリスは、シオンに縋《すが》るようにして頼んだ。

「私!?」

『ハウス』での戦闘よりよほど切羽詰まったアイリスの態度にギョッとしたシオンへ、アイリスは更に必死にこくこく頷《うなず》く。

「お店の子じゃなくって？」

「無理ですぅ」

見知らぬ誰かと関わるなんて、アイリスにはとてもじゃないが無理である。一層の恐慌状態に陥らざるを得ない。アイリスが頼れるのはシオンだけだ。

「無理ってあなたね、店員やってくれてるメイドは変形もしないし、噛《か》みついたりもしないわよ？」

「それでもわたしあの、シオンさんがよくて……」

「そう言われたって、私もそんなの得意じゃないのよ……そうだ、全部持って帰ったらいいじゃない」

「むりむりむりです。選んでください、お願いします。その、シオンさんじゃなきゃ駄目、です」

「うっ……仕方ないわね、任せなさい！」

アイリスにうるうると涙ぐんだ眼《め》で懇願されたシオンは、アイリスのその可憐《かれん》な顔に喉を詰まらせてから、顔を背けるようにして胸を叩《たた》いて安請け合いしてみせた。

「そうとなったら全力で当たらせてもらうわ……これか？　いやでも……こっちも捨てが

たい。なによこれ、可愛いじゃない。なんなの、どれもいい感じで隙がないわ……」

シオンは店内に並んだ服を一着ずつ、敵を狙い撃つような真剣な表情で吟味していく。

いざ選び始めれば、妥協を許さないその姿勢が、本気でアイリスに似合う服装を考えてくれているのだとひしひしと伝わってくる。隣でついて回るだけになっているアイリスも、緊張で手に汗握る思いである。

「店員さん、試着させていただいてもいいかしら？」

「どうぞ。こちらです」

「よし。頭だけで考えていたら、答えには辿《たど》り着けないわ。アイリス、実戦の時間よ」

「ひゃあ」

声をかけた店員役のメイドから許可を取ると、シオンはアイリスの肩を摑《つか》み指令を下す。

アイリスは哀れにも、悲鳴を上げるしかできなかった。

そこからは麗しの着せ替え人形と成り果てたアイリスは、あてがわれた服を取っ替え引っ替え試着していく。

「きがえおわりましたぁ……」

そうして最終的にシオンがアイリスに選んでくれたのは、シオンの私服の趣味という感じのしない、フェミニンな七分袖のワンピースだった。

「……うん。そうね、いいんじゃないかしら。似合ってる」

シオンは満足気に頷きながら、それなのに少しだけ哀《かな》しげな眼をしていた。

「ごめんなさい……わ、わたし、何かしてしまいましたか？」

不安になって慌てて謝罪する。シオンの曇った表情を、アイリスは見ていられなかった。

「あー。違うから謝らないで。ちょっと違うこと考えていただけだから。悪かったわ、あんたは文句なしに可愛いわよ」

哀しさを内側に覆い隠すようにして、シオンはふっと溜息《ためいき》を吐《つ》いてから、改めてアイリスを褒めた。

「ああ、うぅ……」

きっとシオンのその哀しさの理由は、壊滅したというセレスト隊に纏《まつ》わる過去だ。

アイリスはシオンの過去をもっと深くまで知りたいと思ってしまった自分に内心で驚きながら、それでも出会ったばかりの時と違って、踏み込む言葉が出てこない。そうしてもじもじしている間に、聞けるタイミングを逸《いっ》してしまった。

「どう、可愛くおしゃれさんした気分は？」

「違います。わたし可愛くなんてないですぅ……」

「あんたの顔でそれは、全人類への宣戦布告に聞こえるわよ」

「ち、違うんです。ちがうんですぅ……」

シオンが褒めてくれた言葉を受け取りたいが、アイリスはそれを受け入れられない理由があり、その理由を口にするわけにもいかず、ただ違うと繰り返すことしかできない。

「仕方ない子ね。私にはどうしてそんな風に思っているのかはわからないけど、卑下するのはやめなさい。メイドたるもの逆境にあろうと背筋を伸ばし、胸を張れ、よ」

「背筋を……」

「もう変なこと言い出さないように、試着した服は全部プレゼントしてやるわ」

「はわっ!?」

「どうせ私服持ってないんだから、この全部は嫌だろうけど、これからのお出かけに困らないだけの分はありったけ持って帰るわよ」

——これからがあるんだ……

そんな言葉に深い意味なんてないだろうに、アイリスはシオンの掛けてくれる言葉に一喜一憂している。

「撤収！」

シオンの掛け声で、後方勤務職員による片付けが始まった。今日この時間のための夢のようなお店は閉店し、余った衣服はすべて『ハウス』避難民キャンプへの寄付にするとシオンは何でもないことのように語った。撤収作業も賃金に含まれているので後は任せ、笑顔の店員に見送られて二人はブティックを後にする。

服を見ていただけなのに目まぐるしくてあっという間に時は過ぎていて、店に入る前はまだ昼過ぎの頃であったのに、今はもう夕暮れで町の雑踏が赤く華やいでいた。

アイリスはプレゼントされた服装のままで、街を行くどんな女の子よりも可憐に着飾られていた。

「あっ、あの、わたし持ちますから！」

「いいわよ、プレゼントなんだから、私が荷物持ちくらいするわよ」

店を出てからの帰り道、シオン一人に荷物を持たせていることに萎縮し、自分が持ちますと申し出ても、シオンに断られてしまって、アイリスとしては落ち着かない。

「で、でも、あ、あわわ!?」

荷物のことばかりに気を取られて地面の石畳に杖《つえ》を引っかけ、アイリスはバランスを崩す。

「気を付けなさいったら、もう」

けれどアイリスが転んでしまう前に、荷物の袋をサッと片手に纏《まと》め、空いた方の腕でシオンが抱き留めてくれていた。

「あっ、ありがとうございます……」

「そうだ、これ。もう一つ、本命の贈り物よ」

腕の中でまごついていたアイリスを立たせ、シオンが封筒を差し出してきた。

「なんです、これ？」

「お礼の手紙よ。この間の子供の親御さんが、ご丁寧に送ってくれたそうよ」

「お礼……わたしにも、ですか？」

「当たり前でしょうが。私が言った言葉、もう忘れたわけ？」

「……わたしが、助けた」

「何よ、ちゃんと憶《おぼ》えてるじゃない」

「本当にわたしが受け取っても……いいんですか？」

感謝の言葉が綴《つづ》られた手紙なんて、人の思いの詰まった明るい世界の物を、自分なんかが触れていいのか、とアイリスは手を伸ばすのをまだ躊躇《ためら》った。

「自分が果たしたことに対する思いには、自分で向き合うべきよ。それが悪いことでも良いことでもね……だから受け取りなさいアイリス。これはあなたが手にするべき物よ」

夕焼けに背を向けたシオンの青い目は、またあの延焼してしまいそうな強さでアイリスを射貫《いぬ》く。

アイリスはその瞳に呑《の》まれたように恐る恐る手を伸ばし、シオンから手紙を受け取る。

『直接お礼申し上げたかったのですがそれは叶《かな》わず、それでも少しでも感謝をお伝えしたく、お手紙を書かせていただきました。リコを救ってくださりありがとうございました。あの子は私どもに残された、唯一だったのです——』

震える指で封筒を開いて手紙に目を通せば、救った子供の親からのありがとうが詰まっていた。文字を目で追っているだけなのに、たまらないほど胸が熱くなる。

「服も、この手紙も……大切にしますから」

「そうしてくれるなら嬉《うれ》しいわ」

ふっと微笑《ほほえ》んだシオンの眩《まぶ》しさにやられながら、強く、けれどもくしゃくしゃにしてしまわないように、アイリスは手紙を胸に抱く。

「……それじゃあほら、お望み通り荷物半分持たせてあげる」

「はい、よろこんで——って、手を……つな？　ふえぇ!?　し、シオンさん!?」

アイリスが荷物を受け取って左手に纏めていると、スッとシオンに右手を取られていた。

「……なによ」

「杖持ってますぅ……」

手を繋《つな》がれたアイリスは頬が熱くなっていたが、シオンの耳も夕焼けみたいに赤い。

「こけたばっかりの癖して……心配なのよ」

シオンはぶっきらぼうに照れくさそうにしながらも、隠さずに気持ちを口にした。

「わたしが、ですか？」

アイリスは驚いてしまって、きょとんとした眼でシオンを見つめる。

「何言ってるのよ、当たり前でしょう？」

そんな当たり前は、アイリスの人生の中になかった。アイリスは他のメイドとは違う特別だから体調検査は頻繁に行われているが、こんな風に心から気遣われたことはなかった。

思えば決死兵《ビトウィーン》であることを告げた時から、シオンはこれまでずっとアイリスを気遣い、手を差し伸べるようにして寄り添ってくれている。そして彼女だけが、本当にアイリスの手を摑んでくれた。

「さあ、一緒に帰るわよ」

「一緒……」

シオンに言われたその言葉は、アイリスの内側に響くようにして届いた。今のアイリスはシオンと一緒にいる。この世界にたった一人のアイリスではないのだ。

それはまるで春の陽《ひ》だまりに迷い込んでしまったようで、困惑しながらも少しも嫌じゃなかった。まるで普通じゃない自分が、シオンと同じ世界にいるのだと錯覚してしまう。

手紙を貰《もら》えたのも、受け取ろうと思えたのだって、全部シオンがいてくれたから。シオンとの出会いから、アイリスのこれまでが、少しずつ変わっていく。

まるで平和だった時代と変わらないこの街で、メイド服姿でもなく普通の女の子のようにアイリスはシオンと手を繋いでホームへ帰ったのだった。

第三幕　空にのぼるアスタータタリクス

ガラス張りの天井を透かし、見上げるアイリスへと太陽光が降り注ぐ。

黄金の陽を、同じ色を宿した瞳が、眩しさに瞑《つぶ》ることなく受け止める。

ここはロンドンの主要ターミナル駅の一つ、セント・パンクラス・ステーションである。

現在のセント・パンクラスは、『ホワイトシスターフッド』の監督の下復旧された交通機関の一部だ。『ホワイトシスターフッド』から工房《アトリエ》の工匠《スティルルーム》や、運営スタッフとして事務方や、接客業を担当するために後方勤務職員《ステップガール》が派遣されている。

こういった事情から、業務の際はメイドであれば交通機関を顔パスで利用できるようになっている。

「――業務命令よ」

人助けをした上に褒められ、それからシオンと手を繋いだ。

それでいつも以上にほわほわとぼんやりして、その日の朝も空の青さに目を向けながら、記憶情報の精査は手早く済ませて手紙を手にして何度も読み返しながらニマニマしていたアイリスは、顔を見せるなりそう告げたシオンに従って本部から出動し、セント・パンクラスへと足を運んだのだ。

「新しい掃除、ですか？」

アイリスは今回の業務内容について、見上げていた天井から隣に立っているシオンに顔を向け直して質問する。シオンに対してなら、気になることがあったら自由に質問をしていいのだと、アイリスは学んだ。

「確かに新しい掃滅業務《クリーニング》を受理したけど、今日はまだよ」

シオンはいつもと同じ少し不機嫌そうな顔で、正面を向いたまま答えた。まだ付き合いは浅いが、アイリスにもシオンが別に怒っているわけではないとわかる。

「それから今日のこととは別に……ごめんなさいアイリス、謝りたいことがあるの」

シオンは申し訳なさそうに、謝罪の言葉をアイリスに向かって口にした。

「え？　え？　え？」

確かに怒ってはいなかったが、まさかいきなりシオンに謝られるなんて思ってもみなくて、アイリスはどうしたらいいのかびっくりして慌てふためく。

「悪いんだけど、部隊の人員は増やせそうにないの。しばらくは二人のままで業務を行うことになるわ」

どうやら上のお達しで、増員案は却下されているようだとアイリスは察する。アイリスにはフローレンスが何を考えて、こんな不遇な状況に優秀なシオンを追い詰めているのかが理解できない。

「わたしは、頑張りますから！　だいじょうぶです！」

「悪いわね」

アイリスは気合を入れてギュッと拳を握り、シオンが謝る必要なんてないと訴えた。シオンはそんなアイリスの反応に少し驚いてから、クスリと笑ってくれた。

そうやってシオンが浮かべることの増えた何気ない笑顔を、アイリスは何度も思い出せるように大切に記憶するようになった。

「まあ何にせよ今日は戦わないから、安心なさい」

「と言います、れば？」

二人とも星幽兵装《ブルーム》は手にしておらず、本日は掃滅業務ではない。ソルジャーメイドが『ハウス』の掃除以外に何かやることがあるだろうかと、アイリスはこてんと首を傾《かし》げる。

「今日は現地で調査するわ」

「ちょうさ」

よくわからないが、とりあえず復唱して頷《うなず》いた。

自分がわかっていなくても、ちゃんとしているシオンが、ちゃんとしてくれるだろうとアイリスは思考を投げている。

「わかっているわよね？」

「ひゃい！」

丸投げ思考を見透かしていたシオンに訝《いぶか》しげな眼《め》を向けられ、アイリスはヘッドバンギングで何度も頷いて誤魔化した。

「まあいいわ、行くわよ」

颯爽《さっそう》と歩き出したシオンの背を追って、アイリスは杖を突いてホームを歩き出した。

彼女と一緒に歩いていると、部隊に増員はしなくてもいい、このままでいいと、そんな悪いことをアイリスは考えてしまう。

◇◆◇◆◇

「行ってらっしゃいませ」

後方勤務職員に見送られた二人が降り立ったのは、禁足地域《アウターロンドン》だ。

完全に『ハウス』災害から解放されているロンドン中央地区である奪還地域《インナーロンドン》と違い、外縁部の総称である禁足地域には未《いま》だ『ハウス』が数多く存在している。その周辺地域は人が怖《おそ》れて近寄らず、その不在を狙って恥知らずの荒くれや、避難民キャンプにも居場所のない落伍者《らくごしゃ》に不法占拠され、もはやスラムと化しているのだ。

ここもかつての名前で呼ぶ者も残っていない、そんなスラムの一つである。

「ここにハーミットが巣くっているわ」

二人は外から、一棟のアパートメントを見上げていた。

「被害者はマチルダ・ジェファーソン二十三歳と、リアム・ジェファーソン二十五歳の夫婦。この二人のどちらかが核となっているのは、当日の映像からも確定でしょう」

今二人は掃滅業務を拝命した『ハウス』の、内部に取り込まれた被害者の身辺調査を行っている。シオン隊の初業務だったジョン・ブラウンの件のように、事前の調べは諜報《ちょうほう》活動専門のメイドに任せる場合もあるが、本人自ら調べる方が『ハウス』内で起きるイレギュラーへの咄嗟《とっさ》の対応の幅が広がるのだ、というのがシオンの持論だと道すがら聞かされた。

『ハウス』の核にされた人間の特定のため、『ホワイトシスターフッド』は街頭の防犯カメラなどの、『十二月のドゥームズデイ』当日の映像情報を手を尽くして確保して管理している。しかし核にされた候補が二人以上の場合に、そのどちらが核かを見極める判断は、現場のメイドが実際に『ハウス』内でしなければならないのだ。

「よく観察なさいアイリス。どんな些細《ささい》な情報でも、何が自分を助けてくれることになるかはわからないんだから、見落としちゃ駄目よ」

初めて調査を行うアイリスを、シオンが丁寧に指導してくれる。シオンは激しい憎しみで心を焦がしているだろうに、それでも極めて冷静に『ハウス』を見ている。それを真似《まね》して、アイリスも目を皿にして観察する。

「核によって起こされる汚染現象の特徴。核にされた個人の特定と居場所。そういった『ハウス』を攻略するための鍵が、被害者の情報の中にある。他人にはどれだけ些細なことであったとしても、それがその人間にとっての本質であるかもしれない。だから私たちは、被害者にとって何が大切で、何に執着していたかを知らなきゃいけない」

シオンの言葉に、アイリスは熱心にふんふんと頷く。

アイリスがフローレンスたち大総監《ハウスキーパー》から教わったのは、どうやってこの身体《からだ》で戦ったらいいのかという力の使い方が中心で、調査の仕方なんて教わっていない。

そもそもアイリスにとって『ホワイトシスターフッド』の関連施設以外への外出自体、シオンと一緒に出向いたジョン・ブラウン宅が初めての経験だった。公園でフィッシュアンドチップスを食べたり、ブティックで買い物をしたり、ましてや人と手を繋いで歩く日がくるなんて、考えたこともなかった。

シオンはアイリスに、たくさんの初めてをくれる。

「どうかした?」

アイリスにやたら熱心な視線を向けられていることに気付いたシオンが、何してるんだこいつ、と怪訝《けげん》な表情を浮かべる。

「がんばりますからねっ!」

「……ならいいけど」

空回り気味のやる気を見せるアイリスに、シオンは驚きの表情を浮かべてから、こほんと咳払《せきばら》い。

「リアム・ジェファーソンの職業はシェフ。当時の社会情勢から鑑みて、都市部で働く労働者階級で、経済的な余裕はあまりなかった。夫婦は共働きで、マチルダ・ジェファーソンはコールセンター勤務。こちらも所得はそう多くなかったでしょうね」

見上げているアパートメントは『十二月のドゥームズデイ』以前のロンドンの社会事情

に照らし合わせれば、裕福とは言い難い労働者階級の暮らしていた、典型的な安い賃貸物件だ。情報との相違点は見当たらない。

「シェフで思い浮かぶ物は何？」

「ほひっ!?」

アパートメントの棟に立ち入り、階段を上って二階にある問題の部屋へと話しながら向かう中で急に意見を求められ、アイリスは飛びあがるくらいにびっくりして変な声が出た。

「ほひってないで、何でもいいから、あなたも考えなさい」

そう言われても、自分なんかに『ハウス』のそんな重大な情報を見抜ける自信はない。それでもシオンに求められたことに応えたくて、必死さで煙が出そうなくらい頭を捻《ひね》る。

「ふぃ、フィッシュアンドチップスです！」

「ふふっ、素敵な答えじゃない。けど、今回は関係なさそうね」

「あう……」

シオンに笑ってもらえたのは喜ばしいが、捻りだした答えは大ハズレで、恥ずかしくなって俯《うつむ》く。

「じゃあコールセンターはどう？」

「えっ、あっと、うぅ……」

意気消沈している暇もなくまた質問されて、アイリスは目をぐるぐる回して唸《うな》る。そうこうしている内に、二人は廊下を進んで『ハウス』の前に到着していた。

「どうしたのよ、アデリーペンギンがフクロテナガザルに鉢合わせたみたいな動きして」

あまりにもしどろもどろになって手をじたばた振っているアイリスに、シオンがギョッとしていた。

「ええと、あのぉ、ですね……コールセンター、とは、へへっ、何です？」

アイリスは物を知らないことで呆《あき》れられるのを恐れながら、シオンにぽつぽつと聞き返した。

「ああ。問い合わせ窓口よ。顧客からの問い合わせとか苦情とかに、電話口で対応する業務。『ホワイトシスターフッド』にもあるわよ」

シオンはアイリスが恐れていた失望の眼差《まなざ》しを向けるなんてことはなく、別に気にした風もなく普通に教えてくれた。アイリスは呆れられなかったことに、ホッと胸を撫《な》で下ろす。

「えっと、でんわでんわ……音波攻撃、とか？」

「あり得なくはないわね。業務中は音に注意しましょう」

「えへへ」

役に立っているかは正直わからないが、意見をシオンに反映してもらえたので、頬が緩んでしまう。

「何か、気になることありました？」

アイリスがポカポカ浮かれていた間に、『ハウス』化した部屋のドアや周囲の壁を熱心に何かを探すように検分しているシオンに気付いて、アイリスは声をかける。

「……いえ、特に面白い物はなかったわ」

　シオンはそう口にして検分を終えたが、瞳に宿る炎がその時ごうごうと勢いを増したようにアイリスには見えた。もしかしたら『ハウス』に対する怒りが、彼女の調査活動をも熱心にさせ、それが強い熱意として見えたのだろうか。

「次は、事件当日の被害者の足取りを辿《たど》ってみましょう」

　シオンはそう告げるとアパートメントから離れ、国の管理が行き届かず舗装の剝がれた歩道へ出て歩きだす。

　アイリスは杖《つえ》を出っ張りに引っかけて転んでしまわないように気をつけて進み、シオンはもう慣れっこのように歩く速度をアイリスに合わせてくれていた。

　シオンは事前に、調査資料を隅から隅まで頭に叩《たた》き込んでいるのだろう。地図も見ずに次の目的地へと、街並みに目を配りながら向かう。

　アイリスは何をどう調べればいいかわからず、初めて歩くスラムをおのぼりさんのようにシオンの後ろを付いて歩いた。

　スラム街では、まともに人とすれ違うことはない。偶《たま》に正気を失った者が地べたに寝ころんでいたりはするが、おそらく住人の多くは見慣れないアイリスたちを警戒して距離をとって隠れているのだろう。

「自宅アパートメントで『ハウス』被害に遭った当日、その時間より前に二人は揃《そろ》って外出していて、寄っていたとみられている場所がここよ」

「からっぽ」

立ち止まったシオンが指し示したのは、街角のこぢんまりとした廃屋。年月とスラム化によりかつての姿を止《とど》めぬもぬけの殻であるものの、割れているが道に面している箇所にガラスが張られていた名残で、何かの商店であったというくらいはアイリスでもわかる。

「この店舗は、個人経営の玩具屋《おもちゃや》だったらしいわ。二人の仕事との関係はなさそうね」

「それならプライベート……二人は玩具が好き、だったのですか？」

玩具屋のショーウィンドウには、何も残されていない。『ハウス』化せずに放棄されたこの店は、商品の殆《ほとん》どが火事場泥棒に持ち出されてしまったのだろう。店内は無惨なまでに荒らされており、商品以外にも金目の物は壁を剥がしてでも持ち去られ、年月を抜きにしても当時の痕跡はほとんど残っていないだろう。

「玩具を買い集める趣味……その情報は確認されていないわ。取り扱っていた商品は記録によれば、子供向けの古典的な品揃《しなぞろ》えだったらしいわ。あまり新商品を取り扱ってなくて、知育玩具や人形、模型みたいなね」

「……人形」

びくり、とアイリスは肩を震わせ、店内に人形が転がっているかもしれないと思うと見ていられなくて、じわりと汗の滲《にじ》んだ自分の手を見つめる。

アイリスは人形を目にしたくないくらい嫌いだ。それはアイリスが自分を人形だと思っているからだ。

アイリスはあの初仕事の次の日の公園で、シオンにそれを口にしてしまった。本当はそんなこと言葉にするつもりなんてなかった。言ってどうなることでもなく、知られるべきでもない。それなのに、どうしてあの時シオンに伝えてしまったのか。

――シオンさんと出会ってから、わたしはおかしい……

アイリスも自分で自分がわからなくなっている。

――わたしは空っぽな人形。そうじゃなきゃ、わたしは――

「何かわかったの？」

「い、ぃえ……か、かえって古い物の方が、趣味人っぽいような気がしちゃいます」

シオンの目がアイリスの動揺を見逃さなかったのを受けて、アイリスはつっかえつっかえ考えていたこととは関係ない言葉を咄嗟に口にしていた。

――今はよくわからないことに頭を悩ませるんじゃなくて、仕事に集中です！

アイリスは気持ちを切り替えて、シオンの反応を窺《うかが》う。

「特筆するべき情報は、リアム・ジェファーソンにとって、その日が誕生日だったこと」

常に挙動不審とはいえ、今のアイリスはそこからさらに顔色を青褪《あおざ》めさせていることにはシオンも気付いているだろう。ただそこには触れないで話を先に進めてくれたことが、話せない秘密を沢山抱えているアイリスにはありがたかった。

「誕生日、だったのですか」

「ええ。調査報告書によるとね。よりにもよって、あの日が誕生日だったそうよ」

「きっと二人でお祝い、するはずだったんですよね」

「そうね。皆が皆必ずしも誕生日を祝うわけではないけれど、夫婦仲が険悪だったという情報もない。その当日に二人が一緒に行動していることを踏まえて、お祝いをしたものと仮定しましょう。だったら玩具はリアムへのお祝いかしら」

断定するでもなく頭に可能性としてメモしていく様子で、シオンは話を広げていく。こうやって一つ一つ拾い上げるように丁寧な調査を進めるのは、アイリスのためだろう。

アイリスは現地調査なんて初めてだから、こうやって丁寧に教示してくれているのだ。

一しきり調査して、次に赴いたのは、玩具屋よりも大きな廃墟《はいきょ》だ。

「ここは病院よ。二人は玩具屋の前に、医者に寄っていた」

「ご病気だったのでしょうか」

「残念ながら勤めていた医療関係者で、当日二人を担当したと見られる者は行方不明。カルテも含め損失。流石《さすが》のメイドにも、それ以上は追えなかったらしいわ」

「病院と玩具屋。でしたら誕生日とはかぎらず、もしかして病気が治ったお祝い、でしょうか？」

「通院の記録がないか、本部に再度調査してもらうわ」

アイリスはこの場でも何かわかる残滓《ざんし》がないか、廃墟となっている病院の中には屋内恐怖症で立ち入れないが、せめて入口や周辺だけでも、と調査しようとしたところをシオンに腕を引いて止められる。

「待ちなさいアイリス。私の後ろへ」

「へ？」

急に引き寄せられ困惑しているアイリスをそっと身の陰に隠し、シオンが前面に立った。

そこに複数人の足音が、アイリスの耳に届いた。アイリスたちの前に姿を現したのは、強面《こわもて》の風貌に暴力性を匂わす、六人組のガラの悪い男たちだ。中には鉄パイプを手にした者も交じっており、見るからに物騒だ。

「こんなところで、何してるんだいお嬢さん」

嫌な声だった。アイリスにも、一目で彼らがこのスラムの住人だとわかった。アイリスとシオンの二人は、スラムに立ち入ってからも堂々と行動していたので、住民の間に情報が流れていたのだろう。彼らはそれが耳に入って様子を見に来た、無人の廃病院を縄張りの一部としたギャングの一党だと見受けられる。

「観光なら、俺たちが道案内してやろうか？」

「間に合ってますわ、ミスター」

「つれないこと言うなよ。こっちは無償の善意で言ってやってるんだぜ？」

シオンがわかりやすくお断りの言葉を入れても、にやにやと笑いながら、手慣れた様子でそつなく男たちは二人を囲むように移動している。

「善意だなんてよく言うわ」

目に見えて腹に据えかねているシオンが、吐き捨てるように言う。

「雁首《がんくび》揃えて節穴しかいないのかしら？　私たちは『ホワイトシスターフッド』のメイド。その意味がわからない？」

「本物、だったらだろう？」

シオンの底冷えするような警告にも、ギャングたちは平然と、それどころかくつくつと馬鹿にしたような嗤《わら》いまで浮かべている。

「何よそれ」

ギャングの舐《な》めた態度に、シオンは意外そうに眉を顰《ひそ》めて訝《いぶか》しんでいる。メイド相手に一介のギャングが退《ひ》こうとしないのは、アイリスにも不思議ではあった。

「ここいらは俺たちみたいな紳士と違って、ちょっとばかしお嬢さん方には言えないようなマナーの悪い奴《やつ》らがいてね。そんな連中から身を守るために、メイドになりすます女なんて、珍しくもないのさ」

メイド二人を馬鹿にして意気揚々と、ギャングのリーダー格と思わしき男が、知識をひけらかすように説明してくれた。

「まさか、それが私たちですって？」

「メイド服を着てりゃ、手を出されないなんて、浅知恵だよなぁ。大体本物のメイドに、そんなよわっちそうなのがいるわけないじゃねえの」

ギャングが指差したのは、シオンの陰に隠れたアイリスだった。

「ひゃっ」

注目されてアイリスが身を竦《すく》ませると、ギャングは我が意を得たりとばかりに下卑た笑いを深め、シオンもまたこんなことでびくついているアイリスに鋭い視線を向ける。アイリスは初めて目にする大柄なギャングに、完全に萎縮していた。

「へへっ。どうだい、大人しくさえしてくれりゃあ、こっちも紳士のままでいられるんだがねえ」

アイリスのわかりやすく狼狽《うろた》えた反応に気を良くして、ギャングはわざとらしい大きな身振りで、自分本位の提案を述べてくる。

「ししし、シオンさん。どうしましょう、に、逃げますか？」

「いいえ、アイリス。その必要はないわ」

荒事を前に尻込みしているアイリスに対し、シオンは一歩も退かない。

「メイドを見て突っかかってくるなんて、ギャングのフリしたどこかの工作員か、あるいはよっぽどの大間抜けよ。どちらにしたってメイドを舐めているわ。喧嘩《けんか》を売られた以上は教育が必要ね」

「おっと、本気かよお嬢ちゃん」

「ひえぇ」

目が据わっているシオンに、アイリスは悲鳴を上げた。このままでは荒事が避けられそうになく、その結果が容易に想像できてアイリスは焦りだす。

「あ！」

「うん？」

アイリスが頑張って心持ち大きめな声を出したので、途端に耳目《じもく》が集まった。

「あのですね、ゃめた方がいいと、思いますよぉ？」

「おお怖い怖い。やめなかったらどうするつもりだい、メイドさん？」

これから何が起きるのかを理解できていないギャングへ、親切のつもりでもごもご小声で助言を送ったが、残念ながらアイリスの言葉なんかじゃ聞く耳は持たない。

「突っ立ってないでかかってきなさい、ミスター掃《は》き溜《だ》め。特別無料奉仕で、メイド様が相手をしてあげるわ」

そんなギャングへと、シオンが不敵な笑みを浮かべて挑発した。

「そんなら奉仕してもらおうじゃねえか。滅多に見ない上玉だから、たんと優しくしてやりたかったが仕方ねえ、いつまでそんな態度でいられるか見ものだな！」

舐め腐った下卑た表情のまま、ギャングの一人がシオンへと強引に組みつきに行く。

「はっ！　三下《さんした》らしい下衆《げす》なセリフね」

シオンは正面を向いたまま、バックステップで男の魔の手を軽やかに躱《かわ》した。

「うあっ⁉」

しかも紙一重での躱し際に足を軽く引っかけて、突っかかって来た男に地べたにキスさせた。

「ごめんあそばせ」

シオンはわざと立ち止まり、転んだ男を見下ろして冷笑と共に告げる。

恥をかかされた男は血が流れる鼻を押さえながら、怒り心頭で立ち上がる。

「くそっ、おとなしくしろっ」

取り押さえようとしていた手は気付けば固く握られ、シオンを暴力で捩《ね》じ伏せようと殴りかかってきた。しかし一発たりとも、シオンの身体《からだ》にもメイド服にも掠《かす》りさえしない。

「遊んでんじゃねえ、いつまでやってんだよ！」

必死に追い縋《すが》るもすいすいと避けられ、状況がわかっていない他の連中から野次が飛ぶ。

「おい！　見てる暇あんなら、手を貸せよ！」

「情けねぇなぁ」

小娘相手に振り回され仲間への苛立《いらだ》ちを露《あら》わにした声に呼びかけられ、へらへらと笑いながら高みの見物をしていた他の連中も動き出す。

「なんだぁ!?」

だがしかし、いざ参加してみればにっちもさっちもいかず、焦りに満ちた声が上がる。

「小娘風情がっ、わずらわせやがって！」

ギャングの一人が、狙いの矛先をシオンからぼうっと突っ立っていたアイリスへと変えた。一向に捕まらないシオンの動きを何とかして止めたくて、貧弱そうなアイリスを人質に取って脅そうと、悪人らしい悪辣な合理的思考を働かせたのだ。

そこに、かつん、と靴音がした。

そのわざと立てられた音に続く微弱な星幽《アストラル》の信号を感知し、タイミングを計ってアイリスは動く。

アイリスはその場でスッとしゃがむ。摑《つか》みかかってきた男の腕は、アイリスの頭の上を通り過ぎる。アイリスはしゃがんだままの体勢で、手にした杖《つえ》を男の足の間に通し、

「えい」

と足首を強打。

「うおぉ!?」

男は大股を開かされ、無様にバランスを崩す。

「そうよ、アイリス。よくできました」

そこへシオンが軽やかに飛び込んできて、その男の顔面に拳を叩《たた》き込んだ。シオンはアイリスに聞こえるように、わざと靴の音を大きく鳴らしたのだ。何か音を立てることで視界の外にいる仲間に位置を報《しら》せ、微弱な星幽のサインの違いで意図を伝え、言葉での細かい説明を必要とせず把握する。それが二人で一緒に考えた連携の一つだった。

「げぴゃ」

シオンの拳打が、男の顔面へとめり込んだ。

屈強な男はシオンの細腕で鼻骨を粉砕され車に撥《は》ねられたような勢いで地面を転がっていった。

しかしこれが本気のメイドパンチであったなら、今頃男の頭はトマトくらい簡単に破裂させられていただろう。

「糞《くそ》アマ！」

怒りを爆発させたギャングの一人が懐《ふところ》に手を入れた。スラムを支配する男たちの持ちうる最大の武器。すなわち暴力の権化《ごんげ》だ。

「ぐぎぃ!?」

けれどその暴力の象徴が、お披露目されることはなかった。

懐に手を入れた時には既に地を蹴ったシオンが、高速でその男へと間合いを詰め終わっており、懐から抜かせる前に腕を摑み、手首を無造作にぼきりと小枝のようにへし折っていた。

現代式戦闘魔術《アストラルメイドアーツ》を体得しているメイドの身体能力はチーターよりも俊敏で、腕力はゴリラを遥《はる》かに凌《しの》ぐ。たとえ拳銃を所持していたとしても、ギャングが数人では無手のソルジャーメイドの足元にさえ及ばない。

「ソルジャーメイドに舐めた口をきいたこと、後悔なさい」

「う、うわああ」

流石に事ここに至って、シオンとアイリスが本物のソルジャーメイドだと気付いていない者はいない。まだ動けるギャングは血の気が引いた様子で、我先にと逃げ出した。

「一人たりとも逃がさないわよ。もう二度とこんな不埒《ふらち》な真似《まね》しようなんて思わないくらい、心に痛みで憶《おぼ》えさせてやるわ」

それでもシオンは手加減をしている。あえてギャングにも理解できるレベルで力の差を見せつけることで、悪党共に痛みと恐怖の感情を丹念に憶えさせて心を折り、トラウマを植えつけようとしているのだ。

「に、逃がしませんよぅ。えいっ！」

シオンの意図を汲《く》み、アイリスは逃亡者を追いかけ動けなくなるまで杖で打ち据えた。

「後は当局に連絡して、引き取ってもらうわ」

逃げようとした全員が足の骨を砕かれて地面に伏した頃には、ギャングたちは激痛に悶《もだ》え苦しみながら、心に深く植えつけられた恐怖でガタガタ震えていた。

「ふぅ」

アイリスはホッと一息吐《つ》く。人間相手に殺してしまわないように力を抜くのは一苦労だった。アイリスとしては素人相手の対人戦は初めてで、加減が利かずやりすぎてしまわないかが不安だったのだ。

「こんなのが相手じゃ本番とは程遠いけど、練習にはなったんじゃないかしら」

「はい、ぉつかれさまです」

シオンは悪党を成敗するだけでなく、本番とはまるで違うとはいえ、実戦形式で連携を試す意図もあったようだ。

「業務にない害獣駆除に付き合わせて、悪かったわね」

「い、ぃぃえ、こんなのくらいが相手なら、わたし別に……」

「あら、案外言うじゃない」

そう歯を見せて笑ったシオンの顔に、アイリスは釘付《くぎづ》けになっていた。シオンのその笑顔がこれまでよりも気安い種類の物だったから、また二人の距離が近づいた気がして、アイリスはまた見られたらいいのに、と見惚《みと》れてしまったのだ。

アイリスがのぼせている内にシオンは警察に連絡して後始末を任せ、病院の調査を再開した。内部を探索してくれたシオンによれば、廃病院はギャングのアジトにされていたのだろう、内装は原形を止《とど》めてはいないようで、見るべきものはなかった。

見つけられたのはギャングの隠していた武器や違法な物品くらいで、これも警察へ伝えて二人は病院を後にした。

「これまでに得た情報を、全て頭に焼き付けて忘れないこと。その上で常識の枠に囚《とら》われないようにしなさい。あいつら《ハウス》は私たちの常識なんて、簡単に踏み潰してくるわよ。私はそれを、痛いくらい思い知らされた」

シオンは言葉にする際、屈辱を表情に滲《にじ》ませながら、アイリスに教え諭す。

でもアイリスだって、それくらい知っているのだ。

「今日の仕事はここまでね。お疲れさま、帰りましょうか」

日も暮れて、これでジェファーソン夫妻の現地調査を終える。思わぬアクシデントもあったが、無事に完了することができてアイリスはホッとする。迷惑ばかりかけてしまわないかと、正直『ハウス』の掃滅よりも緊張していた。

「シオン、さん？」

帰りましょう、と言ったのに立ち止まって動こうとしないシオンに、アイリスはどうしたのだろう、とちょこんとシオンの正面に立ち、上目遣いで待機する。

「あー、うん。あー、そのねあんた、えっと」

「へ？　うぅ」

シオンは少し考える素振りを見せてから、突然目を閉じて腕を組み、目を開ければアイリスを見て口を開くが言い淀《よど》んで唸《うな》りだす。いつだって毅然《きぜん》としているシオンらしからぬ振る舞いに、アイリスはおろおろとしかできない。

「……うん、そうね。ちょっと付き合ってくれる？」

一しきり何やら迷ってからシオンは、自己の内で何か決めた様子で頷《うなず》いて、アイリスに誘いを持ちかける。

「つきあう？」

「嫌な目に遭ったから、気分転換しましょう」

「気分転換です？」

こんなスラムで、どうやってだろうと思った。アイリスには物珍しくてどれも目新しいが、別段見ていて気分が上がるような、愉快な物があるようには見えない。

「おいで」

アイリスの疑問にはお構いなしに、シオンがふっと微笑して、アイリスへ手を差し伸べる。

差し出された手におずおずと手を伸ばすと、ギュッと掴まれ引き寄せられる。

「わわっ」

驚いている間にシオンはアイリスの手を引いて、手近にあった高めの建物の壁を蹴り上げて、屋上にまでサッと軽快に登った。

「おっふう」

シオンが支えてくれていたので危なげなく屋上まで駆け登れたが、突然の行動にびっくりして乱れてしまった呼吸を整えていると、シオンが繋《つな》いでいた手を離す。

「いい物見せてあげる」

シオンの囁《ささや》き声《ごえ》が、アイリスの耳朶《じだ》を打つ。

ぽうっと仄《ほの》かな明かりが灯《とも》る。

薄暗い夜を前にして、シオンの指先が発光していた。現代式戦闘魔術に変質させていない、純粋な星幽の体外への漏出だ。

シオンの魂は、冷たくも熱い、鋭い色をした青。

シオンは空を見上げ、天頂に指を掲げる。

暮れなずみ、星の姿が見えだした空に、その星幽を投射する。星幽兵装《ブルーム》を介していない星幽は、攻撃性を持たない、ただの光。

「きれい――」

アイリスは、その光から目を離せず見入っていた。

シオンの瞳の色に似た青い光は、地上から天に昇る一筋の流星となった。

シオンが披露してくれたその光景は、夜空の星々よりもずっと幻想的だ。

はるか高くまで遠ざかり、空に薄れ、儚《はかな》く消えていく輝き。隣に立っているシオンの息遣いや、彼女の発する体温を、空気を介して感じる。いつまでもこの時間が続いて欲しい。

それぐらいアイリスは、熱の混じった溜息《ためいき》が漏れるほどに、この瞬間に魅了されていた。

「昔ね、私の隊長に見せてもらったのよ」

シオンは沈黙を破って、静かに呟《つぶや》いた。照れているように頬が少し赤らんでいるが、言葉の響きの中には切なげな色があった。

「シオンさんの隊長……」

セレスト・ロードエーデルワイス。シオンの所属していた部隊の隊長《ヘッド》。シオンが失ってしまった大切な人。アイリスは記録情報でしかセレストという人を知らない。

「どんな人、だったんですか？」

星明かりに照らされたシオンの横顔が、儚いくらい綺麗《きれい》だったから、アイリスは訊《たず》ねていた。自分より前にこの人の隣に立っていたのが、どんな人物だったのか知りたくて、衝動的に聞かずにはいられなかったのだ。

「そうね……強くて立派で、優しい人だったわよ。気分が沈んでいた時にね、これを見せてくれたの。美しい物を見れば喜んでくれるかな、とか何とか言っていたわ。綺麗な物を見つけるのが得意で、見たこともない物を、沢山見せてくれたわ……」

大切な宝石箱の封をそっと開けてくれるように、シオンは思い出を口にした。

きっとセレストとの思い出は、キラキラとした軌跡なのだと、アイリスは憧憬《しょうけい》を抱く。

きっとセレストという人は、シオンと同じくらい凄《すご》い人だったのだろうと、アイリスは会ったことのない人の輝かしい姿を思い描く。

「すごい人、だったんですね……」

——わたしとは違う。ぜんぜん違う。

それはわかりきっていたことなのに、どうしてだろう。少しだけ胸が苦しい。

シオンは優しい。きっとそれは、アイリスに対してだけ特別なわけじゃない。シオンはブラウン夫人に対しても、業務上する必要もないのに遺品を届けてあげていた。誰に対してであっても、厳しそうに見えるかもしれないけれど、そうやって優しくできる人なのだ。

そしてシオンはいつだって真摯だ。その真《ま》っ直《す》ぐさで、彼女自身を焼き尽くしてしまいそうで怖い。

どうしてそんな風に優しくいられるのだろう。どうしてそんなに苦しそうなのだろう。

——どうして。どうして。どうして。

諦念と絶望でモノクロームだったアイリスの世界が、シオンと出会ってから混沌《こんとん》とした色を帯び始めた、が――

「わたしは――」

シオンやセレストのようにはなれない。アイリスがアイリス・ホワイトスプリアである限り、彼女たちのような人になるのは不可能なのだ。

そんなことは最初からわかっていたのに、シオンと違っていることが苦しい。こんな苦しさは知らない。

「――人形。自分は人形だって、前にそう言ったわね」

言の葉にならず消えたアイリスの言葉を汲み取って、怒りを交えた真剣な眼差《まなざ》しでシオンが言葉を継ぐ。

「……はぃ」

「人形だかなんだか知らないけど、関係ないわよそんなの。私があんたを、立派なメイドにしてみせるわ」

シオンは悲壮な決意を感じさせる、胸が痛むくらい強い眼差しでアイリスに宣言した。

「わたし、を？」

アイリスはその目で見られるとどうしたらいいのかわからない焦燥に駆られ、青い熾火《おきび》の宿る瞳を前に正面から自分が映されていることに怖気《おじけ》づきながら、おずおずと聞き返す。

「そうよ。だからもっとメイドらしく、強く気高く堂々となさい」

「わ、わたしに……わたしなんかに、で、できるでしょうか？」

——無理だ。

アイリスは、そんなのは無理だと知っている。シオンがどれだけ真摯であっても、どれだけ手を尽くしてくれたとしても、アイリスがシオンのような立派なメイドになれるわけがないのだ。アイリスとシオンでは、あまりにも生きる世界が違い過ぎるのだから。

「そうあれかしと目指すならね」

それなのにシオンは、強く断言してくれた。シオンの熱の宿った言葉は、不可能だと知っているのに、本当にそうなれると、信じてしまいたくなる。

でもシオンがそんなことを言えるのは、アイリスのことを何も知らないからだ。

「シオン、さんは——」

——何も知らないから、わたしなんかに優しくしてくれるんだ。わたしはシオンさんに優しくされる資格なんてないのに。だってわたしは——

言葉は心の中でシャボン玉のように弾《はじ》けて、口にはできなかった。アイリスは何も言えない。秘密を話すことをフローレンスに禁じられているからではなく、本当のことを言ってしまったら、この美しい瞬間が弾けて消えてしまうように思えたから。

——わたしはずるい。

本当の自分を曝《さら》け出せばこの関係が壊れてしまうと知っているから、それが嫌でアイリスはシオンを騙《だま》し続けている。シオンといるうちに、ずるくなっていた。それこそが、自分自身がわからなくなっていたことの答えだ。

シオンがどれだけ否定しても、空っぽの人形こそがアイリスなのだ。そうでなければアイリスは、空っぽの人形でさえいられなくなってしまうのだから。

それなのにシオンと一緒にいるうちに、空っぽだった部分に醜いずるさが芽生えていた。

「——やさしいですね」

アイリスはずるいから、本当の代わりに、嘘《うそ》じゃない別の言葉で覆い隠す。

「そんなことはないわ。私がもし優しく見えるんだとしたら、それはきっと私の周りに優しい人がいたからよ」

自嘲気味にシオンは、アイリスの言葉にそう答えた。

その目の青が、その声が、ずるさを覚えさせられただけでは済まず、アイリスをもっと不安定にさせていく。

——これ以上はだめ。これ以上シオンさんと一緒にいたら、わたしがアイリス・ホワイトスプリアでいられなくなっちゃう……。

少しずつ溢《あふ》れてきそうになっている胸の奥にもう一度蓋をしたアイリスは、そっとシオンの横顔を見つめ直す。

「たくさん受け取ったから、少しくらい誰かに渡したい。優しくない私でも、あなたに優しくしてあげたい……それだけよ」

シオンは苦痛に耐えるように、顔を歪《ゆが》めていた。シオンが優しくないなんて、そんなことは嘘だ。

だからどうか、そんな顔をしないで。

◇◆◇◆◇

「ごきげんよう……おやすみなさい、アイリス」

シオンに見送られて一人になったアイリスが、ロンドン本部の庭園を一部占拠した住み慣れつつあるアイリスキャンプに帰ろうと、敷地内を歩いていると——

「ッあ——」

一瞬前とはまったく別の景色の中に、足を踏み入れていた。

星の見える夜だった空が、地平の向こうまで広がる夕暮れに染まる。地面は土から、白い大理石に変わっていた。

正方形に切り取られた大理石でできた床の切れ目から先は、その夕陽《ゆうひ》の赤色を鏡のように反射する水面が、見渡す限りの地平線まで広がっている。

ロンドンはもう夜なのに、ここは永遠の黄昏《たそがれ》。

「楽しそうね、私たちのホワイトスプリア」

四方の壁と天井のない、開放感のある不思議な空間の中央に、ロンドン本部を統括する麗しき大総監《ハウスキーパー》フローレンス・ロードシンビジウムが革張りの椅子に座っていた。

フローレンスの力によって、アイリスはこの場所にいきなり招かれたのだ。

シオンに初めて引き合わされた部屋も、この壁も天井もない、開け放たれた不思議な場所だった。きっとそう見えていたのは自分だけで、シオンには普通に本部の執務室に見えていたことだろう。

同じ場所でありながら、異なる空間と時間。

『ハウス』と似て非なる、異界の創生。

フローレンスはメイドの中でもスペシャルだ。彼女の現代式戦闘魔術《アストラルメイドアーツ》は、アイリスを含むメイドたちに教えられている領域とは、大きく異なった高次元にある。

「調子はどうかしら」

フローレンスは、アイリスに質問する。アイリスは彼女の眼《め》が苦手だ。フローレンスの黒い底なし沼のような眼からは、彼女の真意が何も見えてこなくて厭《いや》だ。

「なにもありません、ですけど……」

「けど？」

「シオンさんの迷惑になってはいないか、が……」

正直アイリスは、あちこち連れ出してくれるシオンと一緒に居ることに、楽しみを見出《みいだ》してしまっている。何も知らないアイリスにとって、シオンが齎《もたら》してくれる物は、どれもみな眩《まぶ》しく輝いている。だからこそ、アイリスのようなお荷物の人形が、シオンの負担になっていないか、それが気になってしまうようになった。

「心配なのね」

フローレンスはアイリスの思い悩んでいる姿に、どこか嬉《うれ》しそうに微笑《ほほえ》む。

フローレンスがアイリスを気に掛けているのには、理由がある。そしてアイリスに関心を向けているのは、フローレンス一人だけではない。他の大総監たちも、アイリスの一挙手一投足から齎される情報を、余さず耳に入れているだろう。

「貴女《あなた》を見つけてから、九年経《た》ったのね」

黒い眼差しが、アイリスをその内側まで解体するように見る。

アイリスはフローレンスたちにとって、興味深い観察対象なのである。

それはアイリスが、フローレンスたち大総監の手で『ハウス』から連れて来られた子供だからだ。人間では生存できない『ハウス』の中から、アイリスは生きて保護されたのだ。

世界で唯一の『ハウス』長期滞在救助者、それがアイリスなのだ。

その事実だけで、アイリスの存在は特別だ。アイリス・ホワイトスプリアは『ホワイトシスターフッド』にとって、希少なサンプル——献体Xなのである。

アイリスは苦手なフローレンス相手に逡巡《しゅんじゅん》してから、それでも意を決する。

「聞きたいこと、あります」

「あら？」

アイリスから自発的に向けられた言葉に、フローレンスはいつだって余裕たっぷりの微笑みの中に、今は珍しく驚きを見せる。

「何でも聞きなさいアイリス、貴女の心に湧いた言葉を。私が許すわ」

鷹揚《おうよう》に微笑みを深め、フローレンスが関心を示して促す。

「フローレンス様は、どうしてわたしとシオンさんを一緒にしたのですか？」

どうして実験動物のままにしないで、わざわざフローレンス手ずから戦い方を教えてまで命を落としかねない一メイドとして働かせているのだろうか。どうしてシオンとたった二人で組ませているのか。

フローレンスの権限ならば、すぐに適切な人員を融通できるはずだ。それなのにしないのは、そこにフローレンス自身の思惑が働いているからだ。アイリスは疑問をぶつけた。

「貴女はそれが嫌？」

「そ、れは……いや、じゃないです。ただ……」

「ただ、なあに？」

疑問をぶつけたはずが、フローレンスの視線や声がこの場を支配し、蜘蛛《くも》の糸で搦《から》めとられるようにアイリスは心を解かれていく。

「どうして、シオンさんだったんですか？」

彼女でなければ、あの青い目でなければ、こんな風に思わなかっただろう。ただ粛々と、この両腕で諦念と絶望だけを抱えていられたはずだ。

それなのに、シオンは諦念と絶望よりもっと眩しくて温かな物をアイリスにくれようとするから、抱えきれずに取りこぼしてしまいそうになる。そしてその落ちそうになる物を、一つも落としたくないと思ってしまっている自分がいる。

シオンによって掻《か》き乱された心が、答えを知りたがっている。

「……変わったわね、アイリス」

「フローレンス様？」

「幾つか理由はあれど、貴女がそう口にできたことが、貴女とシオンを組ませた私の考えが間違っていなかった証左なのだけれど……そうね、私が言葉で説明してしまっては、味気ないわ」

フローレンスは思わせぶりな魔性の微笑みで、質問に答えはくれない。

「貴女にも直《じき》にわかるわ」

そう言われても、そんな日は本当に来るだろうか、とアイリスは俯《うつむ》く。

そもそもそんな日が来る以前に、アイリスはシオンとこれ以上一緒に居るべきじゃない、とさえ思い始めている。

一緒に居れば居るほど、シオンの人柄に触れれば触れるほどに、アイリスの内心の怯《おび》えは大きく膨らんできている。

シオンが何かしてくれる度に、アイリスの無色の世界に、綺麗《きれい》な色が付いていく。その色づいていく世界を前にすると、足が震えて竦《すく》んでしまう。

それなのに、シオンと離れたくない。もっと一緒に居たい、と望んでいるのも自分だ。

心が乱されていくことで、人形として無象《むぞう》のメイドの端役《はやく》を演じるしかないはずのアイリスが、アイリスという一個の板付きの役として舞台に立たされているようで、どうしたらいいのかわからなくなっていく。

「ちゃんとそれは、使っていないようね」

距離を無視して、いつの間にか椅子から離れて目の前に立っていたフローレンスが、思い詰めるように考え込んでいたアイリスの眼帯に触れる。

アイリスは表情を強張《こわば》らせ、びくりと肩を震わす。

「……使用は許可されていません、から」

「それは嘘」

フローレンスはアイリスの、敷かれたレールに沿った言葉を笑顔で否定する。

「うそじゃ――」

「あなたはメイドであることに使命感もなければ、『ホワイトシスターフッド』に従順でもない。だから本当は私たちからの命令なんて、いつでも無視できる」

言葉を聞かされているだけで、耳鳴りが止《や》まず、喉は絞められているように苦しい。いっそ目を逸《そ》らして全部無視してしまいたいのに、目の前の魔女に向けられた言葉が、それを許さない。

「アイリスはまたあれを使うことが、怖いのね」

フローレンスの言葉が、アイリスの記憶の蓋を開ける。禁じられた力を、思い出す。

――あんな力、あれじゃまるで、わたしは化物。

「いやっ！」

思い出してしまった厭な記憶を塞ごうと、いやいやと頭を両手で抱えて髪を振り乱しながらフローレンスの指先から逃れる。

「考えたくないことからすぐに目を背けるのは、アイリスの悪い癖よ」

じわじわと、足場が崩壊していくかのように、言葉で追い込まれていく。

「だって、わたしは！」

考えたくない。考えてしまえば、自分自身に向き合わなければならなくなる。そんなことをしたって意味がない。向き合った所で、変えようもない現実という名の苦界《くがい》だけがアイリスの前に横たわっているからだ。

どうしようもないなら、最初から考えなければいい。

人形として生きられたとしたら、何も感じなくていい。

だからアイリスは、自分が空っぽの人形であることを受け入れてきたのだ。

「どうしてアイリス？　ねえ、どうして貴女は我慢しているのかしら？」

それなのにフローレンスは、残酷だ。どうしようもない事実を、無理矢理表に引きずり出そうとしている。

再びアイリスに伸ばされ、頬に触れたフローレンスの指は、凍えるように冷たい。

アイリスは人形なのに、人形のはずなのに、熱を求めている。ほんの少し前に触れた、シオンの手の温かさを勝手に思い出してしまう。

「——怖いのです」

温度を思い出してしまったから、言葉が勝手に口をつく。

「何をそんなに恐れているのかしら」

フローレンスは、アイリスを逃がしてはくれない。

「本当のわたしを、見せてしまうこと、です」

このままシオンがアイリスへと近づいてきてしまえば、いつか見られてしまうかもしれない。メイド以外ではあってはならないアイリスの、メイド以外の本当を。

「決死兵《ビトウィーン》は皆、ソルジャーメイドとそれ以外のただのメイドの中間にいる、哀れな子たち」

残酷な声。決死兵は使い捨ての消耗品。今の世界なら幾らでも補充のきくどこにでもいる女の子。

ただ、その気にも留められていない哀れな列の中になら、アイリスはひっそりと隠れていられた。

「けれどええ、他の子たちと貴女は違うわ」

フローレンスの言葉は、鋭利な刃としてアイリスに突き刺さり、身体《からだ》の内側に吹雪《ふぶき》が流れ込んできて駆け巡っているかのように、心を凍えさせていく。

「どんな子より、スプリアアイリスの貴女が一番どっちつかずの中間に相応《ふさわ》しいものね」

寒さに耐えられずぶるぶると震えだして、自らの身体を掻き抱くアイリスの頬を、フローレンスが両手で触れて、拒否を許さず持ち上げる。

「アイリス……ホワイトスプリアの乙女は、どうしてメイドをしているのかしらね」

「それは、フローレンス様たちに拾われた、からで」

フローレンスたちに拾われたから、メイド以外の選択肢はなかった。メイドであることを選ばなければ、アイリスはこの世界から仲間はずれのままだから。

「それだけなのね」

「はい」

「からっぽだわ。空っぽのお人形さんが、お仕着せのメイド服を着ているわ」

「そうだって、言ってるのにっ」

いやいやと頭を振って、フローレンスの手から逃れてしゃがみ込む。

アイリスは、自分を空っぽな人形だと定義している。アイリスには、保護された以前の記憶がない。この名前も人格も、まっさらな状態で『ホワイトシスターフッド』に与えられた物。アイリスには積み重なった過去はなく、人として積み重ねていく未来もない。

アイリスの思い出という宝石箱を開けても、中には石ころ一つ入っていない。

それなのに、誰にも言えない秘密が、宝石箱の中に住み着いて、アイリスを苛《さいな》んでいる。

――何もないんだったら、人形でいい。現実に向き合うくらいなら、何もないままでいられる人形がいい。

空っぽの人形であることに、アイリスは望んで妥協しているのだ。

「人形は、そんな反応するかしら?」

そんな楽な方へ逃れようとするアイリスへとぶつけられる、毒を孕《はら》んだ言葉。もう聞きたくなくて、自ら耳を手で塞ぐ。

「ねえ、アイリス。私はシオンに人形《ブルエット》を与えたつもりなんてないのよ」

フローレンスから投げかけられた言葉は、アイリスの耳には入っていない。

夜の帳《とばり》が降りた庭園で、アイリスは孤独に蹲《うずくま》っていた。フローレンスの姿はとうに消え、黄昏《たそがれ》ももう遠くへ去った。

アイリスは独り。この世界でたった一人。

シオンには知られたくない。

知られちゃいけない。

だって本当のわたしを知られたら、きっとまた凍えてしまうから。

◇◆◇◆◇

世界を明るく照らす陽《ひ》の光を身勝手に連れ去ってしまった夜空に、沈まぬ太陽が昇る。

「どうだい、シオン」

夜空に向かって星幽《アストラル》の投射を行ったセレストは、翳《かげ》りのない微笑みを、隣にいるシオンへと向ける。

「綺麗……ですが、それにどんな価値があるんですか？」

「価値ならあるよ。今この瞬間、君を喜ばせてあげることができたんだからね」

セレストの言う通り、これまで見たどんな光景よりも、その無価値な美しさがシオンの心を震わせている。

「シオン、僕らはソルジャーメイドだ。世界を救うため、戦うために育てられたメイドだ。でも僕らは戦闘マシーンじゃなくて人だから、心に蓋をすることなんてできない。君の心は、君だけのものだ。この世界には、きっとシオンが好きになれるものが沢山あるよ。だからそれを知って欲しくて、僕の世界を少しお裾分けしてあげたのさ」

とん、とセレストの指が、服の上からシオンの胸元を叩《たた》く。

「僕はね、シオン。『ホワイトシスターフッド』は可能性だと思っているんだよ。僕たちはみんな、メイドという縁で結びついている。僕たちメイドはみんな友であり、仲間だ。恋人にも、家族にだってなれるだろう。だからメイドというそれだけで、他の全てを乗り越えて共に在れると信じているんだ」

「夢みたいな理想ですね」

「夢というのはね、誰だって見られるんだよ。だから僕は、みんなで夢を見たいのさ」

「隊長は……セレストさんは、本当に、本気でそんな夢を見ておられるのですか？」

「僕は夢見がちな乙女だからね」

セレストはウィンクを飛ばす。そんな軽薄さまで優雅で、恰好《かっこう》よかった。

「でもこれは、僕の夢だ。シオン、君はどんな夢を見たい？」

「私は――」

セレストからの質問に、当時のシオンは何も答えられなかった。シオンはその頃、夢なんて思い浮かべたことがなかったからだ。

それからだ、シオンが考えるようになったのは。自分がしたいことは何か。好きな物は何か。セレストや隊のみんなが、シオンの前には沢山の道が開かれていると教えてくれた。

だけど今は、何を夢見たらいいかわからない。

シオンの頭に、こんなに鮮明に思い出が蘇《よみがえ》るのは、アイリスのために柄にもないことをしてしまったからだ。あれは以前に、セレストからしてもらえたことの真似《まね》だった。

「セレスト様を見捨てて逃げた奴《やつ》が隊長《ヘッド》気取り、よく平気な顔をしているものだわ。あんたが死ねばよかったのよ」

思い出に心を痛ませていたシオンに、横っ面からビンタでもするような悪意の言葉が贈られる。ロンドン本部の寮の廊下を自室に向かっていたシオンは、対面から歩いて来たメイドにすれ違いざま、断罪を込めた口撃を浴びせられていた。

反応をおくびにも出さず無視したが、それは陰口と言うには声音がはっきりしていたからわざとだったのだろう。シオンに聞こえるように言ったのだ。

――アイリスと一緒の時でなくてよかったわ。

何でもないことでも一々怯えているアイリスが聞いていたなら、傷つき怖がらせてしまっただろうと、シオンはあの臆病な少女を思い出して苦笑する。

何か得体の知れない秘密を、アイリスはシオンに隠している。

アイリスは、屋根の下で暮らせない程の心の傷を負っている。そしてそれよりも重い何かを内に抱えていて、ずっとそのことに怯《おび》えている。けれどその何かがわからないから、シオンはアイリスに何をしてやったらいいのかがわからない。

それに戦う理由を見つけられていないアイリスは、本当はメイドを続けるべきじゃないとシオンは思っている。このままだらだら続けていても、いつか取り返しのつかない瞬間が、避けようもなく訪れる。

「私が言えた義理ではないわね」

自嘲気味にシオンは呟《つぶや》く。

戦う理由なんてそんな御大層な物、翻って自分自身はどうなのか。

『十二月のドゥームズデイ』直後の社会情勢の混乱とショックで、家族の記憶すらおぼろげにも残っていないシオンは、避難民キャンプの孤児が集められたテントに居た。だから資質を見出《みいだ》されて『ホワイトシスターフッド』に引き取られるのは別に嫌ではなかった。

心がすっかり凍ってしまっていたシオンには、避難民キャンプよりはマシに思えたからだ。

そんなシオンだったから『ホワイトシスターフッド』に命じられるまま、逃げることも許されず、戦うことに何の疑問も抱かなかった。

そんな生き方を、セレストが変えてくれた。セレストに手を引かれて連れていかれた先々、引き合わせてくれた隊のみんな。それまで視界の端を過《よぎ》っても気にしていなかった世界を、セレストたちが与えてくれた。

今のシオンをつくったのは、セレストたちみんなだった。

メイドの繋《つな》がり。セレストがくれたものは、仲間であり友、家族という居場所。

彼女たちの存在が、シオンを心に血の通った人間にしてくれたのだ。

彼女たちと一緒に居ると心が温かくなったから、彼女たちとずっと一緒にいたいと思うようになっていった。

それがシオンの、戦う理由になった。

だがその理由も、あの『博物館《ギャラリー》』で意味を失った。輝ける意味を失った戦意は変質し、今は燃えるような憎悪として心に燻《くすぶ》っている。

人は死ぬと知っていた。そんなのは人が生きている限り、当たり前に訪れることだ。そんなことは、誰もが知っている。こんな時代だから、シオンだって幼少の頃から幾らでも人の死くらい見てきたし、気付けば一人だったから、両親はどっちも死んだのだろうと自然に受け入れていた。

その頃のシオンにはまだ死なんて、見知らぬ終わりが通り過ぎて行っただけ。死は遠ざけたいだけのものでしかなかった。けれどシオンはわかっていなかった。その本質をまるで理解できていなかったのだ。

シオンは大切な人たちができたからこそ、人が死ぬ意味を初めて理解できた。

死とは断絶だ。生者と死者との間に、埋めようのない距離ができてしまうことだった。死によって、すべてが失われたりなどしない。想《おも》いは残る。絆《きずな》は潰《つい》えない。心は失われない。

そう、大切な人たちがくれた想いの数々は、決してなくなったりはしないのだ。大切なものが失われたりせず心に残っているから、思い出に生き埋めにされ、息ができなくなる。

どれだけもがこうと、この世から去った愛《いと》しい者へ手は届かず、取り残された苦界で美しい記憶に溺れた。

着る物に無頓着だからと、ショッピングに連れ出された。屋台で一緒にフィッシュアンドチップスを食べた。部屋に彩りがないからと窓辺に飾る花と花瓶を贈られた。

何でもないような皆との思い出の欠片《かけら》たちが、シオンが生活しているとふとした瞬間に、ありありと思い起こされる。けれど、思い出の中以外のどこにも、その相手の姿はない。

想いがあるからこそ悲しい。絆があるからこそ、思い出しては心が痛み、埋めようのない辛《つら》さで軋《きし》む――それが死者との断絶だ。

一度ついた傷は癒えない。失った人の代わりなんて、どこにもいるはずがないからだ。

みんなの温《ぬく》もりを失ったシオンを、死者との断絶による憎悪の炎が焼いている。

――大切なセレストたちを奪ったものを許さない。この身に代えてもやつらを滅ぼしてやる。

そんな捨て鉢な行動原理のシオンが、どの口で危ないから辞めなさいなんてアイリスに言えるだろう。そもそもシオンにメイドを辞める権利も、辞めさせられるだけの権限もない。それを決めるのは大総監《ハウスキーパー》のお歴々だ。

アイリスは普段から挙動不審でやたらと怯えているが、時折シオンの瞳を、深い井戸の底のような昏《くら》い眼《め》で見ている。ぞっとするような強い情念を秘めながら、周囲を突き放すような諦念がアイリスの本当の気持ちを靄《もや》のように上から覆い隠している。

――でも、あの瞬間だけは、本物の笑顔だった。

シオンの星幽の光を夜空に打ち上げて見せた時、アイリスの瞳も空の星と同じ色で煌《きらめ》いていた。

アイリスは自分を人形などと卑下する時があるが、人形にはあんな笑みは浮かべられはしない。

ならばせめて業務外くらいは安穏《あんのん》に生活して、痛みや苦しさ以外の、もっと明るい世界があると知って欲しい。

だからシオンが全身浸《つ》かっている、周囲から送られる悪意の波風に巻き込みたくはない。シオンだけならいいのだ。陰口を叩かれても、シオンは傷ついていない。そんな痛みが気にならないくらい、心に刻みついているもっと深い傷が塞がっていないからだ。

それに先程悪意を向けてきたメイドの顔を、シオンは知っている。

彼女はセレストを慕っていたメイドの一人だ。シオン自身は特別親しかったわけではない、言葉を交わしたことくらいあった程度の相手だ。それでも悪意で人を罵るような子ではなかったことくらい、すれ違いざまに見えた血が出そうなくらい噛《か》んでいた唇と、痛ましいくらいの怒りで満ちていた瞳からもわかる。彼女もシオンと同じく、セレストを失った現実を受け入れられないくらい深く傷ついているのだ。

言葉にまでしたのが彼女だっただけで、同じように考えている者は、きっと山ほどいる。

シャイニー隊のメイドたちが、シオンに難色を示した原因もそれだ。

多くのメイドたちから、セレストを死なせておきながらおめおめと生き残ったシオンは怨《うら》まれている。他のメイドたちが口にしないのは、シオンの隊長《ヘッド》就任が大総監の決定だから、不満があっても表立って言えないだけだ。

「わかるわ」

言われるまでもなく、シオンも彼女と同じ思いだ。

あの日セレストがシオンを諦めてくれていれば、きっと今ここに生きているのは自分じゃなかった。そうしてくれた方が、どれだけよかったか。セレストだけじゃない。部隊の他の誰にも死んで欲しくなかった。自分ではないみんなに、今も生きていて欲しかった。

シオンには、セレスト隊のみんなしかいなかったが、彼女たちは夢や希望を持っていた。

セレストにはまだ生きてやらなくちゃいけないことが山積みだった。それはシオンには叶《かな》えられず、セレストにしかできないことだ。シオンとセレストは別の人間だから、代わりにはなれない。人はみんな違うから、他の誰とも同じにはなれないのだ。

きっとセレストに一番生きていて欲しかったのは、シオンだ。

「でも、どうしろっていうのよ」

今は自分一人しかいないから、夜でも明るい廊下に、血反吐《ちへど》のような泣き言を吐く。

今生きているのはシオンだ。シオンだけが生き残ったのだ。

胸に刻まれた塞がっているはずの傷痕に、じくじくと幻痛を感じる。

シオンは生き残ったことで背負わされた、仲間の死という十字架の重さに寝ても覚めても苛《さいな》まれている。他人にとやかく言われるくらいなら幾らでも耐えられるが、何気ない瞬間に思い出される仲間たちの顔や声が、それが愉《たの》しい思い出であればあるほど、耐えられないくらいの痛みとなってシオンの心は軋む。

いっそ何もかも捨て去って忘れられるのなら、今よりも楽になれるだろう。セレストたちに出会うことなくずっと一人のままだったなら、こんな風に傷つかずにすんだのに、とさえ思いたくなる夜がある。

けれど忘れようにもシオンが負った傷は深すぎて、記憶のほんの欠片だって切り離せないくらい、克明に刻まれている。

生きて前へ進むにも、これではあまりにも重たすぎる。

進むべき道を照らしてくれていた光を失ったシオンは、真っ暗な道を前にも後ろにも進めないどん詰まりだ。十字架の重さに何もかも諦めて押し潰されてしゃがみ込んでしまわないよう、意地だけで立っているのがやっとだ。

だが、まだ押し潰されてしまうわけにはいかないのだ。

今のシオンには、折れてはいけない理由が二つできてしまった。

その一つが、アイリスの存在だ。

シオンは大切な存在を全部失ってしまったが、今はアイリスという儚《はかな》い少女を押し付けられ、その手を取っている。

アイリスを立派なメイドにしてやると言った気持ちは、その場だけの嘘《うそ》なんかじゃない。

自分は前に進めず、後ろにも逃げられずとも、アイリスがどこか明るい場所へ歩いていけるように、手助けをしてやらねばならない。

シオンはアイリスが見せるようになったあの笑顔を目にした時、心が温かい気持ちになった。その僅かな温もりを、もう失いたくないのだ。そのためにもあの危なっかしくて見てられない女の子を、自分が何とかしてやらなければならないと思っている。

それが進むべき道を見失ったことの代償行為で、自分には他に何もないから手を伸ばしただけなのだとしても、それでもアイリスに約束したのだ。

「恥じるような真似はしたくないもの……」

シオンはアイリスの隊長だから、その責任は何としてでも果たす。アイリスを覆っている闇を取っ払って、あの帳《とばり》に覆われた昏い瞳を晴らして見せる。それが不甲斐《ふがい》ないシオンが、最低限やりきらなければならないことだ。

立ち止まったままの心とは違って、現実の足は思い悩む間も正《ただ》しく動き、自室の前にまで辿《たど》り着く。行き場のない思考を尻目に、手はドアを開く。

シオンが中へ入ってゆっくりとドアを閉じれば、廊下の光が届かない部屋は、寂しい暗闇に包まれた。

窓際に置かれた綺麗《きれい》な花瓶と朽ちた花は、セレスト隊のステラがかつて贈ってくれた物だ。『博物館』での負傷から退院して部屋に戻ってくるまでに枯れてしまった花を、シオンは捨てることができないでいる。

シオンは今夜も、夢に見るだろう。

太陽が空高くへと昇り、地の底へと沈んだ、栄光と絶望の日々を。

◇◆◇◆◇

「グウゥ……クソったれどもが、舐《な》めやがって……」

マイク・ベルナルドは痛む足を引きずって、アパートメントの廊下を進みながら、整えようのない荒い呼吸の合間に、溢《あふ》れんばかりの悪態を吐《つ》く。

つい少し前の時間、マイクは浮かれていた。掃《は》き溜《だ》めの禁足地域《アウターロンドン》で、思わぬ上玉を見つけた。スラムに紛れ込んだ、二人の美少女《メイド》。この二人を商品として売りに出せば、いい稼ぎになると喜んでいた。

しかしそうはならなかった。彼女たち――シオンとアイリスは本物のソルジャーメイドだったからだ。

よりにもよって本物のメイドたちに手を出そうとして、返り討ちに遭ってボロ雑巾のようにされてしまった。一緒に徒党を組んでいた仲間たちも、今はマイクの周りに一人もいない。こうして逃げられたのはマイクだけだ。

「ふざけるんじゃあねえぞ、クソがあッ」

音を立てて聞きつけられるのを避けて、小声には抑え込んでいるものの、堪《こら》えようのない怒りを口にせずにはいられなかった。

メイドにズタボロにされた後、通報によって駆けつけた警察から、仲間を盾や囮《おとり》にしてマイクは何とか一人逃げ出した。だがこの折れた足では、もうこれ以上まともに歩くことすらままならない。

土地勘の差と、このスラムが『ハウス』の点在する危険地帯であるということで、追手の警察も恐怖心で動きが慎重になっていたからここまで逃げられた。とはいえ、何とか追手を撒《ま》けたのは奇跡的だ。しかしこのままのろのろしていれば、いずれ追いつかれるのが関の山であるのも事実。

今はできるだけ距離を稼がなければいけないが、壁に背を預け、ずるずると廊下にへたり込む。激痛で何度も意識が飛びかけながら、捕まりたくないという一心で何とかここまで突き進んできたが、折れた足で走り回った無理が祟《たた》って、身体《からだ》はとっくに限界だ。

全身にかいた嫌な脂汗で、服がぴったりと張り付いている。

「なんで本物のソルジャーメイドなんかが、出てきやがるんだよ……」

ソルジャーメイドなんて化物に挑みかかるつもりなんて、スラムのギャングでしかないマイクにも仲間たちにもなかった。二人とも美人だったから、いつものように手籠《てご》めにして食い物にしたかっただけだったのに。

「なんなんだよ、おかしいだろ……どうして俺がこんな目に遭わなきゃならねえんだッ」

マイクはこの最悪な状況に、強く憤《いきどお》った。

未知なる侵略者の襲来によって、社会は混乱に陥り、今もそのダメージは広がったまま回復していない。こんな不安定な社会では、まともな職に就けるのは才覚があるか、一握りの運のいい者だけだ。国家も国民のすべてを支えることはできない。社会保障の手からこぼれ落ちた沢山の人間が、大小の違法行為に手を染めて生きている。

マイクは生活基盤を侵略者に奪われ、避難民キャンプにいても未来があるとは思えず、キャンプを飛び出してスラムに行き着いた。

スラムに行き着くまでに、マイクは様々な悪事に手を染めた。底辺から成り上がるには、同じ底辺や、少しだけ高い位置にいる者を引きずり下ろして踏み台にするのが、一番楽で手っ取り早かった。

——あの目つきの悪いメイドは、俺たちを悪人だと見下していた。

メイドの現実離れした暴威を思い出すと、身体の芯が冷える。なすすべなく一方的に嬲《なぶ》られたことは、マイクの心に恐怖としてしっかり刻まれていた。

「殺してやる……ぶっ殺してやるぞクソアマぁ……」

だがその恐怖以上に、メイドへの怒りがグツグツと湧いてくる。

「俺は悪くねえ」

自分は懸命に生きているだけだ。自分にできることを見つけて、才能を活《い》かして金を稼いでいるだけだとマイクは思っている。

「それのどこが間違ってるって言うんだ」

この不条理な社会を、自分の身一つで、精一杯のし上がっていくつもりだったのだ。暴力で脅し、縄張りを広げ、手下を増やし、馬鹿を騙《だま》し、ビジネスで成功する。そうして得た金で女を侍《はべ》らせ、高い酒を浴びるほど飲む。そうすればいつかは、安全な家で暮らせる日がくるかもしれない。マイクは未来を夢見て、希望を諦めていなかった。

「そんな俺の生き方の、何が悪いってんだ！」

悪いのは自分じゃない。全部この社会の所為《せい》だ。賃金のいい楽な仕事を斡旋《あっせん》しない国が悪い。ちゃんとした教育をして、いい大学に入れてくれなかった親が悪い。化物を倒せないくせに、偉そうにしている警察が悪い。

自分が悪事を働いている責任の所在を、すべて誰かの所為にする。限りなく身勝手な理屈。そうやって生きてきたマイク本人だけが、それに気付いていない。

「そうだ。俺じゃねえだろ……悪いのはメイドだろうがッ！」

何もかもメイドが悪い。メイドがスラムなんかに来なければ、こんな怪我《けが》をせずにすんだのだ。そもそもあんなに強いのに、さっさと化物を全部倒してしまわないのは、メイドが手を抜いているからに違いないと思いついて、マイクの中で苛立《いらだ》ちが加速度的に増す。

「あいつらさえちゃんとやっていれば、俺はこんな風になっちゃいねえんだ！」

マイクは世界が理不尽だと怨み、憎しみで胸が掻《か》き毟《むし》られる。痛みで意識が朦朧《もうろう》とする中、身勝手な被害者意識による責任転嫁が加速し、メイドへの不満が爆発する。

「誰が泣き寝入りなんかするかよ売女《ビッチ》がッ」

マイクには希望があったのだ。信じる夢を、諦めたくない。

「──そうだ、俺は諦めない。俺は幸せになるんだ！」

マイクは痛みに耐えて立ち上がる。こんな風に立ち止まっている場合じゃない。まだ人生は終わっていない、ここから幾らでも挽回《ばんかい》できると奮起する。

そこへ、誰かが走る足音が聞こえた。

──まずい、追いつかれた。いやだ。捕まりたくない。こんなところで終わりたくない。音に急《せ》かされ、マイクは壁伝いに進む。しかしもう体力もなく、引きずる足ではこれ以上遠くには行けそうもない。それなのに、警察官かもしれない足音は、だんだんと近づいてきている。

「くそっ！」

一《いち》か八《ばち》か隠れ潜んでやり過ごそうと、急いで手近なドアを開け、部屋の中へ逃げ込んだ。

いつもと変わらない夜空を、ベッドの上で眺める。前に見た空と、星の位置まで一致している。この空は、フローレンスの手によって用意された作り物の空でしかない。

天井の開け放たれたいつもの特別な施設で、アイリスは定期の検査を行っていたのだ。

掃滅業務《クリーニング》を前に、身体機能に如何《いか》なる不備もあってはならない。アイリスの動きに問題が発生すれば、シオンまで危険に陥るからだ。

──それはやだな。

シオンに迷惑をかけるのではなく、役に立ちたい。自然にそう感じるようになっていた。

◇◆◇◆◇

「──完璧です」

アイリスの不安に対する答えを、フィーリアが偶々《たまたま》口にした。

「この完璧な調整ならば、次の業務で必ずやご期待に添えることでしょう」

検査を終えてフィーリアは彼女にしては珍しく、熱っぽい目と口調でカルテを纏《まと》めていたが、手もとの資料をぺらりと一枚床に落としてしまった。

「あっ」

アイリスがベッドから身を起こして落ちた紙を拾おうとすれば、フィーリアはがたんと音を立てて椅子を引いた。指示なく勝手に動き、あまつさえ近寄ってきたアイリスに、フィーリアは咄嗟《とっさ》に後ろへと逃げようとしたのだ。

「何でもありません……拾っていただかなくて結構ですので」

それなのにフィーリアは何事もなかったようにカルテを自ら拾い、アイリスが何も言っていないのに髪を耳に掛けながら、動揺を隠せずにそう言って座り直した。

――わたしがこわいくせに。

嘘なんて吐かなくてもいいものを必死に取り繕う姿に、アイリスは可笑《おか》しくなってくる。

可笑しいはずなのに――

こんな反応今まで何でもないことだったのに、眩暈《めまい》がするように頭がずきずきと痛む。

――わたしは、どうしてしまったんだろう。

それからどういうやり取りをして、どうやって外へ出たのかも憶《おぼ》えていない。気付いたら作り物の夜空ではなく、本物の青空の下、庭園への帰り道を無意識に辿っていた。

とぼとぼと歩いていたアイリスの視線の先、庭園のテント前に誰かメイドが立っている。

「よっ」

「……ドーラさん」

庭園で鉢合わせしたのは、ドーラだった。彼女と会うのは、『ハウス』に救援に向かった時以来だ。

「こないだは助かったわ、サンキューな。聞いてた通りやるじゃん」

ドーラは以前会った時よりも気さくに、ニッと歯を見せて笑う。

「いえ」

「相変わらずしゃっきりしねえなぁ」

「すみません……」

「あたしはお礼しにきたんだから、謝んなよ」

「ごめんなさ、あっ」

「ベタかよ」

アイリスが謝るなと言われたのに反射的に謝罪を口にしてしまうと、ドーラは呆《あき》れた顔で突っ込む。

「あとあれだ、うちの隊長が悪かったな」

「え」

ドーラは少しバツが悪そうに口を尖《とが》らせ、顔を横に向けて頬を掻いている。

「うちの隊長のシャイニーだよ」

「それは……」

ドーラの言わんとしている所を理解し、アイリスは自分のエプロンをギュッと皺《しわ》が寄るくらい摑《つか》んでしまった。折角駆け付けたシオンへの、ドーラ以外のシャイニー隊の対応を思い出すと、モヤモヤした気持ちになって素直に言葉を受け入れられない。

アイリスの反応を見て、ドーラは肩を竦《すく》めた。

「いいよ、だせぇ真似《まね》したのはうちの連中さ。ただうちの隊長さんは器と肝《きも》が小さいだけなんだ、助けられたことにはちゃんと恩義を感じてるから、次会った時には虐《いじ》めないでやってくれ」

はいともいいえとも言えないアイリスに、ドーラは責めずに苦笑だけ浮かべた。

「にしても、シオンのくせして隊長さまなんて、ガラじゃないと思ってたけど、何だよ上《う》手《ま》くやれてるんじゃんか」

伝えたかった用事は終わったようで、話題はそこで切り替えて、ドーラは思い出し笑いで口角を上げる。

ただアイリスは言葉に詰まってしまった。シオンの名前を出された時、何故《なぜ》だかフィーリアに怯《おび》えられた瞬間が頭の中でフラッシュバックして、身を固くした。

「なんかあったのかい？」

アイリスの変化を見逃さず、ドーラは風体の印象よりもずっと優しい声で訊《たず》ねてくる。

ドーラがこんな風に心配してくれているのは、きっとアイリスがシオンの部下だからだ。

「わたし、シオンさんと一緒に居てもいいんでしょうか？」

ドーラの声音に混じった優しい響きが、少しだけシオンに似ていたから、アイリスは口を滑らせた。

「なんだそりゃ、よくわかんねえこと言うな」

アイリスの言葉に、ドーラは反応に困っている。それもそうだ、メイドの人事は大総監《ハウスキーパー》の決めることで、アイリスたちにできるのは要望を申請する程度だ。ドーラに言ってどうにかなることではない。

「なんも言ってない、です。わすれてください……」

「聞いちまったんだから、忘れろったってそんな器用じゃねえよ」

なかったことにしたかったが、ドーラに食い下がられる。

「……わたしじゃきっと、だめだから……」

シオンと一緒にいるのに相応《ふさわ》しいのは、アイリスではない。アイリスはどんなメイドが相手であっても、相応しくない。それをアイリス自身がよくわかっている。

それなのに、どうして答えのわかりきった質問を聞いてしまったのだろう。

「何でそう思ってるかは知らねえけどよ、駄目だとしてもさ、どうするかを決めるのは、あたしじゃない。それにお前一人で決めることでもないよ。シオンとお前の、二人で決めることさ。そうだろ？」

ドーラは距離感を保ったまま、静かに諭す。

「でも、そんな……わたし、には……」

アイリスにはそんな選択は決められないし、何も言えない。アイリスじゃどうして駄目なのかも、ドーラにも打ち明けられない。

秘密を知ればきっとドーラだって考えを変えて、フィーリアと同じ態度になるだろう。

そしてきっとシオンにだって知られてしまう。それを想像するだけで、全身の血の気が引いていく。

「……あたしはさ、お前があいつのそばにいてくれて、よかったと思ってるけどな」

黙ってしまったアイリスに、ドーラは多少渋るように表情を変えてから、仕方ないといった口調で話しだす。

「あたしなんかは、辞める自由もない因果な稼業に掬《すく》い上げられたからって怨《うら》んじゃいないし、高い給料もらえるから命を張るのだって気にしちゃいない。酒と煙草《たばこ》と、少しの自由があればいい、それだけの気楽な生き方さ。そんなんだから学舎《ソロリティ》の時は、全部くだらねえって面《つら》してたシオンも、同類かと思ってたんだ……でも違った。あいつはあたしとは別さ。セレストさんたちと会ってから、いい顔するようになってたんだ」

ドーラは過去に視線を飛ばすように、空を見上げて眩《まぶ》しそうに目を細める。

「それがあんなことがあって、またシケタ面に逆戻りさ。だからさ、あんたと一緒になってまたちったあマシになったシオンの面を見て、あいつにゃそばにいてくれる奴《やつ》が必要なんだって、つくづくそう思ったよ」

へへ、とドーラは照れくさそうに笑ったが、アイリスはそんな風に笑えていなかった。

——だったらそれは、わたしじゃない。

シオンという人はアイリスにとって、焼かれてしまいそうなくらい眩しい。

本当にシオンが誰かを必要としているのなら、それこそもうアイリスはそばにいるべきではないのだ。

——シオンさんと一緒にいるべきなのは人形でもなければ、ましてや化物なんかじゃない。

青空の下の庭園なのに、どうしてかアイリスは、箱に閉じ込められているかのように息苦しい。

第四幕　シスターフッドに呪いのブーケを

地獄が待ち構える扉の前に、メイドがやって来た。

シオンとアイリスが立っているのは、数日前に外から下見をした、ジェファーソン夫妻が借りていた部屋の玄関——『ハウス』だ。

元は夫妻の住んでいた、アパートメントのワンルームの一室。元の部屋なら突入してすぐに全容が見渡せる手狭な間取りだが、この扉の先が『ハウス』と化している以上、今の中身はまるで別物の異空間と化していることだろう。

上の思惑もあって、未《いま》だに部隊に増員はなく二人のままだ。今回の案件は『ハウス』被害者が二人なので、そのどちらが核となっているかを内部で判断しないといけないことから、アイリスと組んだ最初の任務のジョン・ブラウン邸より危険度は高く、たった二人での業務には緊張を孕《はら》む。それでもシオンなりに、最大限の用意はしてきたつもりだ。

シオンは横に立っているアイリスへと、そっと視線だけ向ける。

アイリスも緊張しているのか、表情が曇っていて、いつも以上に口数が少ない。

「顔色悪いけど、平気？」

「がっ」

「が？」

「がんばりぐっ、ますから！」

若干ずれた返答だが、大声でアイリスは舌を噛《か》みながら答えた。

「いや、大丈夫？　血でてないの、それ？」

「ぴえっ！」

口の中を見てあげようと頬に手を添えようとするが、アイリスは奇声を上げてさっと身を引いてしまった。

「へ、へいきにございですますわ……」

「言葉がしっちゃかめっちゃかで、とても平気には見えないわよ」

アイリスの挙動不審さに緊張感が多少薄れてしまったが、かえって丁度良かった。過度な緊張は身を固くし、動きを悪くする。

「まあいいわ、頑張りましょう」

「ぁい」

アイリスは相変わらずの頓珍漢《とんちんかん》な反応を見せたが、表情に差す影は晴れていない。何か重たい空気を全身に纏っていて、気を紛らわせるようにポーチの一つに手を触れている。

だがアイリスの状態が実際どうであろうと、『ホワイトシスターフッド』の命令は絶対だ。業務を命じられたならば、身命を賭《と》して奉仕しないわけにはいかない。

心配に気を取られすぎないように、心の裡《うち》でメイドとしての仕事スイッチを入れる。アイリスのためにも、普段通りメイドを完璧にこなし速やかに掃除を完了することが最善だ。

狭い廊下で星幽《アストラル》を体内で活性化させ、足に力を籠《こ》める。

「〝さあ諸君《ライト・マイ・ファイア》。掃除の時間だ！〟」

セレストの口癖を手本にして、シオンは隊長《ヘッド》として任務の号令をかける。それはセレストのように部隊員は自分が護《まも》る、というシオンの決意の表れである。

――彼女たちとの過去を忘れようとしておきながら、私はこんなやり方の一つにまでセレスト隊長を引きずっている……

余計な考えと一緒に玄関のドアを強く蹴破り、二人は新たな地獄に突入する。

境界を踏み越えた瞬間に身体《からだ》が感じたのは、液状の壁へとぶつかりながらそのまま中へ押し入っていく、プールへ飛び込んだ際のような衝突感。

突入した室内に広がっていたのは、昏《くら》い深海の底。二人は水中に飛び込んでいた。

視界に入るのは、見渡す限りの広大な海。そしてその海中を横断する、世界蛇の如《ごと》く端が見えない未知の円柱。

「わぷっ、がぼぼ」

「落ち着きなさいアイリス。これよ、習っているでしょう？」

慌てて口を塞いだアイリスに、シオンが冷静に手にしている小型のボンベを見せる。

使い捨てのサイリウム型のメイド兵装である被甲《マスク》を折って使用することで、星幽による防護フィルターが体内に液体が流れ込んで溺れてしまうのを未然に防ぐと共に、液体中から酸素を抽出してくれているから会話だって可能だ。

アイリスがポーチから取り出して慌てて使用している間にもシオンはゆっくりと水底に沈み、降り立った先には柔らかい感触。肉感的な柔らかさの、土や建物の床材ではないタイプの地面だ。

そうして水底に二人が降り立った瞬間背後から、バタンとけたたましい音がした。

音に振り返れば、見上げる高さにぽつりと浮かんでいた玄関ドアが閉まっていた。侵入の際に蹴り破ったドアは勝手に修復され、独りでに閉まったかと思えば、ドアの端から泡となって消えていく。

「えっ？　嘘《うそ》、そんな、だめっ」

アイリスが先に除染機雷《ブリーチ》を玄関ドアに向かって投げつけ地面を蹴り、跳躍から泳ぐように水を掻《か》き分けて戻ったが、辿《たど》り着いた頃には扉が忽然《こつぜん》と消えてしまった。

「し、シオンさん……ドア、消えちゃいました……」

アイリスが困惑した眼《め》でこちらを見てくるが、シオンも絶句のあまり言葉が出ない。

『ハウス』と外の世界を繋《つな》ぐ入口が消えてしまうなんて、前代未聞の事態である。万が一の退路である出入り口を失うというのは、命綱を断たれたようなものだ。

「そんな、こ、このままじゃ……どうしよう……」

アイリスは大きく動揺し、ドアを探すように消えた場所の水をまさぐっている。

「……アイリス落ち着いて。やることは変わらないわ。核さえ掃滅すれば、業務は終了よ」

理由はわからないが退路を失った以上、選択肢は一つに限られた。保険である撤退策は棄《す》て、当初の予定通り、核であるハーミットを見つけだして倒すしかない。限りなく最悪のパターンだが、ただでさえ表情の曇っているアイリスの手前、シオンは動揺を隠して強く言い切る。不安な眼をする部下の前で弱い心を見せる隊長《ヘッド》なんて、シオンは知らない。

イレギュラーな状況下で、普段以上に掃滅に時間を掛けてはいられない。寸暇《すんか》を惜しんで除染機雷の効き目が強く発揮されている内に周囲を観察しようとしたが――

「シオンさん！　なにか来ますっ！」

アイリスの声が、昏い海に響く。

それまでどこにもいなかった筈《はず》の芥物《かいぶつ》が、いつの間にかシオンの間近に現れていた。

えらを持ち尻尾の生えた、つるりとした皮膚の両生類染みた、中型犬サイズの芥物。

その芥物の頭部がゆらゆらと揺れ、顔の一部が横に裂けてできた物は――口。

「どうん――」

開いた口から音が発せられた。その口からの初めての産声は、ドラムを鳴らしたような唄。

「ぐっ」

シオンは咄嗟《とっさ》にアスターを芥物に向けていたが、苦悶《くもん》に顔が歪《ゆが》む。怖気立《おぞけだ》つ感覚と、皮膚の下から走る鈍痛。水を揺らして伝わった芥物の奇怪な産声に反応して共振した骨が、体内から肉を突き破ろうとしているのを感じた。

「やめてくださいっ！」

アイリスが上から芥物を射撃し、魔弾《バレット》が着弾すると芥物の音の波が乱れた。

「このっ！」

芥物からの攻撃が緩んだ隙にシオンもアスターの突撃銃《アサルトライフル》を起動した。水中用に精製した魔弾によるアイリスとの十字砲火によって、芥物は蜂の巣になり消え去った。

「しっ、シオンさん、お怪我《けが》は⁉」

アイリスが慌てふためきバタついて、シオンの下へ泳いでくる。

「これくらい大したことないわ。留《とど》まっていてもどうにもならないし、邪魔する奴は蹴散らして先に進むわよ！」

「はいっ、続きます」

シオンは思考を走らせながらアイリスを連れて、水中を飛ぶように跳ねながら走る。

海は広大で、円柱くらいしか目ぼしい構造物もなく遮る物がないが、見渡せているにもかかわらず芥物は死角から現れて、不意を突いて奇襲を仕掛けてくる。

「やあっ！」

口が真横に裂けて音波を放たれる前に、縦一文字に芥物は斬り分けられた。

感覚が研ぎ澄まされているのか、アイリスの芥物の出現への反応が速く、敵に先手を打たれる窮地を未然に防いでくれている。

「ナイス反応よアイリス。その調子で頼むわ」

「わっ、わわ……わたし、もっとお役に立ちますからっ！」

称賛を贈ると、アイリスの翳《かげ》りがあった表情がパッと花咲くように上向《うわむ》いてきた。懸命に頑張ってくれているアイリスのためにも、一刻も早くハーミットを突き止めなければならないとシオンは余計に逸《はや》る。

そうして気持ちは急《せ》くが、どうにもこの『ハウス』の世界観が、ジェファーソン夫妻のパーソナリティと当てはまらない。

先《ま》ずこの世界を飲み込んでいる液体は何か。リアムの誕生日の祝杯か、シェフであるなら料理用のワインだろうか。

けれどこれはワインが持つ色や匂いではない。それにリアムの人物像からは、水底の特殊な柔らかさなど、他の構成要素の説明ができない。

芥物の姿も難問だ。あの生物的なビジュアルの芥物を、当該の玩具《おもちゃ》屋で取り扱っていたマスコットの類《たぐい》と見立てるのは難しい。

誕生日だったという大きなポイント。どうにも思考がそこに囚《とら》われすぎているのか。

「音を武器にしてますから、マチルダさんでいいのでしょう、か？」

アイリスは襲い来る芥物たちの攻撃手段から、事前に得ていた情報をもとに妻のマチルダが核となっていると推察したのだろう。

「そうだけど……そうじゃない。なにか違う」

確かに音の攻撃の一点のみを鑑みれば、どちらかといえば妻のマチルダの方がそれらしい。

　だが音一つとっても、実際に聞かされたドラムのような音色とコールセンターとでは、うまく結びつかない。また、マチルダがプールや海で溺れたという水回りの特筆された情報もなく、それはリアムも同様だ。この地獄は夫妻どちらも当てはまる要素はあっても、決定打には欠ける。シオンの直感とも一致しない。直感は案外無視できない。

　プロファイル中もどこからか降って湧き現れる芥物を突撃銃で黙らせながらも、『ハウス』を深く知るため風景や芥物を具に観察《つぶさ》しているが、代わり映えしない光景に新たな情報が得られない。

『ハウス』内での活動時間は有限だ。退路がない上に、答えを探しながら休みなく襲いくる両生類姿の芥物を相手にしている今の状況はかなり厳しい。

　――この海は何を意味しているのか。あの長大な円柱は何なのか。あの蛙《かえる》のなりそこないのような芥物たちの姿形にはどんな意味がある。肉感的な地面の正体は……

　一向に考えが定まらない。『ハウス』へ苛立《いらだ》ち、アイリスのために早く解決しなければならないと焦るが、間違った答えを出してしまえば行き着く先は破滅しかない。

「なんだか調べて想像していたのと違います……夫妻以外の誰かが他にいたみたい……」

　シオンは焦りのあまり視野狭窄《きょうさく》に陥りつつあったが、そこへアイリスの声が耳に入る。

「それはありえな――」

　アイリスの逃避めいた考えを否定しようとした寸前で、シオンの中で何かが引っかかった。

何かが引っかかったのは、直感が反応したからだ。直感は当て推量とは違う。直感とは情報の累積の中から、感覚的に気付きを得るということ。シオンは今、答えを捉えたのだ。

「――二人以外――あの日二人の他に誰かがいた？」

直感が反応したのは、アイリスが口にしたあり得べからざるイレギュラーな存在が核となっている可能性。世界を丸ごと包み込むようなジェファーソン夫妻以外の、イレギュラー。芥物の口から発せられたドラムのような音は、何を聞いて憶《おぼ》えたのか。世界を丸ごと包み込むような海と、一つの肉の塊のような柔らかい地面。そして地獄にまたがる柱の正体。それらから類推できるあの水棲《すいせい》生物に似た芥物の姿の由来とは――一つの転換で、他の発想も目まぐるしく飛躍していく。

アイリスの何気ない一言が鍵となって凝り固まっていた思考が解《ほぐ》れ、シオンの頭の中で点が結びついて線となり、一つの絵を作り上げていく。

「ごめんなさぃ。そんなの、あ、ありえないですもんね……」

「でかしたわ、アイリス！」

「ひゃい!?」

シオンがいきなり声を張り上げて褒めたから、アイリスはビクッと目を見開いて驚く。

『十二月のドゥームズデイ』の時刻、この『ハウス』の元になった一室に、ジェファーソン夫妻以外の第三者がいたとは、映像証拠からも考えられない。

それでももう一人、映像データでは夫妻だけが映っていた部屋の中に出入りできたとするならば——

「答えを確かめるわよ。付いてきなさい、アイリス！」

シオンは柔らかな地を蹴って、答えを目指した。

◇◆◇◆◇

「シオンさん？」

突然上へと向かって泳ぎ出したシオンの思考に追いつけないまま、アイリスもその背を追う。

行く手に待ち受けている芥物をその都度撃退しながら、円柱の高さを越え、更に上へと向かえば、やってきたのは天井という名の行き止まり。

「ここじゃない、みたいです……」

ハーミットの姿はここにはなく、『ハウス』の最深部への道が開かれた様子もない。当てが外れてしまったシオンがどんなに焦燥した気持ちかと、心配と不安に襲われながらシオンの様子をちらりと窺《うかが》う。

「いいえ、天井はこれでいいのよ……子供よ。マチルダは妊娠していたんだわ！」

しかし天井を直接触れて確かめたシオンは、アイリスへと振り返って得心顔で告げた。

「ふえっ、に、妊娠です？」

「ええそうよ。あの日病院を訪れていた用件は病気や怪我じゃなく、産婦人科で妊娠を診てもらっていたの。あの日祝っていた理由は誕生日じゃない。玩具屋も趣味嗜好《しこう》ではなく、これから産まれてくる子供に買い与えるための知育玩具を二人で見ていたのよ」

「じゃあ、マチルダさんなんですか？」

「いいえ、言葉通りの意味よアイリス。この『ハウス』の核に選ばれたのは、ジェファーソン夫妻のまだ産まれていなかった胎児……それが答えよ」

「あ、赤ちゃんがハーミット!? そんなのって」

「この世界を満たしている海は、核となった者の体験したイメージ。天井や地面、おそらく全面を囲っている壁は内膜で、この海は包まれていた羊水。あの芥物たちの姿は赤子、おそらくは妊娠初期の胎児らしい姿になる前のえらや尾のついた胎芽を模した物で、あの口から発せられていた音は、その耳が初めて聞いた母親の心臓の音だったのよ」

「本当に三人目が、いたんですね……」

アイリスも驚きを禁じ得ない。この世界は胎内だったのだ。そうなるとこの胎内を模した異界の果てまで横切る、あの蛇の如《ごと》き円柱とは――

「へその緒よ！　あれの果てがゴールよ！」

シオンはそう宣言して進路を定めるや軽やかにターンして、内膜の壁を勢いよく蹴ってへその緒である円柱へ向かう。

シオンの指示に従って、アイリスもへその緒に降り立つとその上を蹴り泳ぐ。

もう他の可能性を思案している時間はない。シオンを信じてアイリスはへその緒を辿《たど》る。

――侵入者が答えを見つけたならば、『ハウス』はより苛烈となって牙を剝《む》く。

何もない羊水の中から、胎芽が育つ。これが死角から突如現れていたやり口の正体だ。余程微生物サイズから一瞬で肥大化し、胎内の地獄に育まれた胎芽の群れが道を閉ざす。

この先にアイリスたちを行かせたくないと見える。

視界を埋めるように隊列を組んだ胎芽の口が一斉に開く。波を揺らし、敵意を集約した音が、アイリスたちの肉体を四散させんと迫りくる。

「――お生憎様《あいにくさま》、対策済みよ」

シオンは星幽《アストラル》をアスターに回す。事前に音による攻撃が使われる予想をしていて、シオンが対策を打たないはずがない。アスターの擲弾《グレネード》の機構を起動し、胎芽の群れへと星幽によって水中の摩擦抗力を減らして高速化した閃光《せんこう》発音弾を発射した。

音波攻撃対策として編み出した閃光発音弾は目を焼き、音を爆発させる。強烈な光と音が、芥物たちが一斉に放った音の波を真っ向から相殺した。

シオンが閃光発音弾で音と視界を掻《か》き消し作った隙を見逃さず、アイリスが光の中で敵を正確に撃つ。音による攻撃を失い、無防備になった芥物の一陣を撃滅する。

「七面鳥撃ちで終《しま》いにして、こんな場所からおさらばするわよアイリス！」

「はい！」

シオンは閃光発音弾を的確な位置に撃ち込みながら、素早い突撃銃への切り替えで無力化した胎芽へ魔弾をばら撒《ま》く。

隣で気前よく魔弾をぶっ放すシオンの姿を、アイリスは視線の端で追ってしまう。

突入前は気持ちが沈んでいたが、業務で精一杯な今だけは余計なことに思い悩まされないでシオンと一緒にいられる。不謹慎だがアイリスはこの時を楽しんでいた。

「――だから、邪魔しないで」

母なる海の如き地獄からシオンを狙うように湧く影を、生じ始めた瞬間に斬り捨てる。

アイリスは今、敵の出現位置が視えるくらい調子がいい。アイリスは何度も『ハウス』に潜《もぐ》って、身体《からだ》の動かし方や感覚に馴染《なじ》んできていた。

二人の勢いは止まらず、湧き出る胎芽を駆逐しながら前進を続けていたが、羊水の海そのものに異変が起きた。

二人の進撃を前に、今度は『ハウス』を満たす羊水が、波濤《はとう》となって荒れ狂う。

静かに凪《な》いでいた羊水が、突如として二人を進行方向から押し返そうとする激流に変化したのだ。

「きゃあ!?」

アイリスは嵐の如き濁流に揉《も》まれ、進んだ道を押し戻されようとしていた。

巨大な力で、『ハウス』は二人の歩みの邪魔をする。

「摑《つか》まりなさい、アイリス!」

激流のただ中で呼びかけられた声に手を伸ばせば、シオンに強く抱き寄せられた。

「シオンさんっ！」

「メイドをこの程度で、止められやしないわ！」

シオンの手にするアスターが高機動飛翔形態《エアクラフト》となり、青い光が悪意の海を引き裂く。

アスターが飛翔《ひしょう》し、煌《きらめ》く流星となって、羊水の大海をただ真《ま》っ直《す》ぐ翔《か》け抜けた。

一つの世界を突っ切って、へその緒を巡った地獄の最果てに到達する。

「ようやく会えたわね、赤子の未来を横取りした恥を知らないくされカッコウ」

シオンの言葉で、視界にこの海の主を捉える。螺旋状《らせんじょう》にひん曲がった白い女性は――マチルダ。そのマチルダの開いた腹部に糸で吊《つ》るされたような、小さな核に宿ったハーミットがそこに鎮座している。

「――っ、シオンさん！　なにか、厭《いや》なのが来ます！」

「忌々しいったらないわねっ！」

アイリスの土壇場の指摘をシオンが汲《く》むと、アスターが星幽を逆噴射して前進中に大きく軌道を変えた。

なんとか回避は間に合った。柔らかい地面を突き破って、巨大な手が二人が避ける前にいた位置にまでせり上がっていた。

そこに現れたのは、長大なサイズのへその緒と繋《つな》がった、その大きさに相応《ふさわ》しい神話の巨人の如き体軀《たいく》の胎芽である。

視界を埋め尽くす程巨大な胎芽が、アイリスたちの進路に門番として立ちふさがった。胎芽の口元には裂け目が入り、重そうに口が開かれていく。胎芽はその巨軀《きょく》であの胎内の唄を、この『ハウス』全域に響き渡らせるつもりだ。

「あの赤子のデカブツは私が何とかする。だから星をもぎ取るのはあなたよ、アイリス」

旋回して再びハーミットたちへと向くと、シオンが断るのを許さない強い眼差《まなざ》しをアイリスに向けて命じた。シオンの瞳の中では、あの夜空に飛んだ青い光が強く猛《たけ》っている。

「はい、わたしやります」

青に魅入られ、アイリスは自然と頷《うなず》く。

「合図したら目の前のデカブツは無視して、ただ真っ直ぐ行きなさい！」

「真っ直ぐ……アイリス真っ直ぐ行きます！」

アイリスはシオンに意思を委ね、いつでも全開で飛び出せるように、星幽を蓄える。シオンの合図を待つ間も星幽は高まり、精神の集中が極限まで研ぎ澄まされ、猛威が押し寄せる世界がひどくゆっくりに感じる。

大一番を前に、緩やかな時の中で戦闘には余計な考えばかりがアイリスの頭の中を占めていた。

——こんなわたしでも、役に立てているのかな。

シオンに褒められただけではなく、重要な役目を任された。そのことがアイリスの胸の奥を、じんわりと温かくする。

シオンのそばにアイリスがいてくれてよかった、とドーラにかけられた言葉が、アイリスの頭の中でぐるぐると巡り続ける。

——本当にわたし、隣にいても、いいのかな?

そんなのは無理だからと諦め、蓋をしていた気持ちが、アイリスの中でおっかなびっくり顔を覗《のぞ》かせている。

手足がピリピリする。『ハウス』の中でこれまで感じていた恐怖心とは別の、役目を果たしたいという緊張感だ。そして緊張だけでなく、心地の良い昂揚感《こうようかん》に包まれてもいる。

「今!」

シオンの言葉に弾《はじ》かれて、アイリスはアスターを足場にして勢いよく飛んだ。

「押し通すわ、アスター!」

飛び出したアイリスの背後で、シオンの声とアスターの駆動音。そして雷鳴が轟《とどろ》く。

死の鼓動を放たんとする胎芽へと直進するアイリスの隣を横切って、レーザー光線となった烈《はげ》しい星幽が奔《はし》り去り、胎芽の頭の中心が大きく焼失した。

アイリスは言いつけを守り、その攻城砲《カノン》が通した穴に真っ直ぐ飛び込んで、空洞を突っ切りハーミットへと向かう。

トンネルを越えてハーミットを視界に捉える。彼我《ひが》の距離が詰まる間にも、ハーミットはその身を軋《きし》ませ、何か反撃に打って出ようとしていたが——アイリスの方が迅《はや》い。

「やあああああああああっ!」

跳躍の速度まで力に乗せたアイリスの逆手居合が、ハーミットを一刀のもとに両断した。

「おぎゃAあAAAああAAOOあAあAあAあAぁ——」

二つに別《わか》たれたハーミットの哀れな泣き声は、塩になり果てて消えていく。

頭を貫通されてもまだ動いていた巨大な胎芽も停止し、塩の柱となって崩れる。

この地獄を満たしていた羊水も、あとは全てが塩に還《かえ》るだけ。

羊水の海は塩の吹雪《ふぶき》となって、アイリスの視界を覆い隠す。

足取り軽く、もはや白い風となって消えゆくだけの銀世界に足跡を残して、シオンの待っている場所へ向かう。

アイリスは気が抜けていた。核を破壊し、シオンに求められたことをやり遂げられたから、まるで普通の人間みたいにはしゃいでいたのかもしれない。

だからアヤメキメラを杖代《つえ》わりにしなくても歩けている自分に、気付けていなかった。

緊張感を解いてしまっていたアイリスの眼前で、嘲弄するように世界が流転する——

塩に還った羊水の海が吹き抜ける風となって世界から消え去った後に現れたのは、何故《なぜ》かアパートメントの一室ではなく、アイリスも知っている外の——スラムの景色。

「ひっ——」

アイリスは息を呑《の》む。

それはアイリスを見ていた。

イレギュラーは空想を超えて、アイリスの前にそれは訪れる。

足元から見上げる人形の瞳に、恐怖に顔を引きつらせたアイリスが映り込む。

この悪夢は、まだ終わってなどいない。

◇◆◇◆◇

胎海の世界は一変し、腐敗の街が顔を見せる。

今シオンの目の前に広がっているのは、この『ハウス』のあるアパートメント周辺地帯のスラムの姿だ。

――どうなってるのよ、これは！

胎内地獄が消え去って、一瞬で世界が塗り替わって現れたのは、外と見紛《みまが》う新たな地獄。

シオンは驚愕《きょうがく》に心が飲み込まれてしまいそうなところを、自分が思考停止したら誰がアイリスを導いてやるのだという意地で、何とか踏みとどまって思考を巡らす。

異常事態である。核となっていたハーミットをアイリスが除去したはずなのに、アパートメントは元の姿を取り戻さず、別の姿の『ハウス』が顕在したままなのだ。

――こんなの初めてだわ。

突きつけられた現実に、眩暈《めまい》がしそうだ。核を破壊しても『ハウス』が消えないのだとしたら、これまでの前提が大きく覆される。

――核が偽物だった？　いや、それはない。確かにアイリスが倒したのはハーミットだった。

否定できる事象を取り除いていけば、最後まで残るのは直面すべき現実。

――現実を直視しなさいシオン。ここにはもう一体ハーミットがいるのよ！

一見するとリアルに再現されただだっ広い外そのものに見える景色だが、ちゃんと細部まで観察すれば、建物や転がっている廃材どころか地面までも、全部が安い舞台セットのような作りの粗い張りぼてだ。空に見えたのも、雲の流れる動きや変化のない、天井に描かれた絵だ。

そして何よりこの『ハウス』からは、肌が火傷《やけど》しそうな敵意と悪意を感じる。先ほどまでの羊水の『ハウス』以上に、汚染現象による心身への干渉は加速度的に悪化している。

ここが『ハウス』である以上、この地獄を創り出したハーミットが、ジェファーソン夫妻の赤子とは別に存在しているのだ。

そこまでの整理を、シオンは脳内で刹那の内に済ませた。

次にシオンが考えを巡らせたのは、退路の確保だ。

既に一戦交え、シオンは星幽の純度が低下した状態だ。冷静に考えてこれ以上は戦闘を継続するべきじゃない。しかし撤退しようにも、周囲に肝心の出口は見当たらない。

そもそも胎芽の『ハウス』では、入口が消える異常事態が発生していた。新たに塗り替わって現れたこの『ハウス』も同じように出入り口が消えている可能性だってある。

それでも出口を見つけだすための道なき道の探索を行うか、もう一体のハーミットの掃滅を完了するか。どちらを選ぼうとも、成功は困難を極めるだろう。

しかしそのシオンがほんの僅かな状況認識に割いた時間の間にも『ハウス』の汚染現象は胎動し、新たな変化にアイリスが飲み込まれていた。

「メイド、の……」

シオンと離れた位置にいたアイリスの目の前に何かが立っていた。

黒いスカートに白いエプロン。そこにはメイドが立っていた。

「ソルジャーメイド……じゃあないわね」

確かにそこにはメイドが立っていた。だが細部を見れば、シオンたちの着ている防性強化服《ドレス》とは意匠が異なっている。メイドの体裁は整っているが、作り込みや生地の質が別物。

「……お、にんぎょう？」

アイリスが、ぽつりと呟《つぶや》く。メイドに似せた姿をしたそれは、人間ではない。瞬《まばた》き一つせず焦点の合っていない瞳は、ガラス製のグラスアイ。肩口まで伸びた光沢《てかり》のきつい金髪は、ウイッグに使われるようなポリエステルの人工毛。柔らかく見える肌も、よく見ればシリコーンに似ている。そして裾から覗く足の関節部の球体からも、それがメイドを模した人形なのだと一目でわかる。

「あっ、ああ！」

アイリスは人形と思われる未知の相手に、完全に取り乱し始めていた。

「アイリス、今すぐそいつから離れなさい！」

「わ、わたしのにんぎょう……わたしがっにんぎょう⁉」

シオンの指示にもアイリスは意味のわからないことを口走りながら目の前にいる相手にガタガタ震えるばかりで、攻撃もしなければ距離を取ろうともしない。

「――いど？」

メイド人形の口から、男の低い声が漏れる。

メイド人形はその表情の固まった頭部をぎゅるんぎゅるんと、千切れそうな動きと速さで、シオンとアイリスのそれぞれに一度ずつ向けた。

二人を認識したメイド姿の人形は、憤怒の形相に変わる。怒りに満ちた目が吊り上がっていくと目尻から裂けて、幅が広がった分だけ眼球のサイズも肥大する。肩までの長さだった金髪は、長さ自体を伸縮させながら、髪自体が意思を持った蛇のようにうねりだす。

「構えなさい、アイリス！」

シオンは指示を飛ばしながらも、メイド人形がアイリスへ危害を加える前に、メイド人形の心臓の高さに確実に魔弾《バレット》を撃ち込んだ。

メイド人形はぐらりと地面に膝から崩れ、胸元から浄化されて消えていく。

「――いど」

しかし浄化されていく胴体から、ぶちん、と音がした。頭部がぐりんと回って自切して、アイリスの足元へとごろりと転がった。

「あっ、あっ――」

アイリスは譫言《うわごと》を口にしながら、人形と目が合って震えている。

「MA濺YYYう迁YYゆYYうざざAaaaいィ!!」

浄化を逃れたメイド人形の頭はがちん、と歯が砕けるほど強く噛《か》み合わせ、ぶつけた反動でがばりと開くや、めりめりと顔面が口から裏返りながら、耳をつんざく怒声を上げる。

次の瞬間人からかけ離れた変貌を遂げたその頭部は、ゴム風船のように一気に膨らんだ。

さらにそのまま膨張は止まらず、頭がパンパンの球体状になるまで張り詰めていく。

「退避して！　アイリス！」

危険を感じて叫んだが、アイリスは小さな子供のように怯《おび》えているだけで、シオンの声は届いていない。

「アイリス！　こっちへ――」

アイリスを人形から引き離すべく、シオンは間に飛び込もうとしたが――

「俱×ダ馬べEEEEEEェぇぇぇつぇぇ!!」

大気を震撼《しんかん》させる怒号――そしてそれを超える大鳴動。

メイド人形の頭は球体状に大きく膨らむと、形が限界を超えて爆発した。爆発によって衝撃波が広がり、肉や骨の代わりにネジやナット、ガラスの破片といった危険物が凄《すさ》まじい破壊力を生み出す速度で四方八方に、執拗《しつよう》な悪意に塗《まみ》れて飛び散った。

「アイリス！」

シオンは衝撃波に圧《お》されながら、身を引き裂かれるような思いで叫んだ。

爆風と飛来した危険物を、シオンはアスターを盾に防ぎながら、爆風によって吹き飛ばされたアイリス目掛けてなりふり構わず跳び、空中でキャッチする。

シオンは着地と同時に、アイリスの安否を急ぎ確かめる。

「アイリ、っあ――」

シオンは自分の腕の中で意識が飛んでいるアイリスの姿を見て、愕然《がくぜん》とする。

至近距離からまともに爆発に巻き込まれたアイリスの両足は、膝から下が無くなってしまっていた。

起こってしまった最悪の事態に、目の前が真っ暗になりそうになる。

――駄目よ！　息がある。アイリスはまだ生きてる。今は耐えなさいシオン！

しかし血が出そうなくらい唇を強く噛んで正気を保ち、シオンは気を強く持つ。

けれど悲劇を嘆く間もなく、悪意は襲い来る――

空はただの絵でしかないから何も無いはずなのに、シオンたちに影が落ちてきていた。

「ちぃ！」

シオンは舌打ちしながら、アイリスを抱えて大きく地を蹴ってその場から跳ねた。

シオンが飛び去ると、元いた場所に何かが落下してきた。それは次々と落ちてきて、その衝撃で砂埃《すなぼこり》が舞い上がる。

「――めＺ×おォお」

がちがちと歯を噛み鳴らす耳障りで不快な声が、砂塵《さじん》の向こうから発せられた。

「エG怒」

「Mぎおめいお」

「めーどめいどメイドぉぉぉっぉぉっ!!」

憎悪に満ち溢《あふ》れた輪唱が轟《とどろ》く。メイド人形が砂塵の向こうから、手足を目一杯ぶん回して跳ねまわり、張りぼてのスラム街を疾走して二人へと殺到してくる。

「五月蝿《うるさ》い!!」

シオンは今度は初めから頭部を狙い撃ったが、無情にも着弾した瞬間に爆発が起こった。

「たちが悪い！」

人形を迎撃しようにも、これでは爆発と飛散する凶器からアイリスを護《まも》りきれない。

反撃さえ悪手だ。今は相手にせず逃げるしかない、とシオンは逃走を選んだ。

「ちくしょうがっ！」

悪態が口から漏れる。

アイリスを担いで走る間、荒れ果てた退廃の地獄から湧いて出てくるメイドもどきを、距離が遠ければ突撃銃《アサルトライフル》で爆殺し、近づかれた時は破裂させないように慎重にアスターをメイド服に引っ掛け、相手の飛び込んできた力を利用して思い切り投げ飛ばして凌《しの》ぐ。

二人への追跡は異常なまでに執拗で、苛烈な攻撃の手は止まらない。

メイド人形の一体一体から、爆発するだけの憎悪が迸《ほとばし》っている。

アイリスを連れた逃避行は、終わりが見えない戦いだった。『ハウス』内に逃げ場は存在せず、出口も一向に見つからない。除染機雷《ブリーチ》の効果があると言っても、心身への汚染はじわりじわりと侵攻し、シオンを蝕《むしば》み続けている。

呼吸が乱れる。今やシオンの動きに、メイドとしての精彩はない。

どこへ向かってもメイド人形が駆け寄って来て、シオンは休みなく、しかも決定打に欠く迎撃を続けさせられる。疲労はピークを迎えながら、一瞬たりとて足を止めることはできない。

その内にポーチが空になり、シオンの所持していた除染機雷が尽きていた。

シオンは愕然とする。除染機雷の残量を確認することすら、今の自分は怠っていたのだ。

「……いいえ、まだよ、まだ倒れるな」

『ハウス』内での戦闘を継続しすぎたことによってシオンの星幽《アストラル》は濁り、肉体と魂の間に歪《ゆが》みが生じ、眩暈がして膝をつきそうになる。

「死なせないって、決めたんでしょうが……」

致命的なダメージはまだ避けられているが、アイリスを庇《かば》って全身に掠《かす》り傷《きず》が少しずつ増えている。それでもシオンは、膝を屈さない。

だが負傷を受けていないはずの胸元が、じくじくと痛い。『博物館《ギャラリー》』で刻まれた十字架の烙印《らくいん》が、アイリスに取り返しのつかない怪我《けが》を負わせたシオンを、罪人として責め立てている。

もはやシオンを繋《つな》ぎとめているのは、過去という名の後悔だけだ。もう仲間を死なせたくない。その意地だけで戦っている。

「――ぁ」

アイリスの呻《うめ》く声。アイリスの意識が戻ったことがわかって、シオンも我に返る。

周囲の人形を蹴散らし、せめてアイリスの吹き飛んだ足の傷口を塞ぎ止血しようと、敵の姿のない物陰に逃げ込んで、応急処置を施そうとしたが――

「え？」

シオンは言葉を失った。

シオンが処置するまでもなく、アイリスの両足から血は一滴も流れていなかった。

◇◆◇◆◇

――結局はこうなっちゃうんだ。

アイリスは絶望に打ちひしがれる。

眼前に現れたのが人形だと思った瞬間、頭の中がぐちゃぐちゃになって、それから両足を吹き飛ばされるまでの間は何が起こったか理解できていなかった。

屋内恐怖症を患っているが、人形もそこに紐《ひも》づいていたのは初めて知った。

思えば『ハウス』から救出されて以来、人形を目にしたことがなかった。嫌いだから見たくなかっただけではなく、ここまでくると無意識の内にも避けていたのだろう。

それにしたって、よりにもよって『ハウス』内でメイド姿の人形だなんて、自らの姿を鏡写しで突きつけられたような悪い冗談だ。

自らを人形と称しながら、『ハウス』内で人形の姿を前にすればどうしようもなく無様に怯えた。結局は人形なんて自称も、事実に向き合いたくないから、自ら口にすることで現実から目を背けていたのだ。

同じ言葉を繰り返していれば、形骸化した上辺《うわべ》をなぞるだけで、思考を放棄していられたからだ。言葉を積み重ねるだけ、自分が人形だという事実を陳腐化して安心していたのだ。

何て滑稽なのだろう。

所詮アイリスは、どっちつかず《ビトゥィーン》のスプリアアイリス。救いようのない半端者。

立派なメイドの姿からは程遠い醜態を晒《さら》したあげく、シオンに助けられてまだおめおめと生きている。

生きているから、真実がシオンにバレてしまった。それこそが、アイリスの絶望だ。

「あんた、それ」

シオンの困惑の声を聞くだけで、アイリスは暗澹《あんたん》たる気持ちになる。

シオンに担がれだらりと下がった、アイリスの膝から下が失われた両足の傷口は、人間のそれとは異なっている。両足の傷口から覗《のぞ》くのは——空洞。

——わたしには、血が通ってない。これは肉も骨もない、ただのお人形。

自分を人形だと言ったのは、比喩ではない。見た目こそ本物以上の精巧さで人間を模しているが、これは大総監《ハウスキーパー》たちによって製作された完璧に人を模した人形型の容器なのだ。

そして容器には、中身が入っている。

アイリスの本当の身体《からだ》は星幽だ。肉体がなければ世界から消失してしまう筈《はず》の魂——星幽だけで命と思考を有して生きている、あり得べからざる実体ある霊的存在なのだ。

『ハウス』によって在るべき姿を失った、人ではない何か。汚染現象によって忘却の彼方《かなた》に消えた少女の代わりに生まれた、アイリス・ホワイトスプリアと名付けられた化物。

——みんなが触れることも嫌がった、恐ろしい献体X。それが本当のわたし。こんなわたし、バケモノと——ハーミットと変わらないから——

「見ないで、ください……」

アイリスは白日の下に晒された正体を見られたくなくて、身を縮こまらせる。

人形の容器をアイリスの星幽の身体が中身として満たし、人が肉体を動かすのと同じように、星幽が信号となって人形を動かしている。

それだけでなく、人形の中では本体の位置を自由に流動できた。ジョン・ブラウン邸で腹部を刺された時は、内部で星幽の一部の形状を変化させることで直撃を避け、先程爆発に巻き込まれた時も、無意識の内に脚部から退避することで、ダメージを受けたのは吹き飛んだ外側の容器だけだったのだ。

こんなモノが、果たして人間と言えるのか。

当のアイリス自身が、こんなのが人間だなんて思えない。

アイリスは『ハウス』被災者であり、元は人間だった。『十二月のドゥームズデイ』に発生した『ハウス』に対する初期掃滅業務《クリーニング》において、現在大総監を務めているフローレンスたちが突入した際に、アイリスは見つかった。

アイリスは『ハウス』内で発見された時には、もう元の形をしていなかった。星幽だけの生命になっていただけでなくその星幽まで、もう人間のそれとは性質が変わっていた。

それでも変質した星幽に、人間だった名残があった。そこに興味を抱いたフローレンスたちの手で、アイリスは化物として駆除されず『ハウス』外部へと生きたまま持ち出されたのだ。

けれど『ハウス』から連れ出されたアイリスは、元の人格も過去の記憶も残っておらず、僅かにあったのは人であった頃の持ち物であった人形を握りしめながら『ハウス』内で恐怖に震えていた所を見つけられた、悍《おぞ》ましい記憶だけだ。

記憶は殆《ほとん》どが欠けていたけれど、思考能力を有していて星幽を介した意思の疎通が可能であったため人形の器を用意され、フローレンスたちの教育によりアイリスはメイドとなった。

人形の中身は人でなし。

――人に怯えられていたのも、人を怖がっていたのも、わたしが人じゃないから。

人は化物を恐れ、化物は人を恐れる。人はアイリスを化物として恐れ、アイリスは恐れられることを恐れた。

ずっと怖かった。

いつか自分の正体を、シオンに気付かれてしまうのが怖かった。

だからもっと早く、そばを離れるべきだった。この人《シオン》と一緒に居てはいけなかったのだ。

言葉を失っているシオンに、アイリスはこんな幽霊みたいな身体のどこにもないはずの心臓が、ずきずきと引き裂かれたように痛むのを覚える。

「シオン、さん」

平穏な静寂すら与えてくれない地獄の中で、アイリスは震える声で振り絞るように沈黙を打ち破る。

「アイリス、あなた……」

名を呼ばれたことで固まっていたシオンは、ハッとした様子で口を開くが、言葉は形にならず途切れてしまった。

「置いて行ってください……」

アイリスはシオンの口から何か言われてしまう前に、担いでくれているシオンから降りようと身を起こし、消え入りそうな声で懇願する。

「……この間とは違うわ」

シオンが絞りだすように口にした。

彼女の言う通り、この間とは違う。時間稼ぎで残って、後から追いつこうとする気はない。

「わたしは、もう足手まといです、から……シオンさんだけで、逃げてください」

見られてしまったから、もう一緒には居られない。

——だってわたしは、シオンさんが憎む『ハウス』のバケモノ——ハーミットと何も変わらないから。

夢のような儚《はかな》いひと時は、これで終わり。

シオンにだけは知られたくなかった。

壊れないように触れないで、大切にしたかったシャボン玉は、あっけなく割れてしまった。シオンに人として扱ってもらえた、楽しかった時間はもう終わりだ。

「嫌よ、しないわ」

それでもシオンは頑《かたく》なで、隠れた二人を目ざとく見つけたメイドの人形の脚を撃って転倒させ、アイリスを抱えた逃亡を再開しながらまだそんな風に言って護《まも》ってくれる。

アイリスは哀《かな》しくて笑ってしまう。シオンは本当に優しい。

優しい人だから、メイドとしてのアイリスだけを知っていて欲しかった。

「だから、もういいんです」

「……何がいいのよ」

「わたしが囮《おとり》役を果たします、だから、置いて行ってください……」

口にしたのは人形でも化物でもなく、アイリスとしての言葉。

——シオンさんならお荷物さえいなければ、きっと『ハウス』の外にだって出られるんだから——

どうか化物ではなく、最後までメイドとして——ただのアイリスとしてここで捨てて欲しい。

これで終わりだ。アイリスは独りよがりでも、シオンがこの地獄から抜け出せればいいと、それくらいを想《おも》う自由は許してほしかった。自分を見られたくない、遠ざけたいというだけではなくて、それだけアイリスの中でシオンの存在は大きな物になっていた。

——シオンさんが、こんなバケモノなんかと一緒に死ぬことなんかない。

シオンに死んで欲しくないのは、本当の気持ちだから。

だからせめて泣くことだけはやめて、役に立てたのだと最期に微笑《ほほえ》もう。

それなのに——

「嫌だって言ってるでしょう！」

シオンはそんなアイリスの決心をぶち壊すように、本気で怒鳴っていた。

◇◆◇◆◇

「——置いて行ってください……」

アイリスの口から聞かされたその言葉に、頭をガツンと殴られたような気分だった。

どうやったらアイリスと一緒にこの『ハウス』から逃げ出せるか。どうやったらハーミットを見つけて倒せるか。体力はあとどれだけもつか。現代式戦闘魔術《アストラルメイドアーツ》はまだどれくらい使えるか。アイリスの正体は何なのか。アイリスの怪我《けが》は大丈夫なのか。

考えなければならない問題は、処理が追いつかないくらい山積みだったが、そんなものは全部その言葉を聞いた瞬間に、シオンの中から吹き飛んでしまった。

アイリスの言葉は、シオンのずっと抱え続けていた、あの日——すべてを失ったあの時に焦がれるようにセレストへ口にしたかった言葉だ。

震える唇。口角を持ち上げようとしながら、今にも泣きだす寸前の顔。

なけなしの強がりと、振り絞った献身。それから自分自身への嫌悪。

それで微笑んでいるつもりなら、少しもできていない。

アイリスの正体が何かなんて、関係ない。そんな物は、少しも重要じゃない。

——この子は私だ。

アイリスは化物なんかじゃない。あの日、あの時のシオンなのだ。

——どうしてあなたが私なんかを。

あなたが生き残れば。

あなたならもっと——

シオンはずっと、その思いに苛《さいな》まれている。ずっとセレストの影を追っていた。

あの日、あの瞬間、今のアイリスと同じように、自分を見捨ててでも生きて欲しいと伝えたかった。自分よりもセレストのことが大切だったから、自分のために命を投げ出して欲しくなんてなかった。

だからシオンは、アイリスの気持ちが痛いくらいわかるつもりだ。セレストみたいになれない拙《つたな》い隊長でしかない自分でも、アイリスとの間に培えたものがあったのだと、彼女の言葉を通して知れた。

——それを何？　見捨てて逃げろですって？

「嫌だって言ってるでしょう！」

シオンの心が叫んでいた。

シオンにとっても、アイリスはもうとっくに放っておけない相手だ。アイリスの抱えていた隠し事が、どれだけ重たい物だったのかも知ってしまった。

そんなアイリスを、どうして一人にできるものか。

矛盾だ。シオンがセレストにして欲しくなかった選択を、今シオンはアイリスの言葉を無視してでも選ぼうとしている。

——ああ、そうか。

どちらの立場にも立ってしまったからわかる。見捨てるなんて、そんな選択肢は存在しなかったのだ。

シオンがそんな選択をしないのと同じように、セレストだってそんな選択をするわけがない。

セレストの背中でシオンが何を思い、何を口にした所で、覆りようもなくあの日の運命は定まっていた。

わかっていた。そんなことは全部最初からわかりきっていたのだ。どれだけ悔やみ、思い悩もうとも、あの日シオンがアイリスと同じように言葉にできていた所で、セレストも隊の皆も、誰一人としてシオンを見捨てるはずがないことは、シオン自身が一番よく知っていた。

それでもそれを認められなかったのは、シオンが仲間の死を受け止められなかったからだ。

セレストたちが大好きだったから、彼女たちの想いから目を背け、自傷するように自分だけが生き残ったという罪の十字架だけを見つめてきた。

死という断絶を受け止められないまま、セレストたちの死と彼女たちのくれた綺麗《きれい》な物のすべてが重荷となって、怒りだけを支えにしながらも一歩も前に進めず、道を照らす光もない暗闇に沈んだシオンの下に現れたのが、アイリスだった。

今度は私が護る番がきた。すべてに怯《おび》えているようなアイリスと過ごす内に、セレストに護られて死にそびれたシオンは、いつしかそう思うようになっていた。

そのアイリスに、シオンは気付かされた。

『置いて行ってください』

どんな責めや誹《そし》りでも、どんな慰めの言葉でもなく。あの日伝えられず、行き場所を失ってずっと抱えることで己を苛み続けていたその言葉を、護らなければいけないと思っていたアイリスによって心に突き立てられたから、シオンはようやく本当の意味で、セレストたちの死と向き合えた。

——セレスト隊長たちは、私のために死んだんじゃない。ただ私に生きて欲しくて最後まで戦ったんだ。

シオンは今この瞬間に、ようやく過去から逃げるのをやめられた。

あの日から止まったままだったシオンの中の時間が、確かに時を刻み始めていた。

——かっこ悪いわね。

太陽の如《ごと》き憧れとは程遠い、情けない臆病者。

それでもみんなと向き合えたから、背負っていた物がただの苦しい重荷ではなくなった。

『シオンは僕が護るから。君は君であることを、絶対に諦めたりしちゃ駄目だ』

セレストは約束通りシオンを護り抜き、太陽を失ってしまうシオンへ、最後にその言葉を遺《のこ》した。

それは祈りであり、呪いであった。

死者の遺した言葉も想いも、もう二度と取り消すことのできない呪いだ。この世界のどんなものよりも強く、死者の想いは生者の心を縛り付ける。取り消されることのないその言葉は、心の一番深い所に刻みついて、生者の生き方に深く影響を齎《もたら》すのだ。

仲間の死を受け入れられず、希望を憎しみに変えてでも、今日まで戦ってこられたのは、セレストの言葉に呪われていたからだ。

太陽は地に堕《お》ちた。けれど瞼《まぶた》に焼き付いた光が、失われたと思っていた道を照らしだす。

メイドの遺した優しい呪い《祝福》が、メイドを何度でも立ち上がらせる。

だからシオンはこれまでも、どれだけ辛《つら》くとも膝を屈することはなかった。そしてこれからは、その呪い《祝福》が前に進もうとするシオンの背を押すのだろう。

絶対に諦めない。

シオンは生きることを諦めない。

アイリスを諦めない。

――かっこ悪く生きてやるわよ！

後悔を捨てない。

悔いを手放さない。

シオンには忘れることも、乗り越えることもできそうにない。だからこれまでのすべてと、アイリスとのこれからを、全部背負って進んでみせよう。

「私はあなたを手放さないわよ、アイリス」

その狂おしい情念こそが、シオンという女なのだ。

◇◆◇◆◇

シオンは担いでいたアイリスを抱え直し、抱擁するようにして面と向かうと、熱を持った言葉を告げてきた。

それまでよりもずっと強い意志で、青い恒星が瞳の中で燃えていた。

「ひゅ――」

一瞬息を呑《の》む。青の強さに圧《お》されて、それ以上目を合わせていられず目を伏せる。

「わっ、わたしは、人間じゃないんです！」

どうしてそんな眼《め》をして、そんな風に言えるのか。アイリスは人間以外の化物なのに、それがまだ伝わっていないのかと、わかってもらうためにもやけになって口にする。

「わたしは、ただの人形に入ってるだけのバケモノ……で、シオンさんがこんなバケモノに、命をかける必要はないんです……」

自分で言葉にしながら、胸がずきずきと痛む。

――でもそれは、勘違い。

痛む胸なんて、この変わり果てた身体《からだ》のどこにもない。こんな得体の知れない化物の、一体どこに人の心が宿るというのだろう。

かつての人間の面影も残っていない化物が、何も憶《おぼ》えていない今のアイリスとして目覚め、人に拒絶されて自分の身体がどうなっているのかを理解した日、希望や未来は自分にはないのだと、本当にあるのかどうかさえ自分でも信じられない心で、すとんと理解した。

アイリスはアイリスである限り、人が手にできるものは、一つとして手に入れられることはない。化物《わたし》がメイドの皮を被《かぶ》っても、それはどこまでいってもメイドのフリをした化物で、人ではないのだ。

きっと今まで抱いてきた感情だって、人であった頃の真似事《まねごと》でしかないのだ。痛みも苦しみも全部、かつて人だったことから生じたまやかしに決まっている。

そんなことくらい。理解していたのに——

「違う」

シオンは否定する。

「わたし、シオンさんの嫌いな……憎んでいるバケモノと同じだから」

「違うわよ、全然違う」

「だって、こんなのっ、人間じゃない！」

こんな身体の人間は、世界のどこにもいやしない。こんな化物がいるとしたら、それは『ハウス』だけ。

「アイリスは私と同じよ」

シオンは真っ向から、アイリスの言葉を否定する。

「そんなわけない！　わたしは、シオンさんの仲間を殺したバケモノなんだから！」

言い分を理解してくれないシオンに、アイリスは声を荒《あら》らげた。

そんなものは持ち合わせていないのだと蓋をして、小棚の奥にしまい込もうとしているはずの心の声が、抑えきれずに滲《にじ》み出てくる。

『ハウス』で生まれた化物なら、アイリスとハーミットに何の違いがあるだろう。

「バケモノはいらない……いちゃだめなのぉ……」

アイリスはシオンに相応《ふさわ》しくない。ずっとそう思っていた。シオンが輝いて見えれば見える程、自らの醜い正体が浮き彫りになっていく。それなのにずるくなった自分は、シオンとの時間を手放したくなくて必死に誤魔化し見て見ぬ振りをしてきた。

だからもうどうしようもない今となっては、シオンのために囮《おとり》役を務めて終わりたい。

――だってもう、わたしにはそんなことくらいしかできないから……

「――勝手に勘違いしないで頂戴、あなたは私の仲間を殺してなんかない……そんなこと、あんたにできっこないわよ」

なのにシオンは、アイリスの気持ちをわかってくれない。

「どうしてシオンさんに、そんなことわかるんですか……わたしの何をわかるっていうんですかっ！」

「わかるわよ。私が一番わかっているわ」

感情的なアイリスに、シオンは言い聞かせるように話を投げ出さない。

二人の距離は近かった。お互いの顔が触れてしまいそうなくらい、すぐそばに体温を感じる。

シオンの瞳は、あの日見せてくれた流星のような、天の星よりも美しい、曇りのない鮮やかな青だ。

そんな眼をされると、勘違いしそうになるから、やめて欲しい。

何度も頭の中で泣き喚《わめ》いて、自分が化物である現実を受け入れて、あとは目を逸《そ》らして考えないようにしてきた。心には蓋をして、目の届かない遠くにやってしまわないと、アイリスには耐えられなかったから。

それなのに、シオンの前だと隠せたと思っていたものが暴かれて、段々と取り繕えなくなっていく。シオンが口にしてくれる優しい言葉を真《ま》に受けて、いっそ勘違いして彼女に溺れてしまいたいと思っているアイリスがいるのだ。

「これの……こんなバケモノの、どこをですか！」

だから決定的な事実を突きつける。

壊れた器の足から、アイリスは身体の一部を外へと伸ばす。白金色に発光する星幽《アストラル》が牙を剝《む》くかのように、シオンの眼前に殺傷力を備える光の刃となって鎌首をもたげた。

アイリスが見せた異形を前にして、シオンは逃亡の足を止めた。シオンに見せつけることで、アイリスは自分自身にもうこれ以上勘違いさせないよう、自分が化物だという現実を知らしめる。

「中身が何だってのよ。私だって中身に星幽くらい流れてるわよ。一皮剝いたら大して変わんないわ」

それなのに、シオンはまるで動じていない。今にも襲い掛かってきそうな星幽のみで構成された異形の身体を見せつけられても、恐怖心の欠片《かけら》すらその青色には混じっていない。

「ちがう、全然違う。わたしだけがちがうのっ！」

むしろアイリスの方が、怯えを露《あら》わにしていた。シオンによって、これまで積み上げてきた諦念の理由に理屈抜きで風穴《かざあな》を空けられて、諦めてしゃがみこんでいるための逃げ場がどんどん壊されていく。

「ちが――」

「違わない」

「どうして……本当のわたしはこんなっ、に醜い、です」

言葉と一緒に、外に出したアイリスの身体の一部である星幽もぐらぐらと覇気をなくし、鋭利に尖《とが》らせていた形が解けてしまう。

「あんたのどこが醜いってのよ……可愛《かわい》いわよ」

「それはっ、この人形の顔がそう作られているだけで……」

「うっさいわね、さっきからうじうじと！　あんたの星幽に適合してるんだから、そのめちゃくちゃ可愛い外見はあんたの魂通りの形ってことでしょうが！」

「ふえっ」

急に怒られながら口説かれ、アイリスは気が動転し、頬を上気させ、目をみはる。

シオンの言葉は確かに理屈が通っている。星幽兵装《ブルーム》が本人の魂に相応しい形であることと同じだ。星幽で人形の肉体を動かすには、本人の魂が適合した最適の形であらねばならない。すなわちただの作り物だと思っていたこの顔形は、アイリスの人の姿そのものの写しと言えるだろう。

そんな風に考えたことがなかった。シオンの指摘で靄《もや》の一部が晴れたようで、シオンに外見を可愛いと言われたことが素直に刺さり、アイリスのあるはずもないと思っていた心臓が大きく跳ねた気がしていた。

「ほら、何が人間じゃないよ」

そんなアイリスの反応に気を良くして、シオンは優美な笑みを口元にたたえる。

「バケモノなんてどこにもいないわ……あんたなんて、ただの可愛い女の子じゃない」

わけがわからない。シオンの言っていることは、これっぽっちだって理解できない。言っていることが先程から無茶苦茶で、他の誰が聞いても、正気ではない妄言としか思えないだろう。

それなのにアイリスは、シオンの言葉に大きく揺さぶられている。その一つ一つに、もう誤魔化しがきかないくらい、心が勝手に反応してしまう。

「その手を見なさいよ」

「え？」

言われてアイリスはじっと手を見る。アイリスの手には、白光を放つアヤメキメラが握られている。人形によって錯乱してから、中身がバレて口論している間も、ずっと放棄せず起動していたのに、今指摘されて初めて気付いた。

「アイリス、あなたが星幽兵装を手放さず、星幽を流すのを止《や》めていなかったのは、まだ戦うつもりがあるから。そうでしょう？」

「これは、ただ摑《つか》んでいただけで」

「そうよ、ちゃんと摑んでた」

シオンの言う通りだ。無意識下でも、アイリスは武器を握りしめていた。

自分で自分は化物だと絶望した。けれどどれだけ諦念し、嘆き苦しもうとも、自死を考えたことはなかった。それは死にたくなかったからだ。

こんな姿になってまで、アイリスは全身全霊で生きようとしている。

命の灯《あかし》を、必死にこの手で摑んでいたのだ。

「わたしは」

「アイリス！」

シオンがアイリスの名を強く呼ぶ。

シオンの言葉に弾《はじ》かれ、アイリスは腕を持ち上げアヤメキメラの引き金を引いた。

魔弾《バレット》は標的を、狂いなく撃ち抜く。

アイリスはシオンに抱きしめられたまま、シオンの背に迫ってきた芥物《かいぶつ》を倒していた。

命を奪いに駆け寄ってきたメイドの姿をした人形を、アイリスは自らの手で倒したのだ。

「また助けてくれたわね」

シオンは嬉《うれ》しそうにそう口にして、アイリスのポーチの一つに指を当てる。

シオンが指さしたアイリスのポーチの中には、手紙が入っている。『ハウス』から助けた女の子の母親から送られた手紙を、アイリスは後生大事に持ち歩いていた。

その手紙は、アイリスが人を襲う『ハウス』の化物ではなく、メイドとして人を助けたという証明だったと思い出す。

「あなたは人を助けることができるって、私が教えてあげたでしょう？」

「わたしがあの子をたすけた……シオンさんを、わたしがたすけ、た？」

「どんな運命に晒《さら》されても、あなたは諦めなかったのよ、あなたであることをね」

呆《ほう》けた表情を浮かべるアイリスに、シオンは満足そうに言った。

体温が上がる。背筋がぞくぞくと昂揚《こうよう》した。

本当に、信じてもいいのだろうか。

――シオンさんが認めてくれるから、わたしが人間だって勘違いを、してもいいの？

アイリスはもう抑えきれない心に従って、シオンの瞳をじっと見つめ、縋《すが》る。

「それでもどうしても今の自分が嫌なんだったら、本当の自分だと思える記憶も身体も、これから見つけだせばいいじゃない」

「そんなこと、できるんですか？」

「やりなさいよ」

無根拠で勢いだけの言葉なのに、それがアイリスにはどうしようもなく温かく、心臓の鼓動を思い出させてくれる。

「わたしは、ここでぜんぶ奪われて、ぜんぶ失《な》くして」

ぽつりぽつりと、気持ちがこぼれだす。

「私が一緒に、いくらでも探してあげるわよ。私は何度だってあなたを助けてみせるわ、それも教えてあげたじゃない」

命を賭けるくらいの本気の眼《め》で言ってくれるから、急に目の前が滲んで、シオンの顔がぼやける。

シオンはアイリスの望みを簡単に叶《かな》えてしまうから、一度こぼれだした気持ちは、ぽろぽろと堰《せき》を切って溢《あふ》れた。

「……こんなわたしなんかが、シオンさんの隣にいてもいいんですか？」

アイリスの目から、涙がこぼれた。清らかに透き通った雫《しずく》は、静かに頬を伝う。

精巧に作られた器の仕組みであっても、本物の気持ちからこぼれ出た涙であった。

これ以上傷つきたくないから、人を遠ざけてしまいたかった。それなのにもっと強い想《おも》いで、アイリスはシオンを求めだしていた。

半端なアイリスは、矛盾だらけだ。

そしてシオンは、自分から手を伸ばせないでいたアイリスを、強引に捕まえてくれた。

「私が、アイリスがいいのよ」

アイリスの目尻に付いた涙をシオンは指で拭おうとして、星幽兵装とアイリスで両手が塞がっていたから、唇でそっと拭いてくれた。

「あなたは幾らでも泣いていい。あなたにはそれが許される……でも今は、泣きながらでも立ちなさい」

シオンはアイリスを、その青い炎の瞳で刺し貫く。

「私と一緒に生きるのよ、アイリス」

どくん、と失ってしまったと思っていた心臓が、一際強く跳ねた。

誰よりも見苦しく死から逃れ続けながら、どこかで苦悩をすべて投げ出せる死に、終わりという名の安らぎを見出《みいだ》していた。生きたいと思っていたのに、死んでしまえば全部なかったことにして投げ出せてしまえると、現実からの逃避先にしていたのだ。

だからアイリスは、自分が決死兵《ビトウィーン》であることに甘えていたのだと気付く。

――だってバケモノは、人に退治されてしまうものだから。

人の世界に、アイリスの居場所なんてないと思っていた。

――けどもしも、本当にわたしがバケモノじゃなくて、人なんだったら。

「わたしも、生きてていいんですか？」

「いいに決まってるでしょう……本当に、馬鹿ね」

シオンの言葉は、アイリスに言って聞かせるだけでなく、シオン自身にも向けられているように聞こえた。

ずっとアイリスはこの世界の仲間外れだと思って、居場所なんてないと諦めていたのに、シオンという陽《ひ》だまりに受け入れられてしまった。

アイリスは、シオンというメイドを見誤っていた。

どこかで勝手に、シオンも自分と一緒だと思っていた。大切なものをみんな失くした、孤独で可哀想《かわいそう》な人なのだと。

けれどそれは違う。この人は可哀想なんかじゃない。

どれだけ悲しくとも、その重さに潰されることのなかったこの人は、きっと世界で誰よりも強い人なのだとアイリスには思えてならない。

「かっこいいなぁ」

彼女《シオン》のようになれたら、と思い描く。

──そうあれかしと目指すならね。

想ってもいいのだろうか。願ってもいいのだろうか。

──あなたのようになりたいと、思ってもいいのですか？

ずっと虚《うつ》ろだった。メイドという人形の容器に流し込まれているだけで、自分という心はどこにあるのか見つけられなかった。アイリスは自分自身さえ奪われた、この世界のすべてに怯《おび》えて、顔も上げられずしゃがみ込んでいた。

それをシオンは、アイリスの顔を上げさせ、手を引いて立ち上がらせてくれた。

メイドになってから酷《ひど》い扱いだけを受けていたわけではない。ドーラやエルザのように優しい言葉だってかけてもらえたことはあった。けれどきっと──

この人でなくてはならなかったのだ。

大切な者を残酷に奪われ、ぼろぼろに傷つきながら、それでも怒りと希望と嘆きをすべて抱えたまま、何一つとして捨てることなく歯を食いしばって起き上がる人。

劫火《ごうか》に巻かれるように、シオンの仄暗《ほのぐら》く燃える瞳が、アイリスの心に熱を分け与える。

胸が熱い。血が通った人間みたいに、アイリスの身体《からだ》が熱い。

宝石箱の中に、失くしたくない物が収まっていた。何も持っていなかったアイリスが、
宝物を見つけられたのだ。

アイリスは闘える。

闘う意志が心に宿った。

目指したい道が拓《ひら》けた。

護《まも》りたい人ができた。

アイリスはもう、空っぽなんかじゃない。

◇◆◇◆◇

『ハウス』滞在時間は、生存限界をゆうに超過していた。

今この瞬間にも、シオンたちの辿《たど》る未来は死へと近づいている。

それなのに打開策の目処《めど》も立っておらず、疲労と重傷者《アイリス》を抱えたこの状況は、絶望的と呼ぶのが相応《ふさわ》しいだろう。

「──それがなんだってのよ」

濁りを見せる星幽《アストラル》に全身が軋《きし》み、『ハウス』からの干渉で肉を焼かれるような痛みに苛《さいな》まれる中で、心の底からシオンは焔《ほむら》の如《ごと》き気炎を吐く。

もう無理だから、とやけくそになったわけではない。寧《むし》ろその逆だ、今のシオンには、それくらいで諦めてしまう理由がどこにもないのだ。

──私もこの子も、まだ生きている。

生きてさえいれば、何も終わらず、失われはしないのだ。肉体が動く限り、いくらでも戦える。身体が動かなければ、この燃え上がる魂が、星幽の灯を灯《とも》すだろう。

「絶望なんて、これまで呆《あき》れるほど抱いてきたわ。そんな物の一つくらい、増えた所で今更よ」

たかだか命の危機だという程度の絶望なら、足を止める理由にもならない。

生きていく意味があれば、心は折れない。生きる理由の数だけ、傷つき強くなれる。

──私は、セレスト隊長たちの失われた命を背負って今を生きている。もう私一人の人生は許されない。

人の価値を決められるのは、今を生きる者だけ。失った者の価値を貶《おとし》めないためには、残された者が半端に生きることも、無駄に死ぬことも断じて許されない。

無様に泥水を啜《すす》ろうとも、幾度となく叩《たた》きのめされようとも、死者に恥じぬためには、メイドとして誰よりも、世界で一番気高くあらねばならない。

――私はやれる。

責め苛むようにあれほど訴えていた胸に残されている傷痕の幻痛も、今はもうどこかへ引いている。

シオンの心は定まった。では――

「やれる？　アイリス」

はらはらと涙を落とすアイリスに、シオンは晴れ晴れとした顔と眼でその意思を訊《たず》ねる。

「やれます」

はっきりとそう言ったアイリスの、ガラス玉のようだった瞳に、怯え以外の強い意志がキラキラと灯《とも》っている。

「ははっ」

背筋に喜びが走り、思わず笑ってしまった。

「だったら行くわよ、あなたが私を助けなさい」

アイリスの言葉に嬉しくなっておでこ同士をやさしくぶつけ、シオンは手伝いを頼む。

もう大丈夫だ。アイリスはもうそれまでの、怯えているだけの少女じゃない。

――この子も私も、いつまでも蹲《うずくま》っているわけじゃない。

シオンは力強く、前へ足を踏み出す。

◇◆◇◆◇

——助けなさい。

これほど心を震わせ、魂の早鐘を打たせる言葉があるだろうか。アイリスの心臓が熱く猛《たけ》り、胸が張り裂けてしまいそうだ。

もう心臓なんてあるのか、心がどうだなんて思わない。

——だって、胸の鼓動がこんなに熱を帯びているんだから！

気分は、もう言い訳がきかないくらい高まっている。シオンが人として手を繋《つな》いでくれるから、もうアイリスは自分を化物だとは言わない。ちゃんと人として生きよう。

定まった心に、道は示された。

——わたしの世界から、この人を失いたくない。シオンさんの世界に、わたしは居たい。シオンさんの温かな体温。当たるとくすぐったい金糸の髪。芯のある声。柔らかい唇。力強い指。心を震わす青い瞳。この人を構成する何もかもが、キラキラ眩《まぶ》しいわたしの宝物——だからわたしが、シオンさんを助けるんだ！

もう二度と、この手に摑《つか》んだものを失わないために、自分が為《な》すべきことを為そう。

「降ろしてください」

「あんたね」

両足がないからだろうか、アイリスの言葉にシオンは気づかわしげに眉を顰《ひそ》めた。

「違います！」

そんな風に心配してくれるのも嬉《うれ》しい。けれどそうじゃない。足手まといだから置いて行って欲しいとか、囮役《おとり》を引き受けようとか、そんな後ろ向きの考えはもう捨てた。

「わたしは、もう自分の足で立てますから」

はっきりとアイリスは、自分の言葉でシオンに、自分は戦えるのだという意志を伝えた。

「そう……すぐに追いつきなさい」

言葉を受け、とやかく言わずともわかってくれたシオンはアイリスを降ろし、愛機たるアスターを両手で構えて路地裏の陰の中から走り出る。

「はい！」

アイリスはシオンの背を見つめる。なんて眩しい背中だろう。

その背に追いつき、共に在りたい。そう願うから、自分の足で立ち、隣を走ろう。

ならば、そのための足を、今すぐに創りあげよう。

「『アイリス・ホワイトスプリア』が、拘束を解きます。超弩《ちようど》級《きゆう》メイド拘束、限定破棄——コード『イーリス』！」

魔女にかけられていた呪文を解いて、枷《かせ》であった眼帯を強引に毟《むし》り取る。

拘束具であった眼帯の下に隠されていたのは、青や金が混ざりきらずグラデーションになった、この惑星を瞳に閉じ込めたような、幻想のアースアイ。その美しい虹彩《こうさい》が、縛《いまし》めを解かれて溢れでる星幽によって、輝かしくも妖しい光を放つ。

右目のような力を制限された色ではない。これこそが、アイリスの瞳の本当の虹彩だ。

かけられていた呪いを解いたことで、アイリスの星幽の純度がこれまでと比較にならないレベルで高まり、全身の感覚がより鋭く、無尽蔵の力が溢《あふ》れ出してくる。

拘束状態であっても、杖《つえ》に支えられないとぎこちない外と違って『ハウス』内部ならアイリスが鋭敏に動けていたのは、星幽体であるアイリスがこの『ハウス』にこそ適応していたからだ。

外の世界では星幽の信号によって人形を動かす際に発生するタイムラグが、『ハウス』内でなら汚染すらプラスに働いて精度を増すのである。皮肉なことに生まれた世界ではなく、大嫌いなここでなら自由に息ができた。

そして枷のなくなった今、これまで以上にこの地獄に肉体が順応していくのを感じる。

外の世界ではどのような影響を及ぼすか計り知れないがために大総監《ハウスキーパー》によって課されていた拘束から、アイリスの魂は解き放たれたのだ。

フローレンスの言っていた通りだ。アイリスは決め事なんて破ってしまえる。ルールなんかよりももっとずっと大切なシオンのためなら、出し惜しみなんてしない。

アイリスの星幽が、『ハウス』の汚染を大きく取り込んで、更に活性化していく。

ここから立ち上がり、憧れ《シオン》に並び立つための力を夢想する。

魂から溢れ出る力の奔流に、心のイメージで思い描いた形を与える。

失われていた足で、アイリスは堅い地面を踏みしめ、真《ま》っ直《す》ぐ立ち上がった。

破損した膝から下に、足が生えている。

アイリスは自らの身体である星幽を意志の力で結晶化し、夜闇を白ばませるが如き月白《げっぱく》色の隙間から瞳と同じ惑星色の星幽の光が覗《のぞ》く、甲殻型のヒールブーツの形状をした足を新生したのだ。

核となった人格と記憶が『ハウス』という地獄を生みだすように、アイリスの求める力が形となる。現代式戦闘魔術《アストラルメイドアーツ》とは根本から魔術体系の異なる、アイリス・ホワイトスプリアだけのスペシャルアーツ。人としての人格を有し、肉体を失って星幽まで変質したアイリスに備わった、世界中でアイリスだけが手に入れた力だ。

アイリス自身の足が、地面を蹴る。心の赴くまま軽やかに、アイリスを辿り着きたい場所へと連れていく。

一歩だ。アイリスはその新生した足で、先に踏み出したシオンの背に、たったの一歩で追いつく。

そしてそのまま、シオンの一歩先へ。

前方には、アイリス自身の負の想《おも》いを鏡写しにしたような、人形のメイド。

アイリスとしての一番古い記憶――『ハウス』内に取り残されていた時の無力感と恐怖を思い出すから、思い出にあった人形が怖かった。人の形をしているのは器だけで、アイリスの中身が人間じゃないと突きつけられているようで、立ち向かう足が竦《すく》んだのだ。

入り組んだ人形への恐怖心が、これまでアイリスの目を人形から逸《そ》らさせ続けた。

「わたしはもう、人形なんかじゃない！」

アイリスが咆《ほ》える。

ずっと心細かった。もう人間じゃない自分は、永久にひとりぼっちだと思って、どこにいても世界は真っ暗闇だった。

だけどもう違う。心は浮ついているのに視界がクリアで、生まれて初めて地に足の着いた感覚。想像もしていなかった光差す世界が、アイリスのこれまでを塗り替えていく。

「わたしはアイリス、ソルジャーメイドだ！」

心に灯った希望が、魂を輝ける星の如く燃焼させる。

空っぽの人形ではないのだから、この胸に戦う意味は灯っている。

放り捨ててしまうためでもなく、ただ無意義に執着し続けるのでもない。命の正しい使い方を、この身に確かに在った心で理解した。

生きていた意味はあった。

戦うに足る理由ができた。

白銀の髪を躍らせて、飛ぶように地面を蹴って前へ進むアイリスの目の前に、無数の人形が迫る。

「それがっ、なに！」

アイリスが自分を信じられなくても、シオンがアイリスを人だと信じ、繋ぎとめてくれている。だからもう人形を見ても、少しも恐ろしくはない。

アイリスはその惑星色の眼で、はっきりと敵を見た。

その瞳に捉われた人形は、触れなくとも飛び掛かって来る途上で悉《ことごと》く動きを停止する。

「A?　ぎGギG戯、ァが」

人形は見えない拘束を振りほどこうともがくが、もがけばもがく程に手足や胴体は曲がってはいけない方向に歪《ゆが》む。

「わたしたちの、邪魔をしないで！」

アイリスは心から溢れ出る歓喜の猛りを、惜しみなく敵へぶつける。

「UUUGぎゅ亜亜AAAaっ！」

アイリスの敵は内側へと捩《ね》じ曲がるように圧縮され、光明の渦が中空に泌《し》みだしていく。

それは汚染現象だ。

『ハウス』が『ハウス』へと、地獄的世界を別の地獄で汚染し歪めるための牙を剝《む》く。

内部に立ち入ったすべての生命を汚染し、核の定めた世界の一部へ作り替えてしまう『ハウス』へ、アイリスの精神が逆に侵食し、核たるハーミットの権限の一部を強奪したのだ。

アイリスのこの『ホワイトシスターフッド』から使用を禁じられていた力は、メイドよりもハーミットに近い。これこそアイリスが、どんな姿に変わり果てようとも『ハウス』で命を繫ぎとめ続けていた理由だ。その魔女術よりも原始的な異能によって、異物のまま『ハウス』へのアクセスを可能とする。

禁じられずとも、以前のアイリスはメイドにあるまじきこの力を忌み嫌って、使うつもりなんてなかった。けれどシオンがアイリスを認めてくれたから、この力ももう畏《おそ》れず隠さない。

「どいてよ」

アイリスの異能の発露たる眼で見られた地獄は、光明の渦がそこかしこに広がる。渦はばらけるようにダイヤモンドダストとなって、この世界を燦然《さんぜん》と染め上げる。

奪われ続けた女の子が、悪夢の世界から力を奪う。

ずっと忌み嫌っていたこの力で、シオンのための道を切り拓《ひら》く。

◇◆◇◆◇

襲い来る敵を圧《お》し潰して流出した白い渦がスラムを侵食し、その先で急いで離れようとばたつく敵も光の向こうへと引きずり込んで、渦と一緒に光の粒へと分解させる。

目の前で引き起こされた、新たなる汚染現象。新たにもう一つ『ハウス』が発生したような、肌が粟立《あわだ》つ圧倒的存在感。これがアイリスの本気。彼女だけの力だ。

人の形を真似《まね》た芥物《かいぶつ》たちは美しい光の世界から逃げ惑い、『ハウス』を満たしていた汚染現象すらアイリスの拡張していく干渉を避けようと、彼女の近くから身を引いていく。

「いいじゃない。そうこなくっちゃ」

そんな悪夢の住人さえ恐れを抱くアイリスの下へ、シオンは気にせず駆け寄った。

シオンは速度を合わせ、アイリスに追いつくと隣り合った肩をとん、と当てる。

「ごきげんよう、アイリス。その足素敵ね」

「——はい！　おしゃれ、しちゃいました！」

アイリスはシオンの言葉に一瞬虚を衝《つ》かれた顔をしてから、最果ての地獄で咲き誇る花のようにあどけなく微笑《ほほえ》む。

シオンも同じように笑っていた。

気分は最高だ。仲間と共に前だけ向いてひた走る昂揚感《こうようかん》を、久方ぶりに味わっている。

肉体はきついが、意識は良好。アイリスが『ハウス』を侵食することで、汚染に対する強い防衛効果が発揮されている。アイリスが頑張ってくれているのだから、まだまだこれからだ、とシオンは限界を訴える身体《からだ》に鞭《むち》を打つ。

「どう、アイリス。このまま丸っと喰《く》いつくせる？」

「ぜんぶは無理、かもです！」

「オーケー了解。それじゃあいつも通り、私《メ》た《イ》ち《ド》らしくお掃除しましょうか」

アイリスの力にも限度がある以上、外に出るためにはやはり核を何とかするしかない。

本来のメイド業務に立ち返り、ハーミットを見つけだして倒すしかないだろう。

しかしイレギュラーな二つ目のハウスを前にして、情報はあまりにも少ない。事前の調べもないからには、『ハウス』内の情報だけで寄生された人物像を探るしかない難題だ。

「——だってのに、のんびり考えさせる時間は、くれないってわけね」

がちがちと歯を噛《か》み鳴らす耳障りで不快な声が、スラムのそこかしこから発せられた。

物陰から一体、二体と、次々メイド人形がぎこちないマリオネットめいた手足の動きで姿を見せ、そのどれもがぎゅるんと頭を振って、本物のメイドを《シオンたち》ロックオンする。

アイリスの力への警戒を抱きながらも、それをも凌《しの》ぐ強い敵意をもって芥物が猛《たけ》る。

「シオンさんは私が護《まも》ります！」

シオンの前に出たアイリスが人形の群れに接近して、破裂する前に汚染現象の白渦で黙らせる。

「頼りにしてるわ」

「がんばります！」

アイリスはこの悪夢めいた地獄には似つかわしくない、素直な返事を飛ばす。

二人は群れを相手に駆け抜ける。時に隣に並び、時に背中を合わせ、どちらかに寄りかかるのではなく、互いを助けるために力を合わせた。

一人ではない。本当の意味で、二人は今仲間として戦っている。

前衛になったアイリスが人形たちを抑えてくれる中でかつん——と、靴音が聞こえた。

結晶のヒール同士をぶつけた甲高い音と共に、アイリスから星幽《アストラル》の信号を受け取る。

——視野が広いシオンなら、合わせられるわ。

「はい、ヘイゼルさん——」

頭に響いた声に導かれ、シオンの身体は視線の先のアイリスに自然と動きを合わせる。

──ほらここ、思いっきり叩《たた》くタイミングを見逃さないように。

「ケイト、わかってる」

無駄撃ちはせず、アイリスが取りこぼした人形の頭を射貫《いぬ》く。

──ポジションを切り替えるスイッチはわかる？

「こうだよね、ステラ」

突撃銃《アサルトライフル》から、流れるように防御結界《プロテクト》。アスターのモードを切り替え、アイリスの前に躍り出て爆風と危険物からアイリスの盾となる。

──余力を残すのはいいけど、使いどころを見誤っちゃ駄目だよ。

「出し惜しみはしないわ、フランカさん」

防御結界を解き、ノールックで擲弾《グレネード》を後方に掃射。後ろから迫って来ていた人形の出鼻を挫《くじ》いた。

──大丈夫、シオンならやれるさ。

「はい、セレスト隊長──」

脳裏に浮かんでは消える指示が、余力の尽きかけた疲労困憊《ひろうこんぱい》のシオンの動きを研ぎ澄ましていく。これはすべて記憶の欠片《かけら》。生前の大切な人たちから受け取った言葉たち。

シオンはセレストのようにはなれない。他の誰にもなれはしない。

それでも彼女たちから受け取ったものは、今ここに在る。シオンの中で、受け取ってきた何もかもが今も生きている。

シオンはセレストやみんな――大切な人たちの死を乗り越えるには、過去に背を向け、吹っ切るしかないとずっと思っていた。そうでなければ、心が負った痛みの重さで立ち上がれず、もう戦えないと、さっきまで思い込んでいた。

けれど違った。

悔恨も、怒りも、絶望も。心に渦巻く負の思いは、シオンにずしりと重さを与える。

しかし重くあればこそ、一度定まった気持ちは揺れも倒れもせず、ぶれることはない。

そしてどれだけ重かろうと、背を向けることなく前に踏み出すことはできたのだ。

一切から目を背けず、シオンは何も捨てない。

もう悪夢から逃げたりはしない。

みんなを忘れたくない。

――心に過去を刻め。どうか、この身に解けることなき呪いあれ。

この身に降りかかった大切な呪い《祝福》がこの重たい足を動かすならば、シオンはすべて受け入れてみせよう。痛みも瑕《きず》も、そのすべてを心の炎を燃やす糧とし尽くす。

「ぜんぶ引きずって、私は明日を見るわ!」

みっともない気持ちも、昏《くら》い想いも、全部一纏《ひとまと》めに力に変えたシオンの動きは、恐ろしいくらい華麗にして苛烈であった。

掌《てのひら》が熱い。アスターが火傷《やけど》しそうな熱を放って、突撃銃が悲鳴を上げる。

シオンの星幽が限界を超えて、神経が断裂していくが如《ごと》き痛みを魂に与える。

「それが、どうしたってのよ！」

止まらない。止まったりしない。

アイリスという輩《ともがら》が隣にいるならば、シオンはもう何があろうと立ち止まったりしない。

「オ間、ZぃdAAAAあァ……」

粉砕したメイドの人形が、野太い断末魔の声を上げて散る。

戦闘の流れ弾で壊れた建物の壁は、外側だけを取り繕っていて中身は伽藍堂《がらんどう》だ。張りぼてではあるものの、やはり通りや建物などの形や配置は、外の街並みと一致している。

人形の芥物に張りぼての風景。シオンは限界を無視し、諦めることなく答えを目指す。

シオンが戦闘の合間にも打開策を巡らす中――

「マイク・ベルナルドです！」

アイリスが声を上げて主張した。

◇◆◇◆◇

「はあ？」

シオンの間の抜けた声。それも当然の反応だが、今は急いでわかってもらう必要がある。

「このメイドさんたちの声が、マイク・ベルナルド氏なんです！」

「だからマイク何某《なにがし》って、誰よ！」

掃射し続ける突撃銃の射撃音に負けない響きで、シオンも大声を張り上げた。

「先日のミスター掃《は》き溜《だ》め氏です！」

「何ですって⁉」

二人は迎撃と移動を続けながら、話がしやすい間近な距離までお互いに駆け寄る。

マイク・ベルナルドは、現地調査の際に揉《も》めたギャンググループの一人だ。

「全員警察に引き取ってもらったじゃない」

「マイク・ベルナルド氏だけが現場から逃走したんです。きっとここに逃げ込んで――」

「――核になった？　でもそんな、あいつはついこの間まで外にいたのよ、それが核になるなんて。『十二月のドゥームズデイ』以外で発生したハーミットなんて前代未聞よ、本当にそんなことがありえるわけ？　いや、でもまさかこれが……」

流石《さすが》のシオンも動揺している。その反応も無理はない。世界中に今も尚《なお》恐怖を撒《ま》き散らす『ハウス』だが、その全てが『十二月のドゥームズデイ』に現れたハーミットに寄生されたことで発生した汚染現象だというのが定説だ。マイクが本当にハーミットに寄生されているなら、今ある全ての『ハウス』はすべて『十二月のドゥームズデイ』の時の物、という定説を覆す、控えめに言っても世界中に新たな混乱を生みかねない恐ろしい事例だ。

「それでもわたしは……これが答えだって思います」

アイリスは一緒に生きていくためにこの地獄を終わらせたい、という強い気持ちを籠《こ》めてシオンへと訴える。

「……アイリス、あなたを信じるわ」

前代未聞のイレギュラーへの疑念や混乱もあるだろうに、それらを全部飲み込んで、シオンはアイリスの想《おも》いを受け取り言葉を信じてくれた。

「ありがとう、ございます」

「そんなの当然、でしょ？　それより、よく気付いたわね」

「人形からする声の波長が同じだったから、です。今は力が湧いて、よく聞こえるようになったので」

「波長って、……でも掃き溜め野郎の情報なんて、持ってないわよ」

「捕まった人たちの証言から、少しなら」

「わかるの!?」

さらりと言ってのけたアイリスに、シオンが驚く。

「警察の調書にも、わたし目を通してあります。小さな情報も見落とすなって、シオンさんが言ってましたから」

アイリスはシオンの言いつけを忠実に守って、あの日の調査に関わる些細《ささい》な情報にまで目を通している。それは関係ないと思われた、あのギャングたちについてもだった。情報を頭に叩き込んでいく作業は、毎朝やっていて苦手ではない。

「サイコーだわ、アイリス！」

「はい！」

「それでどうするの、当てはある？」

アイリスは周囲に視線を走らせて、調査の際に見て回ったスラムと一致する建物を幾つか見つける。『ハウス』内の変化は起こり続けていても、核にされたマイクの反映が強い箇所は色濃くそのままの形で残っている。それこそが最深部へ至るための進路だ。

「こっちです」

先導するアイリスが向かったのは、現地調査の時に足を運んだ廃病院の周辺地域が再現された範囲だ。

「マイク・ベルナルド氏は暴力的で、虚栄心が強い嘘吐《うそつ》き。他人を人形扱いして下に置くことでしか自分の立場を実感できない、プライドの高い卑《ひ》怯《きよう》者《もの》。自己保身からくる臆病さから、縄張り意識も強い。なのでマイク・ベルナルド氏を核としたハーミットなら、ギャンググループが支配していた場所のどこかにいるはずなんです」

アイリスは移動中に情報共有するべく、考えを早口で捲《ま》くし立てた。

「だったら決まってるわ。高みの見物ができる高所よ」

マイクは嗜《し》虐《ぎやく》性《せい》がある上に、メイドに激しい恨みを持った精神状態で核として固定されたはずだ。このハーミットもそんなマイクの性質を受け継いで、所属していたギャンググループの縄張りの中でも、安全圏から見ているに違いない、とシオンが断言する。

「着きまし、わっ!?」

アイリスの推論は正解だった。正しいルートによって、この『ハウス』における最深部へと到着。縄張りに侵入するや否や、区画を埋め尽くすメイド人形の塊が出迎えに現れた。

耳をつんざく怒号は大気を震撼《しんかん》させ、地を蹴る数多《あまた》の足が『ハウス』を揺らす。

「メイドもどきが盛り上がってくれちゃって。フィナーレも間もなくね」

シオンはシニカルに言ってのけるが、押し寄せる総数はこれまでの比じゃない物量だ。

臆病者らしく、自分を守るために大量に配置していたのだろう。その上二人を追いかけてきたメイド人形も背後から迫り、この一画に雪崩《なだれ》の如く憎悪の爆弾が集結していく。

決着の時間までもう僅か。このままいけば殺到してきたメイド人形による雪崩と大爆発の交響曲によって、シオンにもアイリスにも消し炭一つ残らない死が待ち受けている。

「いい、アイリス。マイク・ベルナルドの情報を多く有しているのはあなた。だから後はアイリスが決着をつけるのよ」

押し寄せる憎しみの土砂崩れを前に、シオンがきっぱりと告げる。

「私の命はあなたに預ける。その邪魔をする奴《やつ》は、私が何があろうと止めてみせるから……行って！」

「わたし、シオンさんを信じてますから……行きます！」

シオンの熱い言葉を胸に、アイリスは地面を蹴り割って、星幽の光を伴う白き両足で空高くまで飛翔《ひしょう》する。

地上に残ったシオンはアスターを地面に突き立てる。シオンのアスターの各部機構が展開し、装甲が蓋を開く。内部から顔を覗《のぞ》かせたのは、現代式戦闘魔術《アストラルメイドアーツ》の宿った小型誘導弾《マイクロミサイル》。

「かかってきなさい、ミスター掃き溜め。みんなまとめて相手してあげるわ」

シオンの星幽《アストラル》によって点火され、誘導弾が複数発射された。誘導弾は現代式戦闘魔術によって、青い光の線を引きながらシオンの思う通りに全て個別に誘導され、それぞれの目標へと到達する。

誘導弾は次々と接近していたメイド人形を的確に直撃し、スラム街に無数の爆発がタイミングを少しずつずらしながら次々と花開く。

誘導弾を食らい爆散して飛び散ったメイド人形の手足が、別のメイド人形に突き刺さり、更に爆発が連鎖する。

メイド人形の位置取りと膨張の進み具合、反応や行動の予測。それらすべてを見通していたシオンによる、各誘導弾の直撃までの時間差まで計算に入れた攻撃。シオンは戦場を支配し、誘爆まで含めて全域のメイド人形の撃破と足止めを一人で行ってみせたのだ。

「凄《すご》い」

眼下に広がる爆発が生んだオーケストラに、アイリスは感嘆の声を上げた。星幽の純度も限界であるだろうにシオンがやり遂げてみせたのは、工兵《ランドリー》と狙撃兵《チェインバー》の現代式戦闘魔術を組み合わせた、メイド・オブ・オールワークの絶技。

「わたしも、やらなきゃ」

空高くまで跳躍していたアイリスは、ギャングの縄張りの範囲内に聳《そび》える高い建物の屋根や屋上の一つ一つの隅から隅まで視線を走らす。

「いた！」

視界の中に、螺旋状《らせんじょう》にひん曲がった白いマイクを核としたハーミットを見つけた。

「そこは――」

アイリスは目を見開いた。ハーミットが見晴らし台に選んでいたのは、あの星幽の流星をシオンが見せてくれた屋上だ。

それに気付いた瞬間、嫌悪感と激流のような心の熱がアイリスの中で渦巻いた。

「――やめてよ……そこは、わたしとシオンさんの――宝物、なんだからっ！」

――シオンさんは、わたしの手を簡単に取ってくれる。寂しくて震えていた心が求めていたものを、ぜんぶくれた。

アイリス・ホワイトスプリア――混じりものの白いアイリス。

ビトゥイーン――両方の性質を兼ねた中間。

人でなく、メイドにもなりきれず、ハーミットとも違う。アイリス自身が、自分を何者にもなれない虚《うつ》ろな化物でしかないと思っていた。

けれどシオンが選んでくれた。彷徨《さまよ》える苦界《くがい》から、アイリスの手を取って孤独の外へと引っ張り上げてくれた。

輝かしい世界を失わないために、アイリスは戦う。

アイリスは高く飛びきった先でくるりと上下反転し、空を描いた天井に着地。間髪容《い》れず天井を蹴り抜く程の星幽の爆発力でもう一度、今度は地面へと向かって飛んだ。

落下の方向を定め、標的であるハーミットを目指し、超高度から隕石《いんせき》と見紛《みまが》う超高速でメイドが空を走る。

「めぇいぃどおおおおおおおおおおおお!!」

アイリスの接近に気付いたハーミットは、ごりごりと体の螺旋を更に捩《ね》じりながら、精神を侵す不快な怒号を上げた。

螺旋の内からぎちりと腕を伸ばし、空に居るアイリスへと手を掲げる。

その腕は瞬《まばた》きの時間すら必要とせず、まったく別の形状へと一瞬で変貌していた。

それはスラムで懐《ふところ》に忍ばせていた銃にして――大きく強大な姿はまるで星幽兵装。

マイクの獣性とメイドの象徴がここに合わさり、怨讐《おんしゅう》の武器が誕生した。

「クかかっ」

マイクの顔にあたる部分の口角が吊《つ》り上がる。銃口からは弾丸ではなく濃縮された汚染現象の塊が、星幽兵装《ブルーム》の弾速をも凌《しの》ぐ速さでアイリスへと連射された。

「――来て」

アイリスは逃げない。この異界の一部に滞留しているアイリスの汚染支配によって生まれたダイヤモンドダストを落下中の眼前に結集させ、数多の色の螺旋が混ざり合う渦へと転じさせ、飛来して来た汚染の魔弾《バレット》を、盾となった光の渦で一つ残らず飲み込んでいく。

そして膨大なエネルギーを喰《く》った分だけ、この『ハウス』の支配域を更にアイリスの手中に収めた。

人ならざる力をどれだけ行使しようと、問題はない。シオンの存在が楔《くさび》となって、アイリスを化物ではなく人の領域に繋《つな》ぎ止め続けている。

「もうわたしから、奪えるなんて思うな」

奪われた昨日までを取り戻そう。本当の身体《からだ》も、心も名前も、シオンが一緒なら地獄の底からだって見つけ出せる。

たとえそれが一つも見つけられなくとも、シオンさえいてくれたらそれでいい。シオンとの明日を、生きて築いていきたい。

過去も未来も、今のアイリスなら希望を信じられる。この身を嘆き悲しむのにはもう飽きた。

目覚めた心が、アイリスを衝《つ》き動かす。生まれた願いが背を強く押す。

溢《あふ》れだして止まらない心の赴くままに、取り込んだエネルギーまで全部、納刀された刃へ注ぎこむ。

「あああああああぁ！」

魂が叫んでいる。

アイリスという人間の産声だ。

アイリスは咆哮《ほうこう》を上げながら、アヤメキメラを抜く。

惑星色の刃がその螺旋の身に遺《のこ》されていた憎悪ごと、距離も防御も汚染も無視し、核と『ハウス』を纏《まと》めて一太刀で両断する。

◇◆◇◆◇

今度こそハーミットをすべて滅ぼし、ここはもう地獄ではなく、本来のアパートメントの一室だった。

業務を完遂し、生存も果たした。シオンは悪夢的な異常性の欠片《かけら》もない、何の変哲もないコンクリートの床であることを背で感じながら、現実への帰還を噛《か》みしめるように横になっていた。

星幽を酷使し過ぎて立ち上がるだけの体力も残っていないシオンの隣に、アイリスがころんと転がる。戦闘時に創りだしていた白い足も解け、両足を失《な》くした姿で横にいる。

「狭いわよ。わざわざ隣に来ることないでしょ」

「えへへ」

アイリスは壮絶な仕事の後とは思えないくらい、無邪気に笑っている。そんな微笑《ほほえ》み方をされてしまったら、注意する気も失《う》せようというもの。

「もう、仕方ないわね」

生きている。二人揃《そろ》って生き残れた。生存限界を超過してのハーミットとの連戦を、たった二人でお互い欠けることなく勝利したのだ。けれどそれを奇跡や運だけとは思いたくない。これまでの縁のすべてがそうさせてくれたのだ、とシオンは思っている。

　そして当然それに気付かせてくれたのは、隣のアイリスだ。ただ素面《しらふ》でそれを本人に伝えるのは、照れくさいから言ってやらない。

「あっ！」

　ずっとそんな可愛《かわい》い顔して笑っていればいいと思いながら眺めていたら、アイリスが急に大声を張った。

「何よもう、びっくりするわね」

「……あうぅ、怒られてしまいます」

「はぁ？」

「勝手に眼帯を外してしまったので、フローレンス様に怒られます……」

　あれだけの力だ、それもそうだろうと納得する。

「ふふっ」

「シオンさん？」

　突然笑いだしたシオンに、アイリスが不思議そうにする。

　あんなに堂々と左目を使っていたのに、今は慌てふためいているアイリスが微笑ましかった。

「ああ、そう……いいわ、それくらい。私も一緒に叱られてあげるわよ」

「い、いいですよぅ」

「遠慮してんじゃないわよ今更。私とアイリスは一蓮托生《いちれんたくしょう》の仲でしょ？」

　あれだけ言い合い、助け合った仲だというのに、まだそんな水臭いことを言うアイリスに、全身が痛い上に疲労と眠気に襲われていて、つっけんどんだが本音が口をついた。

「なか、わたしたちはいちれんたくしょう……の仲！」

「……な、なによ、悪い？」

　言葉を反芻《はんすう》しているアイリスに、シオンは口を滑らせたかと気恥ずかしくなってくる。

「悪くないです！　ぜんぜんです！　私とシオンさんは、一蓮托生ですもんね！」

　アイリスは疲労が吹き飛んでしまったようなハイテンションで、その眼を輝かせている。

　何やら話題を変えた方がいい気がして、眠気と戦いながら回した頭にふと閃《ひらめ》く。

「……そういえば、一番美味《おい》しいものはなにかって前に話したこと、憶《おぼ》えてる？」

「ふふっ、ふふ……ふぇ？　しました、ね？」

「一番の美味は、勝利という美酒を大切な仲間と分かち合うことよ」

「わあっ。わたしの一番も、それにします。それが好きです！」

　アイリスはぱあっと花が綻んだような満面の笑みで、嬉《うれ》しそうにギュッと抱き着いてきた。

　結局墓穴を掘ってしまったようで、じゃれついてくるアイリスを痛む身体で押し退《の》けようかと思ったが、やめた。

　怯《おび》えることなくふざけているアイリスの姿が、シオンは心の底から嬉しかったのだ。

　シオンはアイリスの温度を感じながら、疲れ果てて重たい瞼《まぶた》を閉じた。

裏幕

『ホワイトシスターフッド』ロンドン本部の静寂な夜の廊下を、人の足音と小さな車輪の回る音が、闇の中に掻《か》き消えるような隠微さで進む。

負傷者を乗せたストレッチャーを、一人のメイドが押していた。廊下には他にどんなメイドの姿も見えず、彼女は急ぎ足で運んでいる。

しかし怪我人《けがにん》を運んでいるはずの彼女が進む先に、本来向かうべき医療棟はない。

彼女はロンドン本部から、このストレッチャーの上のメイドを連れ出そうとしている――それも非合法な手段でだ。

結界によって隔離された本部と外界を繋ぐ、唯一の出入り口である正門。その正門を使わずに外に出る算段が、このメイドにはあるのだ。

――失敗した。この私の計画なのに……必ず上手《うま》くいくと決まっていたのに！

そのメイドがストレッチャーを摑《つか》む手は腹立たしげに強く、その精神は激しく憤《いきどお》っていた。

――シオン。すべてはあの女の所為《せい》。下賤《げせん》な死にぞこないごときがこの私の邪魔をッ！

彼女がこれほどまでに怒りを露《あら》わにしているのは、入念に準備しておいた計画が何も知らない無関係な一メイドによって、すべてご破算になってしまったからだ。

不快で汚らしい下賤なスラムにまでわざわざ足を運び、手間暇かけて『ハウス』に細工を施したというのに、掃滅業務《クリーニング》を前にしてギャングが『ハウス』内に侵入してしまうなんて計算外だった。それもこれも、シオンが事前にスラムに出向いた所為だ。

完璧だった計画が崩れたことが許せず、シオンへと呪詛《じゅそ》の念を抱かずにはいられない。

――落ち着け私。計画は挫《くじ》かれたが、私は失敗から成功を摑んだのだから！

何もかもが上手くいかなかったわけではない。確かに計画は不測の事態で破綻してしまったが、リカバリーの結果今こうして次の計画へとスムーズに事態は好転している。

――そうだ。私にならできる。私の行いが、来《きた》るべき未来を作るんだ。

危険な重責を担い、世界の選択が自分にかかっているという事実に思いを馳《は》せれば、気持ちが昂《たかぶ》らずにはいられない。

――そうだ、私は見た。あの力こそ正《まさ》しく、神の器たる片鱗《へんりん》。私は神が齎《もたら》す新世界の一端をこの目で垣間見《かいまみ》た！

視線を落とした先に、奇跡の存在がある。

ストレッチャーに横たわる、人形のように眠らせた神の器。本来なら畏れ多くて触れることも躊躇《ためら》われる、しかし我らの所有物にして『ホワイトシスターフッド』の新たな光。

入口を塞いで『ハウス』外から観測していたが、星幽《アストラル》の純度や汚染の変異指数が異常な数値を叩《たた》きだしていた。真に尊ぶべき神の力の断片が行使されたのだ、と感動を禁じ得ない。

——ああ、神よ。この敬虔《けいけん》なる使徒に祝福を……

本来の計画は失敗してしまったが、神の器たる献体X《アイリス》を手中に収めさえすれば、失態も帳消しになり称賛をもって迎え入れられるに決まっている。

誰に見られたところで疑われないだけの立場と信用は築いているが、念には念を入れて人払いの魔女術と認識を歪《ゆが》める隠蔽術式のメイド兵装を複雑に使用している。これで誰にも見られることなく、神の器を手にこのまま姿を晦《くら》ませられる。

神の器を奪取したこれからは、最早《もはや》小細工など弄する必要さえなく、『ホワイトシスターフッド』に真の未来が訪れるだろう。

——私が成し遂げたんだ。

崇高な未来を作り出す計画の最も大きな部分を担った使命感と達成感で昂揚《こうよう》する気分が、大切な献体Xを運ぶ足を捗《はかど》らせる。

しかし、急ぎロンドン本部から離れようとしていた足を、止めざるを得ない瞬間が訪れた。

「アイリスを連れてどこに行くつもりですか、フィーリア・ウィード」

直線の廊下の真《ま》っ直《す》ぐ先に、希望の未来を阻むようにして一人のメイドが立っていた。

「……シオン」

廊下の照明がスポットライトのようにその美しい立ち姿を浮かび上がらせ、認識阻害をまるで無視した忌々しきシオンの青い目が、フィーリアを刺し貫くように睨《にら》んでいた。

◇◆◇◆◇

ガタつく身体を奮い立たせ、シオンはフィーリアの前に立つ。

「業務後でお疲れのように見受けますが、私に何か御用ですか？」

フィーリアは目の前に立ち塞がったシオンに対して、顔色を変えずそらとぼけるような言葉を口にした。

「もう言ったけれど、聞こえなかったのかしら？」

それが気に入らないシオンが嫌味で返せば、フィーリアの眉間に僅かに皺《しわ》が寄る。

「私はアイリス・ホワイトスプリアの担当医ですよ」

「答えになっていないわね」

「そちらこそ、何度も私からは話せることはないと、教えて差し上げたはずですが。私を担当に命じられたのは大総監《ハウスキーパー》であるフローレンス様です。その意味をいい加減ご理解なさってはいかがですか？」

フィーリアはシオンの問いにはまるで答えず、フローレンスの名をチラつかせてきた。

「その名前を出せばしらばっくれられると思ってんじゃないわよ」

炎を吐き出すように、言葉が怒りの感情を帯びて口をついた。シオンはフィーリアに対して、それだけ腹に据えかねている。

「まさかご理解いただけないとは……私は急いでいます。貴方《あなた》もアイリス・ホワイトスプリアのことを本当に考えているつもりなら、これ以上無益な時間を使わせないでください」

怒りを見せたシオンに呆《あき》れたように目を眇《すが》め、話は終わりだとばかりに一方的に打ち切ったフィーリアは、ストレッチャーを押してシオンの脇を通り過ぎようとする。

「『ハウス』に手を加えたのはもうバレているわよ、フィーリア・ウィード」

シオンの言葉に、立ち去ろうとしていたフィーリアが、ピタリとその場で固まった。

「……何か誤解してらっしゃるようですが、私ではありませんよ」

フィーリアはその顔に能面のような無表情を浮かべ、重たい口ぶりでシオンの言葉を否

定した。

「疑問もなしに否定するなんて、『ハウス』に手を加えられていたことを知っているのね」

「そんな、それは揚げ足取りであって――」

「フィーリア・ウィード。崇高なりし白百合《ソロリティ》の学舎第四十期中退。現在は工匠《スティルルーム》として工房《アトリエ》に配属。星幽純度の優秀さから特別に目をかけられ、大総監の一人であるミロスラヴァ・ロードアイビー様の養子候補となるも、制御系に難があり過剰出力によって戦闘持続能力がないことが露呈した結果ソルジャーメイドの道を断たれ、養子候補からも外される。その経歴から、クールな仮面で取り繕っているがソルジャーメイドに対して嫉妬と劣等感を抱き、工匠としてそれなりの評価を得ていながら、その評価にも自分が工匠である

ことにも満足していない。そして何より自分を一度は認めながら捨てた大総監たちへの強い怨《うら》みと、誰かに自らの優秀さを認められたいという強い承認欲求を抱えている。掃滅業務への妨害やアイリスの誘拐と出奔……大総監の面子《メンツ》を潰し、工匠としてではなくフィーリア・ウィードとして渦中の人になるのはさぞや満たされることでしょうね」

「パパラッチのように人の過去をほじくり返すのが、随分とお上手なようですね。ですが見当違いなプロファイリングに私を当て嵌《は》めて、それで身柄を拘束する大義名分にでもしようと思っていらっしゃるなら、学舎《ソロリティ》からやり直すことをお勧めいたしますよ」

シオンがつらつらと述べ上げた個人情報と推測に、フィーリアは瞼をひくひくと痙攣《けいれん》させながら、シオンに嫌味で返してくる。本人は表情に出していないつもりなのだろうが、細かに観察するまでもなく頭にきているのは一目瞭然だ。

「認めないのね」

「当たり前だわ、そんな妄言誰が耳を貸すものですか。メイド・オブ・オールワークなどと持て囃《はや》されて人を見下し馬鹿にしているお前こそ、高慢ちきの愚か者と知りなさい！」

苛立《いらだ》ちを抑えきれなかったフィーリアは、シオンを罵倒しながら推測を強く否定した。

「……ジェファーソン家に何度も足しげく通ってらっしゃったわね」

「妄言はいい加減にしなさいと言ったばかりでしょう！　妄想は大概にして仕事の邪魔をするのを止《や》めて下さらないなら、こちらがフローレンス様に報告させてもらいますよ」

フィーリアは最後通告とでもいうように、大総監の名を再び口にして黙らせにきた。しかしシオンは黙らない。

「もうとぼけなくていいわよ。あんたに摑みかかった時に、発信のマーキングを付けさせてもらって、証拠として全部記録してあるから」

「っ」

シオンの言葉にハッとした顔をしたフィーリアが、自身の襟元に思わず手を伸ばした。

シオンは最初に話を聞きに行ったその時にはもう、フィーリアを疑っていた。だから怒って摑みかかった時に、星幽による位置情報の発信機代わりの現代式戦闘魔術《アストラルメイドアーツ》を密《ひそ》かにフィーリアに仕込んでおいたのだ。

その位置情報によって、フィーリアがジェファーソン家の『ハウス』があるアパートメントに何度も足を運んでいたという証拠が上がっている。そしてアイリスと一緒に行った調査活動の時に、『ハウス』の前で何か行《おこな》っていたとみられる、フィーリアの星幽の残留もシオンは見つけていた。

「嘘《うそ》よ、私が仕掛けられただなんて、そんな、それじゃあ――」

「どうやらまったく気付いてなかったようね」

「――」

ふん、と鼻を鳴らして言ってやったシオンを、フィーリアは言葉を失い物凄《ものすご》い形相で睨んでいた。

「嘘だ。どうしてこの私が。なんでそんな児戯《じぎ》に気付けなかった。どこで間違っていた。

私が間違っていた？　いつ、どこで、何が悪かった？　私が悪い？　こんな女なんかに、選ばれし使徒である私が負けた？　そんなの許されるわけがない。だっておかしいじゃない、誰よりも優秀なのよ、私はっ！」

わなわなと肩を震わせ顔を両手で覆いながら、フィーリアは自身の落ち度が認められないようで、延々否定の言葉を自身のために呟《つぶや》いている。

「フローレンス・ロードシンビジウムでさえ騙《だま》しおおせたこの私がっ、きっ、貴様如《ごと》きのソルジャーメイドなんかにっ！」

それでも現実は否定できず、上手くいかなかった怒りの矛先はシオンへと向けられた。

「まだわかってないのね」

未《いま》だ喚《わめ》くフィーリアの察しの悪さに、シオンは溜息《ためいき》を吐《つ》く。

「私がなにをわかっていないと？　この私は、フィーリア・ウィードは――」

「私にあんたの内偵を命じたのは、そのフローレンス様よ」

「……え？」

シオンの言葉に、フィーリアは一瞬呆然《ぼうぜん》とした。

「嘘よ、だって、そんな、あの女いつから」

それから表情を歪めると、頭を掻きむしるようにして髪を掴んで自問自答していた。

◇◆◇◆◇

「――さあ、私にとっても、貴女《あなた》にとっても……大切なお話をしましょうか」

アイリスと公園で話をした日、シオンは自室を開けたはずが執務室へと招かれていた。

「シオン、これは貴女にしかできない仕事。そして、それだけが貴女の望み《怒り》の答えよ」

そこでフローレンスから与えられたのは、極秘の任務。

それはフィーリアを対象とした、『ホワイトシスターフッド』への背信者の内偵だった。

すなわちそれよりも前から、既にフィーリアはフローレンスから疑われていたのである。

フィーリアがアイリスの担当医に抜擢《ばってき》されたのは、餌に近づけることで泳がせてぼろを出させるため。そしてアイリスの掃滅業務にも、彼女に対する罠《わな》が仕掛けてあった。

ジェファーソン家の『ハウス』掃滅業務は、それこそフローレンスの采配によって秘匿事項になっていたのだ。それゆえ事前にアイリスが業務を行う『ハウス』を把握できていた人間は、ごくわずかに限られる。そんな所にそれ以外の人間がのこのこ顔を出していたことが観測されれば、言い逃れのしようはない。

当然フィーリアには与えられていなかった情報だ。

◇◆◇◆◇

「端《はな》からあんたは、フローレンス様の掌《てのひら》の上だった」

「うぅ」

フィーリアはシオンに教えられた事実が、よほどショックだったのだろう。自分はフローレンスさえ出し抜けるほどに優秀だというなけなしの拠《よ》り所《どころ》を失い、眩暈《めまい》を起こしたように額を押さえてその場でふらついた。

「あんたの言う通り、私のプロファイリングに誤りがあったのを認めるわ」

「うぇ？」

「事実を指摘すれば、詰んでるかどうかくらいすぐわかるって思ってて悪かったわ」

「っ――」

シオンの痛烈な皮肉に、フィーリアは目を見開いて絶句した。

「大人しく投降なさい、フィーリア・ウィード」

フィーリアはもう終わりだ。シオンが知り得た情報は、フローレンスにも既に伝えてある。もはや彼女に逃げ場はなく、『ホワイトシスターフッド』に反旗を翻したその所業は決して許されることはないだろう。

「まさか人為的災害だったなんてね。どうやって新たにハーミットを『ハウス』内に用意したのか、ハーミットは何なのか……全部お教え願おうじゃないの、パブリックエネミーさん」

『ハウス』の前の残留星幽《アストラル》から、何かアイリスを狙って仕掛けてくるとは考えていたが、新たなハーミットを用意されていたのはこの目で見ても信じられなかった。

だがフィーリアの犯行によって、ハーミットの出現に人為的な介入が可能であることが発覚した。ハーミットが何なのかを解き明かす上で、彼女は重要な証言者となるだろう。

「……ちがう……間違っているのは……世界の敵は、お前たちだあああああ！」

愕然《がくぜん》とした様子で震えていたフィーリアが、髪を振り乱し半狂乱で叫び出す。

「シオン……ただの一メイド風情がっ！　ゴミのような死にぞこないが、崇高なる未来が齎《もたら》される邪魔をしたぁ！」

フィーリアは企てを阻止した上に真実まで暴いたシオンへ、怨嗟《えんさ》と憎悪をぶつける。

「はあ？　逆ギレしてんじゃないわよ……キレてんのはこっちよ」

対照的にシオンは静かに怒る。フィーリアはアイリスやセレスト――シオンの大切な人たちに手を出した。

その怒りは激しく、今すぐこの手で殺してやりたいくらい身体《からだ》を内側から焦がす怒りの炎を、より大きな憎しみという名の理性で抑え込んでいるだけだ。

「シャンバラの智慧《ちえ》を持たぬ愚かなシオン。この選ばれし私がお前程度の愚か者に、投降するわけがッ、ないだろ！」

激昂《げきこう》しながらも、フィーリアは口角を上げて、勝ち誇るように歪《ゆが》んだ笑みを浮かべた。

次の瞬間、フィーリアの姿がフッと消える。姿も気配も星幽も、忽然《こつぜん》と消失したのだ。

「奥の手のつもり……だったんでしょうけど」

シオンは手の内に隠し持っていた、チップ状の装置を折る。

するとと再びフィーリアの姿が、シオンの目の前に現れる。

「はっ？　なんで、こんな……お前が？　お前っ何をしたァ！」

事態を受け入れられず混乱しながらも、シオンが奥の手を潰したことに気付いたようだ。

「あんたの行動は、筒抜けだって言ったでしょう」

シオンはフィーリアが工匠だと見抜いたことによって、彼女が上に報告することなく五感と星幽を欺《あざむ》く迷彩術式のメイド兵装を開発していたことまで探り当てた。そしてその迷彩術式の不備を見抜き、外部解除装置を用意しておいたのだ。

「メイド・オブ・オールワーク……なんでお前が、なんで私じゃなく、お前なんかが」

工匠の自分がメイド兵装の不備を見抜けなかったことに気付いたフィーリアは、憎悪や狂信が抜け落ちてもう立ち上がって抵抗する力もなくへたり込んだ。

「……変えられるはずだったのに、ぜんぶぜんぶひっくり返って、私がみんなに敬われて見下されない、私たちの世界が……私たちのその神の器さえあれば、私も、神を……ぐっ」

「おい」

すっかり憔悴《しょうすい》して譫言《うわごと》を呟くフィーリアの襟元を、力任せに摑《つか》んで立ち上がらせる。

「アイリスはお前らの都合のいい道具なんかじゃない。私の大切な人にまた手をだしたら……」

「ひぅっ」

烈火の如き青い目に睨《にら》まれたフィーリアは、その銃口を額に突きつけられたような剝《む》き出しの殺意を前にして、恐怖のあまり口を噤《つぐ》んだ。

「ふん」

もはや怯《おび》えて震えるだけのフィーリアを雑に放り捨て、シオンはストレッチャーへと視線を向ける。

アイリスは足を失ったままの姿だが、眠らされているだけで無事だ。

何も知らず寝息を立てているアイリスの姿に、シオンは安堵《あんど》して頬を緩めた。

◇◆◇◆◇

静かに揺れていた蠟燭《ろうそく》の火が、フッと立ち消える。

フィーリアは約束の場所には現れず、存在反応も途絶した。星幽から追うこともできなくするほどの手練《てだ》れとなれば、いずれかの大総監《ハウスキーパー》を敵に回したことになる。

「献体Xにハーミットを宛《あて》がえなかったけれど、イリュミネーの光は一つではない」

火の消えた蠟燭は、たったの一本でしかない。火の灯《とも》った蠟燭はまだ何本も健在で、煌々《こうこう》とその身を燃やしている。

フィーリアが失敗したとて、他に幾らでもやりようはある。

現に同時進行で進めているもう一つの企ては、順調に進んでいる。

「……けれど、同じ人を愛する者同士で争うことの、なんと悲しいこと……」

終幕　花のメイドに祝福を

「回復おめでとうシオン」

フローレンスからシオンへ、祝福の言葉が贈られる。

「ありがとうございます」

呼び出された本部執務室で、シオンは労《ねぎら》いに対して綺麗《きれい》なお辞儀をしてみせた。

シオンはアパートメントでの掃滅業務《クリーニング》を終えてからしばらく、本部の医療施設に入院を余儀なくされた。

長時間の戦闘によって星幽が濁りきっていた上に休まずその体を酷使してフィーリアの捕縛に向かったことによって、心身に対する汚染も重篤域となっていたのだ。治療と休息をしっかりとって、今はようやくメイドとして振る舞えるまでに戻ったのである。

「いい仕事だったわ」

フローレンスからお褒めの言葉を与《あずか》る。彼女が言っているのは『ハウス』の掃滅業務内容ではなく、アイリスを護《まも》りフィーリアを生きたまま捕まえたことだ。

「フィーリアはなんと？」

「まだよ。鳴かせるには、それなりの時がかかるでしょうね」

「フローレンス様をもってしてもですか？」

「無理に口を割らせれば、精神が自壊するトラップが組み込まれている可能性だってあるもの。今は敵の尻尾を掴んだだけでもよしとしておきなさい」

「敵、ですか……フィーリアの後ろで、糸を引いていた者……」

「そう。『ホワイトシスターフッド』を内側から蝕《むしば》む、悪性腫瘍――」

秘匿事項の情報源。新たなハーミットを用意した方法。ロンドン本部からアイリスを連れて抜け出る方法。どれ一つとしてフィーリア単独で思いつき実行できたとは考えられない。

彼女の暗躍の更に裏には、その心の隙間に付け込んで利用した何者かがいるはずなのだ。

「私がすることは一つ。誰であろうと、『ホワイトシスターフッド』に――我らが主人たるサナト様に仇《あだ》なす癌《がん》は、そのすべてを世界から根絶しなくては」

こわい声で、フローレンスは告げる。フローレンスは真に敵の殲滅《せんめつ》を望んでいるのだ。

「『博物館《ギャラリー》』にも、その連中が関与していたというのも事実なのですね」

「最初に教えてあげたでしょう。でなければ、あのセレストが死ぬわけがないもの」

『博物館』で起きたメイドたちが総崩れとなるほどのイレギュラー。それらがすべてフィーリアが属しているグループの仕業だと、シオンは聞かされた。

「フローレンス様は何故《なぜ》私を？」

最初に話を持ちかけられた時シオンは二つ返事で役目を承ったが、裏切り者を炙《あぶ》り出すためにアイリスを表に出すにあたって、シオンを選んだ理由はまだ答えてもらっていない。

「わからない？」

「皆目」

シオンの経験も功績も、フローレンスに特別目をかけられる程だったとは思わない。

「それはね、シオン。貴女が絶対に私の敵に回ることがないという確信があるからよ」

フローレンスはシオンの目を見つめ、その最奥まで覗《のぞ》き込むようにして語る。

「シオン、貴女はもう『ホワイトシスターフッド』にも私たちにも……サナト様へさえもその忠誠が薄れている。それだけセレストが——失った者たちが心の一番大事なところに根差して今の貴女を形作っている。貴女の心を占めているのは、激しい憎しみ……けれど、そんなシオンだからこそいいのよ。貴女の怒りは絶えることはなく、亡くなったセレストたちを裏切ることはない。失われた憧れに、背信することなどできはしないの」

シオンが陥った在り様が、フローレンスにとっては都合がよかったのだ。全てお見通しだとばかりに語るフローレンスの言葉に、シオンも否やはない。

「自身の望みのためならなんだってできるから、なんにだってなれる。私の可愛《かわい》いたった一人の魔女狩り《メイド・オブ・オールワーク》」

魔女たちの中にあって、裏切りの魔女を追い立てる魔女。フローレンス直轄の部下にして、メイドを監視するためのメイド。公にはできないただ一人の特別監督官。それが魔女狩り《メイド・オブ・オールワーク》のシオンだ。

他のメイドには正体を隠し、疑いの目を同胞に向ける。かつての理想とは程遠いこの仄《ほの》暗《ぐら》い道を、大総監に逆らえないからではなく、シオンは自らの意思で選択した。

「私はセレスト隊長を――みんなを殺した者たちを許さない」

シオンはどんな険しい道であろうと、部隊の仲間を殺した連中を見つけ出すまで止まれない。胸に灯った怒りの炎が、今も焦がれるように憎しみの矛先を求めている。

「それでよくってよシオン。貴女《あなた》は貴女のまま、その望みのために働きなさい」

シオンから漏れ出る劫火《ごうか》のような星幽に、フローレンスは満足気に頷《うなず》く。

「しつれい、します。ごきげん、よう！」

そこへそれまでの張り詰めた重い空気を壊すようにドアが開かれると、聞き慣れない元気な挨拶の声。別件で呼び出されたアイリスが執務室へとやって来たのだ。

目線を向けるとぱあっと笑顔が花咲いて、シオンの隣へちょこんとアイリスがやって来て並んで立つ。杖《つえ》を突く彼女は壊された両足が修復され、すっかり元通りの綺麗な姿だ。

「あらあらまあああ」

そんな二人の姿にフローレンスは頬に手を当て、目尻を下げてにやついている。

「何ですか」

シオンはアイリスの呼び出しとなれば、それはアイリスの秘匿していた力の無断使用の件だと判断し、叱責への盾になるつもりであったというのに、実際にフローレンスから向けられてくるのは、生暖かい視線。

顔を顰《しか》めるシオンの隣に寄り添うような近さで立つアイリスの姿を見て、偉大なる大総監にして威厳あるはずのフローレンスが、これまで見たことないくらい破顔していた。

互いの距離が近づいた二人の姿が、そんなにも嬉《うれ》しくってしようがないらしい。シオンとしてはフローレンスの含みを持たせた親愛の視線に頬が熱くなり、少々腹が立ってきた。

「フローレンス様は、どうしてアイリスを決死兵《ビトウィーン》に任命したのですか」

気恥ずかしさから、大総監相手に失礼を承知でぶっきらぼうにシオンは訊《たず》ねる。

シオンとアイリスを組ませた理由は承知したが、新人メイドとしては十分に強く、その上特別な存在だったアイリスを、わざわざ決死兵に充《あ》てた理由がさっぱりわからない。

「その方が、シオンは躍起になってアイリスのことを考えるでしょう?」

「そんな理由で……」

フローレンスにあっけらかんと返された予想外の答えに愕然として、シオンは間抜け面を浮かべてしまう。

「やっぱり貴女たち二人にして正解だったわね」

呆《ほう》けたシオンを尻目に、フローレンスは自身の手腕にうんうんと満足げに頷いている。

「ど、どういうことです?」

言葉を失うシオンの代わりに、アイリスがおずおずと聞いた。

「シオンの炎を秘めた想《おも》いの強さが、アイリスをこの世界に繋《つな》ぐ楔《くさび》に。そしてそれはシオンにも同様。アイリスの痛みを知れば、シオンは独りでその身を焼き尽くしてはいられない。互いが互いにとって、明日を思い浮かべられる意味になればと思っていたわ。それと

「……仲良しになるには余計な人間が入らない二人きりの方がいいと思わなくって？」

フローレンスは真剣に語っていたかと思えば、一転して胸を張ったドヤ顔。そのいい顔が普段より三割増しで美人に見えるのが、余計に腹が立つ。

「仲人《なこうど》おばさんみたいですよ」

実際のところは信用の置けるメイドだけをアイリスに付けたかったからなのだろうが、表向きの理由もまんまと上手《うま》くいっているのが癪《しゃく》で、シオンが嫌味っぽく言ってやると、

「よくわかったわね、私仲人って好きよ。仕事にはね、張り合いがなくてはならないの。意義も理由も持てない空っぽでは、人間摩耗して死ぬだけよ？」

酸いも甘いも嚙《か》み分けたフローレンスに、毅《き》然《ぜん》と言い負かされる。

「折角貴女たちは生きているのだから、つまらない生き方するなんて、このフローレンス・ロードシンビジウムが許さないわ」

そして彼女らしい尊大な口ぶりで、フローレンスは命令形で言い渡す。

「そうだ、いっそ二人で一緒に暮らしたらいいわ。私の権限で、幾らだって取り計らってあげましょう」

かと思えば、威厳を維持したままそんなとんでもないことを言い出す。

「冗談もいい加減に――」

「はい！」

全力で揶揄《からか》ってくるフローレンスに文句を言おうとするシオンの隣で、すこぶる気持ち

のいい元気な返事。

「え？」

「お、お願いします」

アイリスは可愛らしくもじもじとはにかんでいるが、嬉しさが漏れだしている。

「いや、あんた屋根の下で暮らせないでしょうが」

「あう」

シオンが冷静に指摘すると、しょんぼりと頭を下げた。だが次の瞬間には、がばっと顔を上げる。その顔に浮かんでいるのは、出会ったばかりの頃とは違って、生気に満ち溢《あふ》れた表情だ。

「屋根なんかなくたって、シオンさんと一緒なら、どこでもいいんですっ！」

「あんたね、そういういらんこと言うと」

「まあっ！　だったら私が何とかしてあげましょう。天井の一つや二つ、私にかかればどうってことないもの」

「はあ!?」

アイリスのキラキラした主張に、横からフローレンスが首を突っ込んでくる。フローレンスなら、それくらいの問題を取り除く芸当を本当にできそうだから、頼むからややこしくしないでほしい。

「フローレンス様。ありがとうございますっ」

知りたくもなかったフローレンスの新たな一面に眩暈《めまい》を覚えそうなシオンを尻目に、アイリスにいたってはフローレンスの言葉に感極まっている始末。

「なんだこの……いやなによこの状況……」

シオンはもう、今日見聞きした物をゴミ箱にシュートし、綺麗にUターンをかまして部屋へ帰りたくなってきた。

「この子きっちりしてる割に自分の部屋は汚いから、掃除してあげるとメイドポイント高いわよ」

「ちょっ、フローレンス様！」

「はい！　お片付けしてポイント稼ぎます！」

フローレンスの助言を真《ま》に受け、アイリスはふんす、とやる気に満ち溢れている。

「図々《ずうずう》しくなっちゃってまあ」

「だめ、ですか？」

シオンの気だるげな呟《つぶや》きに、アイリスは上目遣いで、心配そうに聞いてくる。

「だめ……じゃないけど……あんたの好きにしたらいいわよ」

そんな不安そうな眼《め》で見られると無下にはできず、つい許可を出してしまう。

「はい！　アイリス頑張ります！」

シオンのつい口にしてしまった許可に、アイリスはすごくいい返事だ。

「うふふ」

フローレンスは本当に楽しそうに、二人を見て微笑《ほほえ》んでいる。彼女にはシオンにも話していない思惑が沢山あるのだろうが、その喜んでくれている姿が嘘《うそ》には見えない。

「なんなのよ、もう」

病み上がりにこんなぱっぱらぱーな攻勢を受けることになるなんてと思わず溜息《ためいき》を漏らすが、正直気分は悪くない。

そっと、袖を引かれる。目を向ければ、アイリスが指先で軽く摘《つま》んでいた。

頼りなく、儚《はかな》い力で、それでも決して離すまいとしていて――

「ふつつかものですが、よろしくお願いいたしますね？」

「……こちらこそ」

照れ隠しにそっぽを向いたシオンを見つめるアイリスは、本当に可愛らしい笑顔だった。

セレストが私の理想であったように、アイリスの理想とする私になりたい。

シオンは新たな呪いを、胸に深く刻む。

世界は過酷で、泣きたくなるくらい悲しみに満ちている。美しい物は簡単に朽ち、生きていくだけで傷を負う。痛みは消えず、心はいつまでも軋《きし》み続けるだろう。

それでも、そんな世界で二人は出逢《であ》った。

立ち止まっていた二人だった。それが一歩だけれど、前進できた。

歩みを止めなければ、きっと進み続けられる。

乙女たちは、そう信じている。

あとがき

皆様はじめまして、河鍋鹿島《かわなべかしま》と申します。

さていきなりですが、メイドはかわいくて、かっこいい。

そう、かわかっこいいのです。

特に戦うメイドは、それだけで絵になります。物凄《ものすご》いスパークルな絵力を持っています。メイドは凄いですね。

皆様におかれましても、古今様々なエンターテイメント作品において、銃や刀剣ナイフやもっと奇抜な武器を手にしたメイドの戦う勇姿を目にしたこともありましょう。なかったという皆様も、これから折に見て触れていく大チャンスです。

更にそんなかわかっこいいメイドたちがでかくてかっこいい武器を手に華々しく戦う。読者諸兄姉の皆様の中にも、そんなメイドを見たかった御方《おかた》もおられるのではないでしょうか？

何を隠そう私自身がそんなメイドの姿を見たかったのです。

そこで私自ら筆を執り、こうしてこの世に新たな戦うメイドを書き記した次第にございます。

そんな今作が素敵な賞を頂けた上に出版の運びとなり、奇縁にも読者諸兄姉の皆様にも私なりの戦うメイドの勇姿をお届けできたことが嬉《うれ》しい限りです。

滔々《とうとう》と語ってまいりましたが、これよりはこのあとがきの場を借りて謝辞をば。

担当編集様におかれましては、右も左もわからぬ私へと作品をより良い物とするためのご助言ご助力の数々に感謝の至りです。

ちひろ綺華《あやか》様の美麗なキャラクターやイラストはとても素晴らしく、小説を書いた役得だと思えるほどに嬉しいものでした。想像の中にあった以上のアイリスたちを見せてくださったことに心よりの御礼申し上げます。

他にも出版に携わるすべての皆様にも、感謝の念に堪えません。

最後にここまで読んでくださった皆様と、物語より先にあとがきに目を通しておられる皆様にも、この本を手を取ってくださったことへ一様に深い感謝御礼申し上げます。

願わくばこの先も、シオンとアイリスの物語にお付き合いいただけますれば幸いです。

それではまたいつか、ごきげんよう。

OVERLAP

異界掃滅のソルジャーメイド
1. 死にぞこないの天才と異端の決死兵

発　　行　2025年1月25日　初版第一刷発行

著　　者　河鍋鹿島
発 行 者　永田勝治
発 行 所　株式会社オーバーラップ
〒141-0031　東京都品川区西五反田 8-1-5
校正・DTP　株式会社鷗来堂
印刷・製本　大日本印刷株式会社

Printed in Japan ISBN 978-4-8240-1051-3 C0193